JOURNAL DE VIRGINIE

Collection
Le Cercle Poche
Déjà parus

N° 1 — Sélim FOUED, Désir
N° 3 — Françoise REY, La Peur du noir
N° 4 — Aurélie VAN HOEYMISSEN, Fantasmes
N° 6 — Hervé René MARTIN, L'Éveil de Clémence
N° 7 — Jacques CELLARD, La Chambre aux miroirs
N° 9 — Élizabeth HERRGOTT, Transports amoureux
N° 11 — Cécile WAJSBROT, Le Désir d'Équateur
N° 13 — Tobsha LEARNER, Celle qui fut ligotée et oubliée
N° 14 — Vincent DUBARY, Hors les liens sacrés du mariage
N° 15 — Alain MAINARD, Nora la conquérante
N° 16 — Michael BIERMANN, Les trente jours de Marseille
N° 17 — Abel POHULANIK, Le Ruban de chair
N° 18 — Aurélie VAN HOEYMISSEN, La Femme sans tain
N° 19 — Pierre BOURGEADE et Marie L., L'Autre face
N° 20 — Nathalie GASSEL, Éros androgyne
N° 23 — Pier-Angelo POLVER, Ogres
N° 25 — Françoise REY, Des camions de tendresse
N° 26 — Claude SEIGNOLLE, Éloge de la nymphomanie
N° 28 — Élizabeth HERRGOTT, L'Amant de la Vierge Marie
N° 29 — Hervé René MARTIN, Le Buisson ardent
N° 30 — Vincent DUBARY, Les Griffes des anges
N° 31 — DELLFOS, Cerise
N° 32 — Marie-Laure DAGOIT, On me baise longtemps
N° 33 — Geneviève HÉLÈNE, Le Tranchant des lèvres
N° 34 — Michel HOST, Roxane
N° 35 — Michel BERNARD, Olympe aux nues
N° 36 — Lucile DEBAILLE, La petite musique d'Éros
N° 37 — Jacques ALMIRA, N° La Reine des Zoulous
N° 40 — Élizabeth HERRGOTT, Lettres d'amour
N° 42 — Anouchka d'ANNA, La Vie en rose
N° 43 — Thierry LEGUAY, Histoire raisonnée de la fellation
N° 44 — Ariane LARSEN, L'Homme de Dieu
N° 45 — Hana MYO SHIN, L'Encre de Feu
N° 46 — Émilie CAPPELLA, Sauver sa peau
N° 47 — Patrick McMURPHY, Les Jours et les nuits de Migumi
N° 49 — Charles BÖSERSACH, Une jeune femme écrit à son amant
N° 50 — Maxim JAKUBOWSKI, Ma vie chez les femmes
N° 51 — Marie-Laure DAGOIT, La Fille derrière la salle de bain
N° 52 — Florence DUGAS, Post-scriptum
N° 53 — Aurélie Van HOEYMISSEN, Mmmm
N° 54 — Maud BOUCHET, Les Succubes
N° 55 — Nathalie GASSEL, Musculatures
N° 56 — Franz BARTELT, Simple
N° 58 — Léo BARTHE, Histoire de la bergère
N° 60 — Anouchka d'ANNA, Mes amants
N° 61 — José PIERRE, Les barreaux du cœur
N° 62 — Ariane LARSEN, L'Homme abandonné
N° 63 — Michel BERNARD, La Nue
N° 64 — Serge FILIPPINI, Érotique du mensonge

N° 65 — Georges WOLINSKI, Journal d'un jeune homme qui ne pensait qu'à ça
N° 66 — Françoise REY, Souvenirs lamentables
N° 67 — Vincent DUBARY, Marie Janvier s'est endormie
N° 68 — Ariane LARSEN, La Femme du Soir
N° 69 — Michel BERNARD, Les Vies de Lilli
N° 70 — Charles BÖSERSACH, Dies irae
N° 71 — Hana MYO SHIN, Jeux de dames
N° 72 — Jacques ALMIRA, La leçon des ténèbres
N° 73 — Emmanuelle ARSAN, La Siamoise nue
N° 74 — Françoise REY, Ultime retouche
N° 75 — Olivia PAULE, Aux marches du palais
N° 76 — Nicolas MEILCOUR, Rose et Carma
N° 77 — Asha AMNOUR, L'Écrit d'amour
N° 78 — Albert RUSSO, L'Amant de mon père
N° 79 — Christine AVENTIN, Portrait nu
N° 80 — Sylvain SAULNIER, La petite Marie
N° 81 — Gianni SEGRÉ, La Confirmation
N° 82 — Vénus KHOURY-GHATA, Alma, cousue main
N° 83 — Anatole PARTHES, Faiblesses tome I
N° 84 — Anatole PARTHES, Faiblesses tome II
N° 85 — Christian M., Vénus en fourrures
N° 86 — Ferdinand BERGERAT, La fuite
N° 88 — Jeanne MASSON-RENAUD, Le petit chat n'est pas mort
N° 89 — Jean MICHELON, La poudre des pharaons
N° 90 — Virtual DANDY, Au premier venu j'offrirai mon cœur
N° 91 — Najda DORIAN, L'Écume au ventre
N° 93 — Jean-Michel JARVIS, Le concierge
N° 97 — Anaïs NIN, Henry et June tome II
N° 102 — A.N. AFFANASSIEV, Contes érotiques russes
N° 104 — E.T.A. HOFFMANN, Sœur Monika
N° 105 — COMTE de MIRABEAU, Œuvres érotiques
N° 106 — D'ALEXIS, Le livre premier de Mathilde
N° 107 — ANONYME, Mémoires d'une chanteuse allemande T1
N° 108 — ANONYME, Mémoires d'une chanteuse allemande T2
N° 111 — M. F. O'LEARY, Liaisons particulières
N° 112 — Quitterie CHATENOY, Les Mémoires séraphiques
N° 113 — Blanche CLERVOY, Des Échappées belles
N° 114 — Albert de ROUTISIE, Irène
N° 115 — Constance BEAUMONT, Singapore sling
N° 116— B. GALIANE, La sexualité des prénoms
N° 117— S.G. CLO'ZEN, Béacul
N° 118 — Claude SADUT Les jeux de l'orgueil
N° 119 — Lilou ST BLAISE, Délices de femme et autres turpitudes
N° 120 — Dominique FLOQUET, Journal de Virginie
N° 121 — Leopold von SACHER-MASOCH, La Vénus à la fourrure.

ISBN 978-2-84714-1016

DOMINIQUE FLOQUET

Journal de Virginie

LE CERCLE POCHE

C'est cela une honnête femme : une dinde qui marche fascinée par l'idée qu'elle se fait de son honneur.

Anne Hébert

AVANT-PROPOS DU CHRONIQUEUR

« Mon beau chien, mon bon chien, mon cher toutou, approchez et venez respirer un excellent parfum, acheté chez le meilleur parfumeur de la ville. »

Et le chien en frétillant de la queue, ce qui est, je crois, chez ces pauvres êtres, le signe correspondant du rire et du sourire, s'approche et pose curieusement son nez humide sur le flacon débouché ; puis, reculant soudainement avec effroi, il aboie contre moi, en manière de reproche.

Ah ! Misérable chien, si je vous avais offert un paquet d'excréments, vous l'auriez flairé avec délices et peut-être dévoré. Ainsi vous-même, indigne compagnon de ma triste vie, vous ressemblez au public, à qui il ne faut jamais présenter des parfums délicats qui l'exaspèrent, mais des ordures soigneusement choisies. » [1].

Le contenu, la forme peut-être du poème qui précède, correspondent toutes proportions gardées aux aventures que je vais vous conter ici. *Des ordures soigneusement choisies,* selon la morale populaire, à peu près les seuls éléments personnels que j'aie amenés à cette rédaction, autant dire presque rien. Une prose célèbre pour donner le ton du texte que vous vous proposez de lire, et vous préparer à cette ambiance délicate. Des pages dont je suis devenu le plumi-

1. Baudelaire, *Le Chien et le Flacon*, « Le Spleen de Paris. »

tif involontaire à la suite de retrouvailles inopinées avec une cousine perdue de vue depuis longtemps.

Frédéric II disait à Mozart, à propos de l'Enlèvement au Sérail :

– *Beaucoup trop de notes dans cette partition, mon cher Mozart !*

– *Juste le nombre qu'il faut, Majesté !*

Baudelaire reproche au plus fidèle compagnon de l'homme ses mauvais goûts, Frédéric II reprend Mozart sur une musique qu'il trouve ampoulée.

On pourrait de même blâmer Virginie, l'héroïne de ce récit, d'avoir des préoccupations de bas étage, en contradiction flagrante avec son air angélique. La beauté s'est toujours entendue comme larrons en foire avec l'ignominie, un qualificatif que les honnêtes gens se plairaient peut-être à donner à la liberté de conduite que vante cet écrit. Si donc vous avez quelques minutes de répit dans un monde qui ne nous en donne guère, je vais vous expliquer comment et dans quelles circonstances l'idée de cet ouvrage a pris forme, et pourquoi je me suis retrouvé être le rapporteur de ces faits libertins.

C'est ici le résumé des entretiens à bâtons rompus que j'ai eus avec Virginie, une petite cousine du côté de ma mère par le degré de parenté nous unissant, le deuxième ou le troisième je ne sais plus. Je l'ai rencontrée un soir par hasard alors que je dînais à l'Hôtel de France au cœur du Vieux Montréal en compagnie de Madame Barchanlault, une connaissance due aux hasards de la vie, goûteux mélange de royalisme à la La Fayette, de séparatisme canadien français à la de Gaulle, d'anglophobie ultra-nationaliste et d'une coquetterie de jeune fille tout à fait surprenante pour une dame de quatre-vingt-seize ans.

D'une énergie et d'une vivacité d'esprit peu communes, cette personne plus qu'honorable mène sous sa houlette autoritaire une association culturelle dédiée à la promotion de la francophonie. Personnalité pittoresque Madame Barchanlault promène où qu'elle aille un regard charmeur sur ses interlocuteurs, faisant passer son despotisme pour les caprices gracieux d'une dame à qui l'on n'ose plus refuser aucune extravagance. Femme d'esprit, elle est parfaitement consciente de ses pouvoirs et, si elle apparaît parfois insupportable, une attitude à mettre paradoxalement à son crédit, c'est ma foi l'une des qualités marquantes de son caractère que certains qualifieraient volontiers de difficile pour employer un euphémisme de dentelles. Côté façade, celle-ci se distingue finalement par ses extraordinaires bibis qui la feraient rivaliser avec ceux que portèrent avec panache Mistinguett, Marlène Dietrich, Jackie Kennedy ou la Princesse de Galles.

Ce soir d'hiver Madame Barchanlault et moi-même partagions un dîner léger à l'hôtel de France, quand une jeune femme entra dans la salle à manger vêtue d'un manteau aussi rouge que ses pommettes.

Lorsqu'elle rabaissa sa capuche à la Maria Chapdelaine, de nombreux visages se tournèrent inconsciemment vers elle, comme attirés par un aimant invisible. Je fus de ceux-là, et eus alors l'impression que cette épaisse chevelure aile de corbeau dévoilée avec une ingénuité presque trop parfaite, devait exercer sur n'importe quel mâle un pouvoir magnétique, fût-il horloger, manant, magistrat ou prince de l'Eglise.

Madame Barchanlault avait probablement dû plus la sentir que l'apercevoir, la pauvre n'y voyant plus grand-chose. Comme celle-là se frayait un passage entre les tables sous les yeux d'un public conquis par sa démarche princière, la vieille dame me surprit en la hélant sans façon, gentiment mais d'une voix péremptoire :

– Venez donc vous asseoir ici avec nous, Virge… si vous n'êtes pas accompagnée, bien sûr !

Elle avait ajouté ce dernier commentaire avec une inflexion dans la voix qui trahissait déjà le reproche, évidemment injustifié. Du Madame Barchanlault pur sucre : le ton était sans réplique et Virginie, même si elle avait voulu répondre, se trouva prise de cours.

Fidèle à son éducation de noble souche et contrairement aux habitudes locales, Madame Barchanlault ne tutoyait personne. N'étant pas accompagnée, la jeune personne n'eut d'autre choix que d'obtempérer. Elle acquiesça avec un sourire à faire fondre la banquise, se débarrassa de son manteau dans un geste simple et gracieux, et prit place à notre table sur la chaise que le maître d'hôtel déjà aux petits soins s'était empressé de lui avancer. C'est seulement une fois qu'elle se fut assise et que je l'eus dévisagée avec plus d'attention que je la reconnus : Virginie ! La petite fille avec qui je jouais à cache-cache dans les réunions de famille démesurées qui nous rapprochaient il y a des lustres, dans l'immense campagne que notre grand-mère possédait quelque part vers le nord, en bordure des grands bois noirs.

Passée la surprise de la rencontre, nous fîmes tous les trois un repas fort agréable, les deux gamins que nous étions étant aux petits soins de la respectable vieille dame qui n'en pouvait plus d'aise, feignant l'indifférence avec une désinvolture qui forçait la bonne humeur.

La soirée avançant, nous retrouvâmes très étonnés la complicité qui nous unissait dans nos tendres années. Je fus donc à peine surpris lorsque Virginie me parla à l'heure du café d'un projet qu'elle avait d'écrire un petit quelque chose, – *Oh, trois fois rien!* me dit-elle. Ce serait une anecdote résumée de ses activités personnelles, une sorte de clin d'œil souriant et non un règlement de comptes, qu'elle souhaitait faire au rigorisme compassé de ses origines religieuses qu'elle devait au hasard des alliances, les darbystes, une secte de type adventiste et assez exclusive. À demi-mots et dans un registre discret pour ne pas choquer la douairière qui me pardonnera j'espère de préciser que de toute façon elle ne pouvait rien comprendre puisqu'elle est en plus sourde comme un pot, ma cousine m'expliqua avec quelques détails en quoi devait consister son entreprise.

Insistant sur l'aubaine de notre rencontre, elle m'avoua en préambule avoir eu vent par la famille, selon ses propres termes, de *mes tentatives de cacographe infructueux,* ce qui la faisait beaucoup rire : voilà donc tout ce que j'étais pour ma famille, *un cacographe infructueux* !

En employant cette expression imagée d'une élégance scatologique discrète, Virginie, un brin blagueuse, m'indiquait en toute simplicité le style qu'elle voulait donner à sa chronique : spontanéité, langage direct, très direct même mais non vulgaire, son propre langage.

Un langage parlé, un langage cru diront même certains, un langage où elle ne se ferait pas faute de se donner licence de tout dire, de tout décrire de tout faire partager ce qui lui était passé par la tête, – *Et partout ailleurs*, précisa-t-elle avec un sourire équivoque. Ce serait parfois choquant, mais sans méchanceté ni agressivité volontaires. Tout au plus quelques petits coups de griffes, par-ci, par-là, pour s'amuser, sans conséquences avait-elle ajouté. Comprenne qui pourra, ou qui voudra. Elle était obsédée par la vérité, celle que de très sages professionnels essaient de cerner au tribunal, pas toujours avec bonheur, à leur corps défendant.

C'est icy un livre de bonne foy, lecteur[1]*...*

Cette phrase toute simple l'avait marquée, et résumait son état d'esprit avant de se lancer. Elle affirmait vouloir faire dans le même registre, sans bien sûr penser imiter le plus grand écrivain de la Renaissance, mais précisant que la foi n'aurait vraiment pas grand-chose à faire avec les aventures qu'elle voulait conter. Au cas où j'aurais eu encore un doute, elle termina par une pirouette en disant qu'il ne devrait y manquer que l'odeur ! L'expression m'amusa, bien sûr, me surprit aussi, et, je l'avoue, piqua mon intérêt. Qu'avait-elle donc derrière la tête, ma jolie cousine ? Tout ceci résonnait en tout cas de façon étrange sortant de ce visage de madone, de ces lèvres peintes d'un rose tendre où se reflétaient mystérieusement les derniers reflets rouge orangé d'un crépuscule sur l'été arctique.

Virginie me voyait donc fort bien dans ce rôle d'anecdotier, mes succès littéraires n'ayant, d'après elle encore jamais empêché la Terre de tourner ! Et d'ajouter que si l'idée d'être le rapporteur de ses aventures me tentait, ce dont elle ne voulait douter à aucun instant, ce serait à la condition expresse qu'elle aurait l'absolu dernier mot sur le manuscrit, l'ultime coup d'œil sur ce que j'aurais gribouillé à la suite de nos discussions. Dans ce cas, et dans ce cas seulement, elle donnerait son aval définitif à un texte qui, selon sa volonté, devrait lui appartenir de droit. C'était très clair, c'était ça ou rien, mon choix était limité. Je ne pus que négocier l'exclusivité de la préface que vous êtes en train de lire.

Qu'ajouter à tout cela ? Ma camarade d'enfance était surtout devenue une très belle femme, une superbe femelle respirant une séduction naturelle difficile à décrire, un charme irrésistible et dévastateur, des émotions cachées que je

1. Montaigne, *Les Essais*

brûlais de connaître. À ce que je pus brièvement en juger, elle avait appris à tirer avantages de ses qualités naturelles avec beaucoup de classe et d'intelligence. Elle avait changé bien sûr depuis notre dernière rencontre dans le verger, évolué en bien ma cousine aux tresses bien sages et au doux regard. L'expression de ses yeux s'était approfondie, ils brillaient maintenant d'une lueur qui faisait beaucoup pour compléter l'attirance animale et instinctive qui émanait de sa personne et influençaient avec une chasteté relative consanguinité oblige, le mâle épris que je suis de tout ce qui entoure les femmes et leur féminité, lorsque celle-ci est aussi bien emballée.

Virginie est une jeune personne moderne qui cherche à explorer les méandres parfois sombres, tantôt resplendissants de ses fantasmes, et à s'amuser avec ce qu'elle possède, sans artifices. Petite restriction cependant, appréhension personnelle, elle n'a pas envie d'asseoir sa personnalité sur une réputation de ribaude. Elle ne fréquente plus les darbystes, mais n'a aucun goût pour la publicité, et ne souhaite pas que sa famille la voue aux feux éternels. Si elle fait preuve d'une certaine ouverture d'esprit dans sa tentative, elle n'a pas la témérité de le clamer sur les toits, fussent-ils ceux de l'alcôve. Elle admet traîner derrière elle encore quelques bornes désuètes à ses comportements sociaux qu'elle impute à de vieux restes d'éducation d'une bourgeoise indécrottable. Pour son projet, elle s'était ainsi décidée à confier cette démarche à une tierce personne, et le hasard a voulu que notre rencontre de ce soir précipite son choix.

Aubaine ou malchance ? Qu'importe, j'ai beaucoup d'affection pour cette cousine ! Même en l'ayant perdue de vue pendant des années, j'avais retrouvé ce soir avec elle une part de notre enfance, une amitié de jeunesse qui ne s'était guère ternie, j'en fus le premier étonné. Virginie ne désirait donc ni rédiger, ni signer elle-même ses aventures. Bah ! La belle affaire… Je ne serais pas trop emprunté de le faire à sa place n'ayant pour ma part aucune réputation à défendre. En tant que mâle en outre, je me sentais moins exposé ou vulnérable sur la place publique.

Des auteurs célèbres ont écrit des textes licencieux sous des noms d'emprunt pour éviter opprobre, flétrissures et coups de dents de la gent bien pensante. Guillaume Apollinaire, alors déjà bien connu, n'a pas été embarrassé de signer un livre fort libre et fort grivois, rédigé dans une langue parfaite, se souciant surtout comme d'une guigne de l'effet négatif qu'il produirait sur son identité[1]… À moins que ce ne fût par provocation délibérée ce qui revient à peu près au même. Sade de son côté n'a fait que ça, avec panache, tous deux sont aujourd'hui dans la Pléiade.

Tout petits, nous avons commencé par être les admirateurs inconditionnels de nos parents. Selon nos penchants, nous nous sommes plus tard orientés vers tels ou tels personnages, artistiques ou historiques, vers des figures mythologiques, ou de grands chefs de guerre. On nous a fait lire à l'école les récits des drames qui ont modelé la carte politique du monde, nous avons même vu des actes de brutalité souvent insoutenable présentés à la télévision aux heures de grande écoute sous le couvert de l'information impartiale. Crimes monstrueux, massacres intolérables, pogroms, génocides, exterminations en masse ou démonstrations violentes, tout est publié ou diffusé. Les jeux vidéos destinés aux enfants sont belliqueux, ils stimulent l'esprit grégaire et l'agressivité inutile, ils sont accessibles aux enfants à un âge tendre. Horreur, cruauté tout est exposé,

1. Guillaume Apollinaire : *Les Onze Mille Verges*

c'est didactique et culturel, c'est probablement dangereux, aussi, mais n'est pas censuré par la morale. À la faveur de notre religiosité qui se veut rassurante, notre morale hypocrite se limite surtout à la répression des plaisirs naturels qui, avec l'argent, orientent et mènent la vie de chacun à travers le monde.

Apollinaire et Sade ont eu le front de se moquer ouvertement de l'hypocrisie, de lui résister. *Mon livre s'adresse à ceux qui savent lire*, précisait le divin marquis. Il est de bon ton de vouer ces lectures de corps de garde à l'opprobre populaire, surtout après les avoir lues.

Virginie désirait partager ses expériences, elle avait besoin de quelqu'un, c'était donc une occasion, et je n'allais pas lui refuser ce plaisir. En fin de soirée j'étais définitivement conquis par son idée, et persuadé aussi que j'allais vite trouver du temps pour cette entreprise que je me figurai d'avance assez amusante. Et puis, on verrait bien ce que cela donnerait plus tard, comme me l'avait une fois dit le juge, à propos d'un essai sanctionné de quelques tout petits brins de lauriers, oh, à peine une demi-branche qui, en flattant ma vanité, m'avaient surtout valu un banquet à l'œil :

...va petite libelle, et suis ton chemin...

Virginie, plus que ce gracieux animal volant à qui nous devons le respect dû à son âge terrestre, m'avait montré ce soir-là par son dialogue ouvert, être un esprit libre au vrai sens du terme, un joyau dans notre univers d'obligations et contraintes mesquines. Sa tournure d'esprit est en plein accord avec son corps dont elle se réjouit chaque jour de pouvoir profiter sans contraintes, ce qu'elle allait raconter.

Des dégâts ? Ce serait en toute candeur, même si je la soupçonnai d'être paradoxalement assez réfléchie sur la question. Je serais en tous les cas le premier à lui pardonner, ne serait-ce que pour mes goûts, précédemment énoncés.

Voilà donc le résultat des discussions que nous avons eues à la suite de cet aimable dîner, un soir de froidure, Virginie et moi, sur les bords du Saint-Laurent, il n'y a pas si longtemps.

Chapitre premier

Mercredi soir, Cinq heures trente.

Je m'étais bien doutée de quelque chose lorsqu'en milieu de semaine dernière Victoria est passée chez moi en coup de vent vers six heures, après son dernier cours du mardi soir au Collège. Elle m'a suggéré d'une voix faussement détachée être d'avance à l'écoute de mon prochain coup de téléphone, quand elle le déciderait. J'avais enregistré qu'il s'agissait en fait d'un ordre et non d'un conseil, et que j'avais intérêt à ne pas le prendre à la légère. Je recevrais plus tard des instructions complémentaires qu'il ne me serait pas inutile de respecter scrupuleusement.

Afin que je ne me méprenne point sur ce qu'elle désirait me voir retenir, Victoria avait usé d'un langage imagé, chargé de métaphores et de sous-entendus, un langage que j'appris rapidement à identifier. Son dernier message était clair, et je n'avais eu aucune peine à le déchiffrer. J'avais en effet compris à mes dépens qu'il était préférable pour moi de saisir à demi-mot et d'anticiper sa pensée sans trop me poser de questions, pour éviter qu'elle ait à me faire entendre ses volontés de manière plus personnelle, plus agressive, mais surtout plus douloureuse.

Elle me laissa ses consignes le mardi soir sur ma boîte vocale, la visite était fixée au lendemain soir.

J'avais apparemment, pris un peu trop à la légère le sens de ses paroles, selon elle, et étais arrivée à son domicile avec quelques toutes petites minutes de retard, pensant que nous devions nous rendre à pied chez Kiara, une connaissance à elle, dans une promenade que j'avais évaluée à une petite demi-heure à travers le parc du Mont-Royal. Avec un brin d'insouciance je l'avoue, je n'ai pas voulu attacher davantage d'importance à ces quelques malheureux instants de délai, cinq minutes peut-être, au maximum. Souriante, je l'ai priée sans fatuité ni arrogance de m'excuser, n'ayant pas deviné à temps la portée négative de mon manque de ponctualité.

Ses yeux se sont rétrécis pour ressembler à deux fentes à peine entrouvertes. Elle m'a toisée et un imperceptible sourire s'est peint sur ses lèvres, un allongement de celles-ci, une grimace nerveuse plutôt qu'un vrai sourire, ce qui me fit un effet, je l'avoue inconfortable. Après quelques brèves secondes d'un silence pesant, elle a ajouté que nous nous rendrions chez son amie un autre jour, lorsque j'aurais appris à être à l'heure. En quelque sorte son premier coup de fouet.

– Pour l'heure, vous vous mettrez dans la tenue que je vous indiquerai, quand je vous en donnerai l'ordre, et après m'avoir écoutée !

Ce fut le deuxième ordre, plus impérieux celui-là, que je reçus un peu comme une gifle. Puis une brusque poussée de chaleur m'a envahie, prélude à un frisson humide. Victoria s'était en effet approchée de la haute bonnetière du salon d'où elle a posément sorti, sans me quitter des yeux, un objet long et souple qui, lui, n'avait pas le moins du monde l'air de sourire. En me le montrant des deux mains avec une grâce affectée qui aurait passé pour quiconque pour de l'ironie sauf pour moi, elle a continué sur le même ton détaché :

– C'est la seule fois que je ferai preuve d'indulgence à votre endroit, sans toutefois exagérer, déclara-t-elle avec un sourire suffisant. Vous n'arrivez pas à l'heure, soit. Cela mériterait un châtiment peut-être léger, pour une première fois... Ce qui me contrarie davantage, c'est votre manque de contrition ; vous n'avez pas fait mine d'être navrée, juste un semblant d'excuses auxquelles vous ne pensiez pas, et ça, c'est plus grave. Vous serez donc punie ce qui, même si vous ne vous y attendiez pas sous cette forme, est la raison de notre, disons, relation balbutiante, sommes-nous bien d'accord ? Je vais donc vous fesser, maintenant, comme vous le souhaitez... Dix fois à la main, entre le bas du dos et la naissance de vos cuisses. Après cette mise en condition, vingt coups de badine vous apprendront à pleurer pour quelque chose. C'est relativement douloureux et vos rondeurs en porteront les marques pendant une petite semaine, mais c'est sans danger. Vous aurez probablement aussi de la peine à vous asseoir, mais c'est la moindre des choses pour que vous vous souveniez de votre impudence.

Je me sentis pâlir et mon trouble eut l'air de lui faire plaisir, du moins c'est ce que je crus lire sur son visage, pour tout autre impassible. Nous y voilà, pensai-je... en même temps que je ressentais une étrange chaleur envahir mon bas-ventre et que, plus précise, une humidité très classique se frayait soudain un passage à travers les lèvres de ma fissure. Curieuse impression, nouvelles sensations où se mêlaient angoisse insolite et plaisir trouble. D'une voix légèrement altérée, je me permis de lui demander comment elle avait l'intention de s'y prendre.

– Et vous éviterez à l'avenir de poser des questions. Ici, c'est moi, exclusivement, qui mène les débats. Ceci dit, vous serez corrigée sur votre fessier mis à nu, cela va sans dire. Veuillez donc avoir l'obligeance de nous le dévoiler sans tarder !

L'ordre résonna comme la troisième claque, alors que le frisson s'intensifiait, se localisant surtout entre nombril et anus, toujours accompagné de cette rosée moite involontaire et délicatement gluante, une petite rigole sous la glace, de température cependant bien différente. Mon clitoris baignait, maintenant, faisant des brasses dans son délicat emballage, comme un frêle esquif poussé à l'eau un jour ensoleillé de printemps. Sans élever la voix, poursuivant dans un registre trouble, Victoria ajouta qu'elle n'avait pas que ça à faire ce soir :

– J'apprécierais que vous vous dépêchassiez, ajouta-t-elle, hautaine, un brin emphatique.

Je restai plantée un peu stupidement au milieu du salon, sans bouger. Renouvelant alors sa demande d'un ton dangereusement plus bas dont je n'évaluai pas tout de suite la portée dangereuse, elle ajouta qu'il était préférable pour moi que j'évite de la retarder davantage. Je rougis involontairement et m'exécutai sans rien dire, ne me sentant pas de taille à lui résister. Puis elle poursuivit sur le même ton calme et ferme :

–Enlevez vos bas… C'est ça… Et retirez vos dessous, mettez-vous nue, uniquement de la ceinture aux pieds. Ce sont vos fesses qui nous intéressent, rien d'autre.

Je notai mentalement l'usage du nous, Victoria plaçait d'emblée notre commerce sous le signe de la collaboration. Ce disant, elle tapa en rythme sa badine de la main gauche, dans sa paume droite. Si je n'avais pas bien compris le premier ordre, celui-là cependant, comme tous les autres, je l'avalai sans peine, en frissonnant, un peu tremblante même, appréhendant la suite sans exactement savoir ce que j'allais effectivement endurer, tout en continuant à mouiller d'importance.

En quelques petits instants, je me retrouvai donc uniquement vêtue de mon épais chandail fraises écrasées. Si ce dernier masquait les deux excroissances mauve foncé qui surmontaient ma poitrine, un peu les gros dés à coudre que ma grand-mère utilisait pour repriser les caleçons troués de mon grand-père, le bas de mon corps, lui, parfaitement dénudé prouvait de manière concrète que j'avais l'habitude de me soulager assise.

Victoria s'est rapprochée de moi, et je me rappelle que les effluves de son parfum capiteux me chatouillèrent les narines. Elle me répéta en insistant un tout petit peu plus que nécessaire sur chaque mot, ne jamais tolérer les retards, si insignifiants soient-ils, et ajouta avec un sourire qui tenait cette fois plus du ricanement que du gai badinage, que lorsqu'elle en aurait fini avec mon postérieur après cette première séance, on ne ferait probablement plus de différence entre sa couleur et celle de mon chandail.

Je tressaillis convulsivement à cette dernière remarque.

Elle m'a ensuite ordonné de retirer les mains que j'avais placées en écran sous mon nombril, une tentative de masquer l'épais matelas noir de mon bas-ventre. Comme je ne m'exécutai pas assez vite à son goût, elle a ponctué cette fois son ordre d'un coup très sec de sa fine cravache de cuir sur le dos de mes mains. Une traînée rose, rectiligne et douloureuse, y apparut une demi-seconde plus tard en même temps qu'une cuisante brûlure qui m'arracha un cri de douleur instinctif en me donnant un aperçu vivant des minutes à venir. Je m'exécutai alors, et offris à son regard critique un aperçu direct de ma fourrure noire et brillante, tellement fournie et broussailleuse qu'un gynécologue l'aurait certainement confondue avec la tête du schnauzer de son voisin.

Fronçant les sourcils, elle s'est rapprochée, et m'a examinée de plus près. Avec une moue de dégoût, elle a froncé les narines, et décrété ma toison mal entretenue, pléthorique, pas même taillée, malodorante, que sais-je ?

Comme l'agneau de La Fontaine, je compris que toute tentative de défense ou de réplique contre ce que j'identifiai immédiatement pour de la mauvaise foi ne ferait probablement qu'aggraver mon cas. Je remarquai aussi que ses seins que je devinais plutôt petits et aigus, se soulevaient cependant plus vite sous son corsage de soie, et me renseignaient presque agréablement, et en tout cas mieux que toute parole agressive, sur son état d'esprit et son excitation. Je me demandai si, elle aussi, était en train de faire tremper la barquette.

Le jeu, son jeu, consistait simplement à chercher un prétexte, n'importe lequel, pour justifier ce qu'elle avait décidé de m'infliger. Malgré son air sévère, je réalisai qu'elle avait peine à dissimuler son plaisir. J'étais un peu dans le même état, je l'avoue, assorti cependant dans mon cas d'une composante peu rassurante, une composante probablement de ce dit plaisir, encore indéfinissable dans l'instant. Fruit d'une longue pratique je suppose, Victoria dissimula son excitation en m'intimant l'ordre de me retourner et de lui présenter mon côté pile, plaisamment charnu mais sans excès, fendu très haut mais poilu très bas, pas désagréable à regarder, je crois, si l'on est en mesure de faire abstraction de sa composante franchement tomenteuse ; de ma raie en effet, les poils noirs et bouclés qui s'échappent indisciplinés, font penser à l'un de ces tapis de chalet à la laine blanche épaisse et jamais peignée, ou à un rideau trop long, mal coupé et effiloché, qu'une main inattentive aurait coincé dans une porte-fenêtre.

On m'en avait déjà fait la remarque lorsqu'au cours d'une soirée d'entreprise largement arrosée, mes collègues du bureau et moi-même nous étions mises complaisamment à cul nu, par jeu, pour que nos camarades mâles puissent couronner la plus belle paire de fesses du bureau.

Mon cul, bien que sujet de toutes les éloges tant des yeux que des mains, n'avait reçu que le deuxième prix sur huit autres *nominées*. Déclaré presque parfait, il avait été jugé trop hirsute. Le baiser symbolique sur les rondeurs les mieux tournées de l'heureuse gagnante fut donc donné à Sophie, dont les hémisphères proéminents et agréablement dodus, leur côté africain, légèrement callipyge, présentait les qualités remarquables d'un derrière intelligent selon la mâle engeance.

La crevasse antérieure, sorte de paramètre subsidiaire en cas d'égalité, était chez elle admirablement dessinée en un minuscule triangle couleur de la noix de coco de sa Guyane natale. Il dégageait joliment la cicatrice ouverte. D'un beau chocolat foncé tirant sur l'ébène là où les petites lèvres pointaient un petit museau curieux vers l'extérieur, sa fente contrastait avec la mienne qui disparaissait sous une invraisemblable couverture noire. Toutes les deux ex-aequo avant cet examen complémentaire et fatidique, Sophie avait finalement été déclarée victorieuse.

Ce soir donc, Victoria me voyait pour la première fois dans cette tenue, et j'avais oublié avoir récemment quelque peu négligé l'apparence simiesque de mon bas-ventre, par manque de temps. Cela ne lui échappa pas et elle me fit comprendre d'un air un peu dégoûté que dans l'immédiat, elle n'avait aucunement l'intention de s'extasier sur l'aspect de ma croupe ou le plumage rebelle de mon canari. Elle eut cependant l'air désagréablement frappée par cette toison trop épaisse, mais s'abstint de tout commentaire, masquant sa surprise par l'ordre suivant :

– Agenouillez-vous sur le siège du sofa, et faites en sorte de ne plus bouger.

Voilà tout ce que je reçus ; en fait de compliment, j'étais servie !... Je cambrai donc le bas de mon dos, comme elle me l'ordonnait, attendant avec appréhension, mais aussi une certaine curiosité ma première fessée volontaire. Une nouvelle injonction suivit alors, plus sèche :

– Écartez donc un peu vos cuisses, montrez-moi vos trous, ce n'est que ça qui m'intéresse… Mieux que ça, je vous prie. Dans cette position, il n'y a rien à voir, je ne fais que deviner une forêt humide et peu engageante sous le marécage… Aidez-vous de vos mains s'il faut, ou c'est moi qui m'en charge !

Ces paroles férocement prononcées, furent ponctuées d'un coup de griffes sournois dans la raie qui me donna la chair de poule et m'arracha un cri de douleur réflexe, l'un de ses ongles ébréché m'ayant arraché dans la manœuvre quelques poils agglutinés autour de la rondelle. Ce fut l'occasion pour Victoria de me rappeler à l'ordre d'une claque sonore sur la fesse gauche, et d'ajouter que j'aurais tout loisir de pleurer plus tard.

Honteuse mais excitée comme la vache que l'on mène au taureau, j'empoignai alors chacun de mes globes à pleine main, résolument, créant ainsi au milieu de ma vallée le passage qu'un VTT aurait franchi sans toucher les bords. Ayant perdu toute espèce de modestie et de pudeur, je lui révélai du coup sans vergogne l'intérieur de ma fente culière et ses poils abondants, brillants d'humidité et qui la recouvraient totalement. Quant à la rosette foncée et froncée, je savais sans la voir que sa position de repli, nichée au plus profond de ma striure floribonde, elle était aussi invisible à l'œil non exercé que la grotte de Lascaux quelques minutes avant sa découverte en 1940.

Victoria s'est ensuite nonchalamment assise dans un grand fauteuil de cuir pour regarder, mais surtout pour me faire attendre dans cette position humiliante où ma coupure était exposée sans aucune modestie, une futaie broussailleuse impénétrable recouvrant des orifices ordinairement classés comme confidentiels, et que l'excitation allait fatalement finir par faire sentir. Elle se servit un porto qu'elle dégusta par petites gorgées, l'œil apparemment absent mais rivé sur l'endroit où devait se trouver le ventilateur. La garce s'est ensuite tranquillement rapprochée au point que je sentis son haleine tiède comme un courant d'air sur mon petit trou que je sentis rétrécir d'angoisse. Faisant preuve des qualités que l'on applique généralement à des chiromanciennes averties, elle a commenté ce qu'elle ne pouvait que deviner en des termes loin d'être chaleureux, allant même jusqu'à comparer ma végétation intime avec la tête d'un chanteur de reggae qui n'a pas vu de peigne depuis la dernière cérémonie vaudou, l'odeur en plus, disait-elle. On poursuivait dans un registre apparemment délicat.

Il n'était que cinq heures quarante-cinq et j'attendais, l'anus en pleine lumière mais dissimulé comme une mygale à l'affût dans une dépression du terrain le bon plaisir de cette princesse des douleurs, et prête à recevoir une cuisante correction. Au fil des minutes je compris pourtant à mon grand déplaisir que les sévices seraient d'un autre ordre, plus subtils. J'eus petit à petit la conviction que je ne serais pas frappée mais seulement humiliée, moralement et verbalement. C'est de honte et de désir que j'allais pleurer, mais je ne serais pas touchée. Mon sexe me brûlait, et je tardais d'être maltraitée, d'être battue, de sentir mes fesses douloureuses sous la caresse de feu de la cravache, mais rien de tout cela ne se passa. J'étais frustrée, rageante et inassouvie, et cette ignoble prêtresse des tourments riait en silence en m'imaginant rentrée chez moi, contrainte de me caresser furieusement pour consumer ce feu qui enflammait mon ventre, ma fente et mes fesses demeurées intactes.

Connaissant son rôle par cœur, Victoria est alors sortie du salon, m'ordonnant de ne pas bouger.

Je n'ai pas bougé.

De retour un bon quart d'heure plus tard, elle s'est approchée, elle a tapoté ma fesse droite comme on le fait avec l'encolure d'une pouliche après l'exercice, et m'a enjointe de me rhabiller sans plus tarder, et de déguerpir. Elle me ferait signe un de ces jours, me dit-elle, mais maintenant elle avait autre chose à faire !

J'étais anéantie, une loque humaine, sans nerfs, rétamée, prête à me faire sauter par n'importe quel truand vicieux qui devinerait mon impatience spoliée et mon désir inassouvi. Au bord des larmes, la mort dans l'âme, je quittai cette tanière de malheur, escortée jusqu'à la porte par son rictus moqueur et exaspérant.

Dehors, sur le pavé humide, au contact du vent d'hiver, j'eus la désagréable sensation du gazon détrempé de mon sexe à la touffe qui se collait par endroits, par mèches qui se cartonnaient, les rendant souples comme la pelouse du cimetière un matin de gelée blanche.

Avant de refermer la porte, elle m'avait affirmé que la visite de ce soir n'était que la prémisse de la séance suivante que je recevrai entièrement nue, en présence d'une de ses connaissances, de la même trempe paraît-il. Je voyais ça d'ici ! Qu'importe, j'avais l'intention de faire le tour du monde insolite de l'abaissement et de l'infériorisation, le nouveau fantasme étrange et piquant de mon esprit créatif, j'étais donc prête à tout.

CHAPITRE II

Mercredi soir, vers sept heures trente.

De retour chez moi, je me versai un verre de vodka pour me remonter, je ne me rappelai pas la dernière fois que cela m'était arrivé. J'avalai le liquide debout, cul sec celui-là, et m'en servis un deuxième que je dégustai cette fois sans hâte.

En me dirigeant vers la salle de bain, je passai mon chandail par-dessus mes épaules, retirai mes jeans et me retrouvai en slip et soutien-gorge. À ce stade, c'est alors toujours le bas que j'enlève en premier. En le retirant ce soir, je remarquai que mes poils débordaient vraiment de chaque côté de mon slip et, horreur, se dirigeaient même plus haut, vers mon nombril, comme le cours indiscipliné du Mississippi qui sort de son lit en aval du cap Girardeau, au Missouri. Et comme la grande rivière dans ses moments de crues dévastatrices, les débordements de mon système pileux s'étaient largement répandus sur le haut de mes cuisses, en vagues envahissantes. Spectacle peut-être intéressant quand on survole le Wisconsin, mais d'un effet discutable sur la peau mate de mon bas-ventre. Je donnai crédit à Victoria pour sa remarque, ce n'était pas des plus esthétiques, même en hiver.

Je retirai mon sous-vêtement, et dus admettre que c'était plutôt d'une moissonneuse batteuse qu'il aurait fallu user dessus pour apercevoir après de longs efforts d'essartage les crêtes roses de mes lèvres qui, aux dires de mes amis, seraient assez décoratives lorsqu'elles étaient visibles… Tenez, en repensant au gynécologue, je n'aurais presque pas été surprise d'entendre ma panthère aboyer. Les trous disparaissaient littéralement sous les frondaisons. En trois semaines et sans que je m'en rende compte, mon pubis s'était recouvert d'une végétation profuse et anarchique, profitant des moindres recoins comme le lierre sur la façade d'un vieux presbytère au printemps. Il était devenu indispensable de faire de l'ordre dans le jardin. Je mis ça sur le compte de mes occupations professionnelles plus absorbantes en cette fin d'année, et qui ne m'avaient plus laissé beaucoup de loisirs pour m'occuper de moi. Bref, il était urgent de remédier à ce chantier.

Une visite urgente à Charlotte, mon esthéticienne, s'imposait. Passant ma main entre les jambes, j'effleurai l'intérieur de ma zébrure et son édredon compact. Oubliant mes seins dans leur emballage de soie, je sortis de la salle de bain à la recherche du téléphone.

Après une rapide recherche dans l'annuaire, je composai le numéro, et attendis la sonnerie :

– Charlotte ? C'est Virginie, vous avez encore du temps, pour moi, ce soir ? Hésitante, je repris après une légère pause : – j'aimerais que vous m'épiliez.

– Les jambes ?

– Non… Euh… Plus haut.

– Ah, le pubis ? précisa Charlotte sur le même ton professionnel

– Euh…C'est cela, oui, c'est possible ?

Je me sentis rougir.

–Voyons… j'aurais un dernier créneau, ce soir, Mais bien sûr, si vous pouviez venir, disons… d'ici trois quarts d'heures, ça serait parfait, si ça jouait pour vous ? Une cliente vient de se décommander.

–Je serai là, repris-je, le cœur battant de mon audace, avant de raccrocher.

Un coup d'œil à ma montre et je me rendis compte ne pas avoir de temps pour une douche. Avec une petite éponge parfumée je débarbouillai la percée et le souillard qui, depuis le matin, n'avaient vu que les cuvettes striées de taches de freins du bureau, et senti que du papier rêche les effleurer. Je passai un slip de coton.

Quarante minutes plus tard, j'arrivai au salon.

Je me déshabillai dans le vestiaire agréablement chauffé, gardant la pièce du haut. Uniquement revêtue de mon soutien-gorge posé comme deux minuscules mouchoirs de sac pliés en quatre sur la tête de deux collines à peine marquées, chacune surmontée d'une grosse verrue brun mauve, et m'étendis de dos sur le fauteuil blanc au dossier rabaissé.

En relevant légèrement la tête dans cette position, j'apercevais la naissance de mes cuisses séparées par un trèfle de printemps touffu et vigoureux d'où émanaient des effluves troublants qui sautaient souvent au nez lorsque je descendais mes culottes. –Oh ! Non, n'allez surtout pas imaginer que je laisse mon hygiène à désirer sous prétexte qu'il fait froid dehors, loin de là ! mais le contact de mes pantalons ajustés et de mon minislip qui partageaient mes lèvres comme un bâillon m'échauffe la fente et l'humidifie. Et le soir, cet épais pelage ressemble à la bauge désertée d'une horde de sangliers, un mélange de poils conglutinés et entrelacés dégageant un fumet soutenu et musqué, très prisé par certains de mes camarades. Je repense alors souvent avec le sourire à cette sympathique anecdote qui court sur le bon roi Henry IV. Celui-ci, dit-on, persuadé jusqu'à l'âge de quarante ans passé que sa bite était un os en usait sans retenue. Pendant ses campagnes militaires par exemple, il lui arrivait ainsi de visiter sa femme ou sa maîtresse, où qu'elles se trouvassent en Pays de France et de Navarre, pour leur prouver qu'il était bien le roi. Il dépêchait alors en éclaireur deux ou trois jours à l'avance l'un de ses fidèles écuyers, pour avertir la belle de la royale et imminente arrivée, et surtout l'enjoindre à cet effet de ne plus se laver.

Dans ce sens la séance chez Victoria, sans me mettre exactement dans le même état physiologique intime de Marie de Médicis ou Gabrielle d'Estrée attendant leur maître, n'avait cependant guère amélioré l'état de mon entrejambe, l'éponge humide n'ayant opéré que superficiellement.

Bref, lorsqu'elle entra dans le cabinet de soins, le plissement de nez vite refoulé de Charlotte ne me trompa pas, mon tablier noir faisait de l'effet, et ce n'était pas qu'à sa vue. Elle se reprit très vite, s'approcha, et me dit bonsoir avec son joli sourire. Elle ajouta, commerciale, peut-être même amicale, qu'elle était enchantée de me revoir. Je l'étais aussi, anticipant avec plaisir les soins qu'elle s'apprêtait à prodiguer à mon corps encore en feu. Advienne que pourra ! pensai-je en la dévisageant.

Il y a toujours une certaine excitation à se trouver dans le plus simple appareil en face de quelqu'un qui est encore habillé, une sorte de joie trouble à s'exhiber, dans mon cas sans aucune pudeur, tout en parlant de choses et d'autres sur un ton badin. L'être ce soir ainsi devant Charlotte n'était pas pour me déplaire, sans que je puisse ou souhaite précisément en définir la cause.

Je vous vois venir ! Mais non, je n'ai pas de tendances inversées, j'ai même en horreur cette sexualité femelle malsaine qui nie la féminité, et pousse certaines femmes à essayer de jouer pour de vrai ces couples byzantins à l'air hommasse et incertain. Anandrynes tatouées en pantalons dégageant une odeur de fumée froide ou de renfermé, elles doivent quand même se planter une clef en caoutchouc dans l'embouchure ou les boyaux pour s'éclater, entre deux cigarettes de tabac noir et une réunion syndicale à la salle communale.

Par goût je préfère l'homosexualité masculine que je trouve plus saine et plus amusante, probablement parce que je suis une femme. Des tas de films ont été faits sur eux, mais leurs attitudes ambiguës sont souvent teintées d'un franc éclat de rire. On rit facilement des tantes au cinéma, moins des tribades. Pourquoi, me direz-vous ? Eh bien, je n'en sais rien, et ces lignes n'étant ni un traité de morale ni une étude sociale seraient bien empruntées d'en donner l'explication. Je constate, c'est tout. Tout ce que je puis dire c'est que si le style cage aux folles m'amuse, l'alternative m'amuse rarement.

Charlotte c'est tout autre chose, et je reconnais que de la voir, fraîche et pimpante, vêtue d'une blouse blanche bien coupée laissant découvrir d'adorables dessous vert pomme par l'échancrure du col quand elle se penche, était un spectacle des plus charmants. Sans aucune raison qu'une belle humeur et un fantasme passager, sa vue ce soir éveilla soudain chez moi un désir furtif mais intense, qui ne remplacerait bien sûr pas une grosse verge humide me fouillant avec ardeur, mais offrait soudain ce soir un fantasme inhabituel pour moi.

Aurais-je envie de toucher Charlotte, ce soir, dites-vous ? L'idée ne m'a pas vraiment effleurée, mais pourquoi pas, après tout, si elle m'en donnait l'occasion, ou si elle nous encourageait par le geste ou la parole. Il est vrai que penchée sur moi qui lui présentais un ventre à la ramée profuse, et un torse aux mamelons épais et renflés même au repos, je me trouvai en position ambiguë, presque sans défense devant cette blonde qui de son côté ne faisait rien pour dissimuler d'une quelconque manière à mon regard insistant son anatomie nette et fraîche. Mais qu'importe, oui ! Que diable ! J'étais excitée, dans cette position vulnérable… Je suis nue, ou presque, et elle n'est pas très loin de l'être. Je suis à sa merci, et elle le sait. Elle me nargue et me drague déjà aussi, peut-être, d'une certaine manière, sans le vouloir, je ne serais pas prête à le parier.

Sous un vague prétexte professionnel, elle me demande alors d'écarter les cuisses pour mieux voir comment elle allait s'y prendre pour défricher cette futaie impénétrable, posant pour ce faire ses paumes de chaque côté de mon pubis, sans embarras. Se rend-elle compte de l'effet qu'elle a sur moi, et qu'une bouffée de chaleur me submerge d'un coup, plonge au plus profond de moi-même, alors qu'un flot soudain me lubrifie le losange, coulant sans hâte vers la sortie, longeant la dépression vers l'arrière, glissant sans peine vers le petit trou brun foncé, froncé et encore hermétiquement clos ? Mes yeux pendant ce temps sont restés rivés sur son corsage, et je lève machinalement mon avant-bras vers l'ouverture de sa blouse. Mon geste ne lui échappe pas, l'esquisse de son sourire me le prouve. Maîtrise habilement contrôlée ou désintérêt subtilement feint ? Mon intuition féminine me suggère qu'il y a un peu des deux, mais toute honte et gêne bues, je brûle maintenant d'éprouver sous mes doigts ses trésors délicats.

– Je commencerai aux ciseaux, c'est trop fourni… Mais dites-moi, pourquoi voulez-vous couper cette chevelure si belle et luxuriante ? Je trouve que ça change, toutes les filles se rasent aujourd'hui, elles font plein de dessins autour de leur fente pour mieux la mettre en évidence. La vôtre vaut le coup d'œil dans son genre, elle est singulière, m'affirma-t-elle d'un air approbateur, – La compacité en fait l'originalité, c'est le moins ! Je n'ai jamais vu une pareille épaisseur, et en plus, c'est d'un soyeux…

Tout en me frôlant, elle poursuivit son inspection à la limite du supportable,

– Mais au fait, j'y pense, on pourrait la tailler, par contre, pour souligner l'entrée ? Ça serait probablement très nouveau et d'un joli effet !

Joignant le geste à la parole, elle plaquait maintenant ses paumes à plat afin de masquer les bords de la

forêt. Et moi, j'avais peine à respirer normalement.
– Je verrai bien quelque chose comme ceci, reprit-elle, on coupe tout jusqu'au bord des grandes lèvres, qu'est-ce que vous en dites ?
– C'est vous qui savez mieux que moi, Charlotte, dis-je la voix légèrement altérée par ses attouchements au bord du tolérable.

Moi, par exemple, reprend-elle un ton plus bas, un peu rauque aussi, j'ai pris l'habitude de ne rien avoir, pour une raison bien simple : comme blonde, je n'en ai pas assez, et je me trouvais un peu ridicule. J'ai essayé un jour de tout enlever, et j'ai aimé la nouvelle apparence que cela me donnait. Maintenant, je trouve ça confortable, et même plus sensible au toucher... Mais quand je compare avec votre toison, je la sens, comment dirais-je, peut-être plus animale, plus femelle, un mélange à la fois d'attirance, de peur instinctive et moyenâgeuse devant l'inconnu caché... Vous êtes belle, ainsi, conclut-elle dans un souffle admiratif...

Puis, après une légère hésitation, avec un regard furtif, de coin, elle ajouta, timidement :
– Si j'osais, je vous montrerais bien la mienne !

La question me frappa comme une décharge électrique. Me montrer la sienne ? Mais je n'attendais que cela, voyons...
– Si vous voulez, Charlotte, m'entendis-je répondre dans us souffle, feignant mal mon indifférence, je serais enchantée de voir cette différence.

Elle n'osait plus croiser mon regard, troublée elle aussi, je l'espérais, mais peut-être pas encore entière-

ment convaincue de ma réponse.
– Allez, Charlotte ! insistai-je doucement.

Elle fixait pour l'instant ma flore surabondante, et je me sentais presque un peu gênée, transpercée par son regard qui cherchait par diversion à localiser le rouge-gorge dissimulé dans ma haie buissonneuse. Son visage se colora de rose, et j'eus l'impression que ses paroles avaient pris le pas sur une timidité qu'elle semblait s'efforcer de vaincre. J'insistais :

L'idée à ce stade n'est que de les comparer, n'est-ce pas ? Et d'après ce que vous m'avez dit de la vôtre, son apparence doit être assez différente de la mienne, au moins en ce qui concerne son, disons, revêtement de surface ! Vous voyez chez moi une sente en friche que je ne me suis pas trop fait de scrupules d'offrir à votre regard, ou même à votre toucher complaisant, pour ne pas dire insistant depuis quelques minutes !

Les pommettes de Charlotte se teintèrent légèrement, je continuai dans cette brèche :
– Si c'est parce que la mienne ressemble à un sillon avant les semailles, eh ! Bien, dites-vous qu'en ce moment ma curiosité est à l'image de votre retenue… Grande !

J'avais touché juste, elle fléchissait par mes arguments, imparables en quelque sorte. Les yeux baissés, elle se rapprocha de la table de soins, et s'arrêta à dix centimètres à peine de la tête du lit, tout près de la mienne. Une nouvelle bouffée humide m'envahit.
C'était sa retenue d'apparence pudique qui me faisait envie sous les dehors d'une femme parfaitement

consciente de ses charmes. Elle était terriblement attirante à cet instant, et je me demandai si j'avais rencontré ce soir une femme aux idées passagèrement aussi perverse que les miennes, et je trouvai cette situation très excitante. Mes yeux étaient maintenant collés à la hauteur du deuxième bouton de son léger vêtement, depuis le bas, me laissant deviner ses dessous à travers le coton blanc.

J'allais lui dire de ne plus me faire tarder quand enfin elle se décida, et déboutonna sa blouse en commençant par le haut. Lorsqu'elle eut dégrafé le cinquième bouton, sa tenue s'entrouvrit complètement, et évoqua une aube magnifique sur le Dease Lake. Une révélation, comme celles de Paul sur les chemins de Damas. Ménageant ses effets, Charlotte fit une légère pause avant de la retirer, ne cachant plus qu'une parure qui mettait en valeur sa gorge et son ventre légèrement bombé, sans la moindre trace de poil au-dessus de l'élastique du slip. Sa poitrine était beaucoup plus volumineuse que la mienne, ce qui n'était certes pas bien difficile.

Comme il n'était question de ne comparer que nos vulves, elle ne toucha pas à son soutien-gorge et retira en me regardant cette fois dans les yeux, ce qui me cachait encore la vue de sa pantoufle. Lançant alors son slip sur le tabouret voisin avec juste ce qu'il fallait d'arrogance et de désinvolture pour être vraiment sexy, elle se planta bravement devant moi, les bras le long du corps, m'offrant enfin sans retenue le spectacle d'une balafre lisse entre deux cuisses fuselées. De la distance où je me trouvais un poète aurait vu deux petites fesses roses de bébé, serrées et polies comme des agates. Moi je voyais un sentier tout doux dans lequel il me tardait subitement d'enfoncer tout ce que je pourrais. Ce spectacle était bien différent de ce que mon bas-ventre lui offrait, mais sous mon bouquet moussu je devais offrir quelque chose qui ressemblait fort à cette fissure. Et le souffle un peu court, la gorge un peu sèche j'admirai ce que je n'avais encore jamais eu l'occasion de regarder chez une autre femme que sur moi, son sexe.

Le premier contact des yeux fut donc ses deux lèvres renflées, enflées même déjà plus que nécessaire, semblait-il, et dont la couleur pâle différait à peine de la peau du ventre, encore que l'on y remarquait une nuance très légèrement plus foncée, vieux rose. Le vallon tendre et régulier se détachait assez nettement, évoquant de chaque côté les dunes jumelles et parfaitement façonnées par un sirocco persistant, en plein Sahara.

La comparaison devait s'arrêter là, car j'imaginais cette vallée naturellement plus humide que les croupes dorées du grand désert, seulement mouillées par des chameaux soulageant leur vessie sur du sable à soixante degrés. Ici, la jolie dépression recelait dans ses profondeurs la fondrière confidentielle, source immuable des bonheurs de l'humanité, de ses duels fratricides aussi, de guerres sanglantes et des cœurs qui se sont déchirés de tout temps. Devant ces excroissances célestes et source de vie, on avait simplement envie de poser les lèvres et de les enfoncer, de forcer la vallée et de plonger dans le puits tiède à l'odeur suave, sans penser une seconde de plus à la détresse millénaire de notre monde.

Au milieu de ce fjord soyeux on devinait la tranchée stratégique, protégée par l'étau des deux cuisses, garde rapprochée d'un souterrain où s'étaient toujours disputées les plus douces batailles, les combats les plus délicats, des combats où la victoire, pour être savourée justement était toujours remportée par les deux belligérants.

La gêne de Charlotte fondait devant mon admiration sincère. Sans que je le lui demande et sentant le désir qu'elle suscitait, elle se rapprocha davantage encore de la tête du lit, mettant sa tranchée à portée de main. Je n'étais plus pressée, les barrières virtuelles entre elle et moi fondant comme neige au soleil, puisqu'elle était maintenant prête à me laisser débusquer l'oisillon à ma guise. Le nid était ouvert, la voie était libre, à moi maintenant de découvrir ce qui s'y trouvait.

CHAPITRE III

Mercredi soir, vers huit heures.

Représentez-vous l'étrange scène : uniquement vêtue de mon soutien-gorge, je suis étendue sur un lit de soin dans un institut de beauté où j'expose mon moulin poilu comme le dos d'un singe, alors que Charlotte, debout à côté de moi, dans la même tenue, offre avec plus de modestie la vue du sien, lisse comme un sou neuf. Un contraste insolite.

… Mais je réalise avoir manqué à mes devoirs les plus élémentaires, j'ai négligé de me présenter. Si vous n'y voyez point ombrage, je vais donc réparer cette inconvenance dans cette tenue un peu légère, en vous priant d'excuser mon impudence !

Je m'appelle Virginie, ce que vous aviez compris, un prénom dont le caractère féminin me plaît bien, peut-être parce qu'il n'a pas de contrepartie masculine. Sa signification, implicitement incluse dans son nom, lui préserve une qualité physique qui, même en ayant été à maintes reprises investie de chaque côté et avec plaisir, conserve néanmoins une forme d'ambiguïté, un doute qui symbolise avec subtilité les visages paradoxaux qu'une femme se réjouit secrètement de présenter à son entourage.

J'ai vingt-neuf ans, je porte des lunettes et ne fais pas mentir le vieil adage que vous connaissez. Celles-ci me donnent cependant un air sérieux que je suis loin d'avoir ou de prôner, une autre facette de ma personnalité que j'aime parfois dispenser, lorsque l'humeur est nuageuse, ou simplement par jeu.

J'ai été élevée dans une famille darbyste, une secte aux mœurs plutôt strictes, ce qui ne va pas vous paraître évident à la lecture de ce récit. Cette appartenance avait de sérieuses contraintes que je me suis empressée d'abandonner lorsque j'ai quitté la maison à l'âge de vingt ans. J'avais du temps à rattraper : je n'ai jamais pu porter que des souliers plats, je n'ai jamais eu le droit de me maquiller ni de me teindre les ongles, à part en cachette, le jeudi après-midi. Pour aller le dimanche au *Local de la Réunion* – ce que vous appelez église, temple ou synagogue – les jeunes filles portent un chapeau ou un béret tout sauf sexy pour couvrir des cheveux longs, frisottant jusque sous les omoplates en un éventail filandreux jamais coupé, c'est la règle. Quant au parfum, douce phéromone industrielle qui affirme parfois avec grâce la féminité et éveille les instincts du mâle, il est banni sous toute forme, seule l'odeur fade du savon de Marseille en hiver, ou celle plus corsée de la transpiration en été des *frères et sœurs en Dieu* que nous étions est agréée.

C'est dans cette ambiance que nous nous rencontrions le dimanche matin à *la Réunion* pour écouter la parole céleste, et entonner à pleine gorge psaumes et cantiques choisis.

L'un des buts non avoués de ces règles et conventions était de nier notre identité sexuelle, l'œuvre de

Satan, et de combattant la tentation largement présente dans nos vies débridées C'était bien vu car fagotées comme nous l'étions en effet, même les plus jolies filles de notre bord n'avaient guère de soucis à se faire pour rentrer seules par les chemins creux, à la pénombre du soir. À toute chose, malheur est bon, paraît-il.

Je ne suis pas petite, mais pas trop grande non plus. On me dit généralement bien faite. Un peu vaniteuse comme tout être humain, j'ai tendance à croire les compliments dont je fais l'objet, surtout, bien sûr, ceux qui concernent mon anatomie.

Aujourd'hui, pour mon cousin et les autres, j'ai un peu changé, et les yeux des hommes brillent d'une lueur indéfinissable quand ils me regardent, alors que les femmes m'observent à la dérobée, avec dans les prunelles ce que j'identifie je crois sans beaucoup me tromper, à de l'envie, quand ce n'est pas de l'agressivité... Cela se vérifie surtout chez les moches entre deux âges, et ne représente donc qu'une demi-victoire. De nature sensuelle et émotive, ces attentions m'envahissent pourtant d'une bouffée de chaleur, comme si je rentrais dans un sauna tout habillée. Le résultat est d'ailleurs comparable, ce bain d'air brûlant et ces regards appuyés ayant la vertu de m'humidifier l'amande depuis que j'ai opté pour mon émancipation.

J'ai la chevelure abondante, épaisse et noire, s'arrêtant aux épaules, la peau naturellement mate, un visage aux pommettes hautes que surlignent des sourcils fournis. On dit parfois de ceux-ci que lorsqu'ils sont denses, ils annoncent un canard assorti. Je ne sais si c'est une règle constante, mais chez moi, elle se vérifie absolument. Comme je l'ai déjà dit, je suis dotée d'un pelage intime épais remontant dans la raie des fesses d'une manière assez inhabituelle. Cette pubescence est comme le lierre envahissant les moindres recoins de la façade d'un vieux manoir irlandais, une caractéristique qui me singularise, et aurait de quoi faire pâlir de jalousie une femme de ménage portugaise[1]. Cette végétation, comme le dit la chanson, me tient en tout cas chaud l'hiver.

Tenez, pour vous donner une image plus explicite de ma région pubienne, elle ressemblerait ces jours par incurie à l'épais pelage du bœuf musqué de l'Arctique. Vous savez, ces bovidés sauvages à la laine si dense que l'on a peine en hiver à distinguer la tête de la queue de la bête, tellement elle est hirsute. Le plus sûr moyen serait de renifler l'animal par les deux bouts. Là encore le résultat n'est pas assuré, ce quadrupède sentant si mauvais, que lorsqu'il souffle fort, ce n'est pas pire que quand il pète. Un sourd en tout cas n'y ferait certainement aucune différence. Dieu merci, la comparaison avec moi s'arrête bien avant ces considérations sur l'odeur, car je me donne la peine qu'il faut pour sentir bon par en haut comme par en bas et, même dans la profondeur de la nuit arctique, jamais personne n'a confondu ma prise d'air supérieure avec mon pot d'échappement.

On me dit plus sexy que jolie, un qualificatif qui me plaît bien. Mon regard, la courbe de mes lèvres, qui dégage des dents régulières et très blanches, me donnent des allures carnassières et un sourire éclatant. J'en fais usage le mieux que je puisse, la gaieté d'un visage rayonnant en effet plus le plaisir que la tristesse. Sans fausse modestie, je crois simplement avoir un petit quelque chose qui accroche, et dont je ne me

1. En Europe francophone, on raconte qu'une Portugaise nue et à quatre pattes s'apparente à une mygale.

suis rendue compte que tardivement dans mon adolescence. Dans mes tendres années, on n'apprenait qu'il n'y avait d'important que le lustre de l'âme tournée vers le ciel. Ce n'est donc que quand j'ai commencé à dormir nue que j'ai pris conscience que la vie était faite de diversités.

Si ma description peut paraître immodeste, elle n'a cependant rien à voir avec mon caractère ou mon attitude au quotidien. Je me décris comme je suis. Je l'écris aujourd'hui ou, pour être plus précise je le *fais* écrire, mais ne le dirais pas. Je suis plutôt réservée, peut-être même un brin timide, et je profite de mon anonymat à travers la plume d'un autre pour m'exprimer sans retenue, sans tabous et librement.

Je gage ainsi que le début de l'épisode avec Charlotte doit donner une impression tronquée de ma personnalité, mais je suis la première à avouer ne pas savoir ce qui m'a prise de me conduire de la sorte. On connaît les audaces des timides ! Un jour, sans raison, ils posent leurs valises et, et…

Attention Paris, tiens-toi bien[1] *!….*

Bref, comment me direz-vous avais-je pu faire ce soir des avances aussi directes à quelqu'un, et à une femme de surcroît ? C'est vrai qu'elle est jeune et attirante, mais ce n'est pas forcément une raison pour avoir une pulsion invertie aussi brusque, contre nature diraient les rabat-joie. Je ne l'avais rencontrée que deux ou trois fois et, seulement en tant que cliente d'un institut dont le sérieux n'est pas à démontrer. J'en ai conclu par la suite que je m'étais trouvée dans une sorte d'état second, poussée par je ne sais quel démon

1.Jacques Brel : *Les Timides*

qui devait me démanger l'esprit avant de m'envahir l'étable en profondeur, sans que je n'y puisse rien faire.

Tu me fais tourner la tête[1],

Eh bien ! je crois que c'est la réflexion qui s'applique à ce qui s'est passé dans la mienne à ce moment-là, et y a bouté le feu, comme je vous l'expliquerai par le menu. En poursuivant cette lecture, vous serez informés, en détail sinon édifiés, car je n'ai eu cesse dès lors d'aller jusqu'au bout de mon fantasme, avec elle comme avec les autres.

J'ajouterai à ma décharge un élément qui a son importance, et qui a joué un rôle en notre faveur pour concrétiser notre soirée improvisée, et la rendre plus accessible : pour une raison inexplicable, un hasard dans le sens le plus strict du terme, Charlotte et moi nous sommes trouvées *en même temps* sur la même longueur d'onde, ce qui est loin d'être évident, surtout dans un état d'esprit qui ne fait pas l'unanimité sur la planète. Car comme moi elle n'a pas outre mesure de penchants saphiques prononcés, ce serait plutôt le contraire.

Ainsi après avoir fait par le menu le tour de nos deux personnes, lorsque nous fûmes plus détendues après la tornade qui nous avait submergées toutes les deux, nous avons échangé nos manières de voir les choses, nos goûts et nos réactions, ou celles que nous croyions avoir. Charlotte m'a avoué raffoler des hommes, précisant que c'était surtout des Noirs dont elle était friande parce qu'elle prétend dans ce cas être à

1. Edith Piaf : *Mon Bonheur à moi*

peu près assurée que l'individu aura une grosse queue. En règle générale, je dois lui donner raison sur les dimensions de leurs engins, mais je lui ai raconté que, l'exception confirmant la règle, j'ai un ami de couleur, très beau et bien charpenté, affublé d'un petit dardillon attendrissant comme tout, un engin fort simple et fort court qui n'en remontre à personne. Non seulement cela ne gêne pas Amadou – c'est son nom – mais il en est enchanté parce qu'il étonne toutes ses amies de sa race, Noires comme lui, qui ont l'habitude de se faire défoncer le *derriè' de devan'*, comme elles disent avec cette expression joliment imagée, par d'énormes braquemarts noueux ressemblant, en beaucoup plus gros, à certains bâtons de chocolat suisse de quatre cents grammes. Contrairement à cette confiserie helvétique cependant, il affirme qu'elles ajoutaient avec le plus grand sérieux et à qui voulait bien l'entendre, qu'Amadou n'avait pas le même goût, et ne fondait pas de la même manière en bouche, ou dans n'importe quel autre orifice d'ailleurs.

Mais avec sa chipolata d'Amadou qui semblait avoir rétréci à la poêle, les belles éphèbes de Brazzaville ou de Washington sentaient un goupillon très dur se démener comme un vaillant petit diable dans leur débarras pour leur donner le change, et leur prouver que la dimension ne fait pas le larron. Et lui prétendait être aux anges dans leur *caven' noi' com' du ci'ag*.

Quant à moi ! Eh bien il m'amuse bien, Amadou, c'est un gentil garçon, même si, comme la plupart des nègres, au lit, il dégage une forte odeur de pot-au-feu. Si donc d'aventure nous avions décidé de passer la soirée ensemble, je m'arrangeais pour que nous nous soyons d'abord rassasiés à table, avant de nous restaurer sous les draps. Dans cet ordre, je conservais mon appétit jusqu'au bout, mais si nous l'inversions, ça me le coupait.

Charlotte donc, sous des dehors de petite fille comme il faut – un terme à mon sens qui ne veut pas dire grand-chose – préfère le labourage brutal, l'indomptable brocart qui perce la porte de sa forteresse et s'enfonce dans la brèche sous les hurlements de la foule paniquée. C'est pour cela, dit-elle, qu'elle n'est jamais allée en Asie. Elle m'a dit avoir été tentée par les Indes, dans sa période ado en pleine méditation transcendantale. Elle rêvait alors de bains purificateurs dans le Gange au petit matin, de bâtons d'encens, de joints hallucinants, de tambours de bronze résonnant dans les temples et, par association, des durs topinambours des bonzes.

Elle déchanta, d'abord après avoir vu un documentaire sur les eaux de la grande rivière sacrée, et ensuite après avoir fait l'essai d'un restaurant spécialisé dans la cuisine de Bombay. Ce n'était pas cher mais à son goût absolument immangeable. Elle s'est enfuie après la première entrée quand elle s'est rendu compte que les plats, comme les serveurs, dégageaient la même insupportable et pénétrante odeur de transpiration. Quant à l'eau du Gange…

Elle a donc rayé cette destination de son carnet de voyages futurs, en mettant dans le même sac le reste du continent pour être sûre de ne pas se tromper. Cette décision ne l'a pas autrement affectée, puisqu'elle apprit peu après que les jaunes ne faisaient pas partie des mâles les mieux équipés de la planète. Et comme ils ont la réputation de s'en servir vite et mal, ce qui va souvent de pair avec les outils de mauvaise qualité, elle n'en fit pas une maladie.

Pour les plages des Tropiques, comme elle aime se dorer nue et que c'est en plus frappé d'interdit en Asie à part chez les Papous de Nouvelle-Guinée pour qui c'est la tenue de ville, elle se rend aux Antilles qui regorgent de mâles noirs aux vaillantes arbalètes, assorties d'amourettes qu'elle trouve parfois agréablement replètes.

Quant au début de ma narration et la fessée dont j'ai été frustrée par les manières diaboliques et humiliantes de la redoutable Kiara, comme pour Charlotte je m'expliquerai mieux plus tard, espérant que la prochaine fois j'aurai plus à raconter qu'une punition manquée.

Mes motivations sont ici pourtant bien différentes, même si elles se rejoignent au niveau du sexe. Les deux tendances mettent le doigt sur le dualisme de ma personnalité, comme ne manquerait pas de le souligner un bon psychiatre. Mes penchants variés ou leurs raisons d'être, ne sont pas ma préoccupation majeure, pour autant que je puisse les calmer quand, où et comme je le souhaite.

Je cherche d'abord à éviter mes problèmes physiques, en les assouvissant avant qu'ils ne deviennent psychologiques et je crois être, à ce sujet, débordante d'idées.

Et si d'aventure je suis seule, j'ai toujours le refuge consolatif de la masturbation, un substitut des plus sains malgré toutes les inepties énaurmes[1] écrites sur la question, malgré les conclusions saugrenues du Dr Tissot, un praticien lausannois qui se tailla une belle renommée en faisant accroire au XVIIIe siècle que

1. sic, Gustave Flaubert. Virginie tient à cette orthographe qui l'amuse.

le plaisir solitaire était source des pires maux, parfois même de la mort si rien était tenté pour éradiquer cette épouvantable maladie. À tel point que même un esprit brillant comme Jean-Jacques Rousseau se targuait fièrement de se compter parmi les amis et disciples du sinistre docteur, tourmenteur prude de la naïveté populaire, et à qui le grand auteur vouait une reconnaissance éternelle pour lui avoir montrer la voie à suivre. Il n'était malheureusement pas le seul.

Loin de me déplaire comme pour une grande majorité d'entre nous selon les statistiques, cette saine pratique me séduit autant qu'une autre. Seule ou entre amis, comme la fondue, elle est bienfaisante. Et je ne connais rien de plus stimulant que de regarder la tête des autres quand je plonge toute seule de mes dix doigts dans mon plaisir singulier, avec une joyeuse équipe partageant mes idées.

Ainsi la réflexion métaphysique, les conventions sociales à refouler, l'introspection et l'analyse me semblent mieux convenir à une séance dans le calme feutré du cabinet d'un psy ; étendue sur son canapé à lui énoncer ragots et niaiseries, le spécialiste n'aurait en tête en regardant sa montre, que sa partie de golf de dix-sept heures trente qu'il raterait s'il ne trouvait pas moyen de faire taire la musaraigne pleurnichant sur sa frigidité, et qu'il aurait mieux fait de commencer par sauter plutôt que d'écouter.

De nature plutôt réservée –quoi que vous en pensiez déjà ! – je n'oserais certainement pas raconter de vive voix à un docteur ce qui se passe dans ma tête concernant mes fesses et leurs quartiers voisins, à moins bien sûr que ce fût pour qu'il en partage les exercices salutaires avec moi. Ainsi donc par le biais de l'écriture que j'ai ici déléguée, je me sens plus anonyme, mieux protégée, et le bon peuple après s'être excité je l'espère en me lisant ne pourra pas me montrer du doigt dans la rue en me traitant de fieffée salope. Il le pensera, certes, mais cela n'ira pas plus loin.

Je manque de courage, dites-vous ? Peut-être, mais probablement pas plus que n'importe qui. Si donc vous me lisez, par oisiveté ou par dépit, sans me juger par avance ce qui rendra votre lecture plus agréable et si, animé d'un *a priori* sans préjugés mon discours ne vous importune pas, vous partagerez au long de ce récit quelques-uns uns de mes fantasmes. Je vous raconterai mes envies et mes pulsions qui n'ont, j'en suis convaincue, rien d'unique. Je les qualifierai même de banales, leur originalité ne résidant peut-être que dans le mélange hétéroclite d'appétits et de goûts combinés, sans d'autre ordre préétabli que la recherche du plaisir et l'excitation de la découverte. Un peu comme le voyageur qui met un point d'honneur à essayer les mets locaux au hasard de ses déplacements, persuadé d'y trouver une gourmandise ou une spécialité qui fera de lui un vrai autochtone du bout du monde. Et puis, de retour au pays, il raconte ses aventures exotiques devant un congrès de poètes et paysans, ses amis, qui ne sont généralement pas allés plus loin en vacances qu'au Parc de la Véranderie ou, pour les aventuriers des grands chemins, au bord du lac St. Jean[1].

Lui, il aura tout vu, tout lu et tout bu de ces pays fièrement explorés en costume local : *Et maintenant, mêlons-nous discrètement à la foule*[2], murmure

1.Pour les francophones du Vieux-Continent, le Parc de la Véranderie est à une heure de voiture de Montréal, environ, alors que le lac Saint Jean en est éloigné de 350 km.

2.Hergé : *Tintin et le Lotus Bleu.*

Dupont – à moins que ce ne soit Dupond ? – après s'être déguisés en mandarins d'opérette, et suivis par une foule hilare de jaunes qui s'amusent bien des petits blancs en plissant des yeux.

Et voilà, en essayant certains plats classiques de ces pays de là-bas, on se rassure sur son propre éclectisme, même si la *tourista* qui accompagne parfois les choix déraisonnables auxquels l'estomac occidental n'est pas habitué en sera la preuve. Une preuve bruyante et salissante que l'on racontera en pouffant, plus tard, au cours de la soirée de clichés, quand la succession de bières aura pris une cadence allegretto au milieu d'une équipe de copains qui bâille d'ennui à l'écoute de souvenirs qui ne sont pas les siens.

Le grand mot, « éclectisme » ! ...Ou encore « ouverture d'esprit » et finalement « tolérance » ! . Je ne suis pas vraiment sûre de ce que ces mots veulent dire, ou plutôt de la signification qu'ils ont fini par prendre dans notre société.

Avec un brin de recul et de modestie, jetons-nous donc dans cette intolérance qui conduit notre monde par le bout du nez. On dit souvent que c'est le sexe qui le mène, c'est juste, mais l'intolérance qui puise ses sources dans l'atavisme religieux rend en le frappant d'interdit le sexe plus juteux, si vous me passez l'expression.

Je ne verserai certes pas dans l'irrespect c'est trop facile, de là sans intérêt. Je n'ai cependant pas de motif supposé de douter que vous n'acceptiez mon langage, car si cela devait être le cas, j'imagine que vous auriez déjà refermé ce grimoire. Mais si vous hésitez encore entre me lire ou reprendre sur la table de nuit *les Mémoires d'Outre Tombe*, ou *l'Introduction à la vie dévote*, c'est le moment de le faire, la suite immédiate pouvant à la rigueur indisposer les plus solides.

J'aimerais pour commencer vous entretenir d'une pratique sexuelle universelle, controversée, mais néanmoins fort prisée par les esthètes, les épicuriens, les hédonistes et tout ce que la terre porte de jouisseurs authentiques et de libertins sans tabous, sans oublier les homos, je veux bien sûr parler de la sodomie. On la dit contre nature, on la taxe de perversion inacceptable, moralement indéfendable. Voire. Bref, comme disait La Fontaine,

Quand on veut noyer son chien, on l'accuse de la rage…

La sodomie était punie de mort dans l'Angleterre victorienne, sur simple plainte de l'épouse qui, probablement inattentive ou complètement saoule, s'était fait trouer l'œillet par son mari et se rappelait soudain, après coup, que cela ne se faisait pas. Pourquoi pas !

Mais à part si l'on est attachée par la force avec l'aide d'une tierce personne, ou, pis encore, l'on est prise par le biais du mensonge – *mais non, mais non, chérie, n'aie pas peur, qu'est-ce que tu vas chercher, je ne vais pas te sodomiser, détends-toi !* –, ou alors contrainte par un aliboron aussi violent qu'indélicat à l'acte honni, j'imagine mal comment on peut se faire *physiquement* enculer sans consentement préalable. Par la position privilégiée et le verrouillage naturel de l'embout, et grâce à l'aide complice de ces nerfs honteux qui permettent la vie en société, cela paraît quand même plus difficile que le bon vieux viol. Qu'il faille un brin de persuasion, certes, mais lorsque l'on a dit plus de deux fois non, fermement, il me semble difficile que l'adepte de l'amour à l'envers arrive à ses fins sans coups de poings, gifles, et toutes ces choses qui ressortent de la plainte pénale, un délit confirmé dans beaucoup de pays dits civilisés… Mais dans le cadre des liens sacrés du mariage, ces Anglais, avouons-le sans méchanceté et avec humour, leurs côtés coincés et hypocrites nous amuseront toujours !

Poursuivons.

Les délices culinaires originales et variées qui différencient les peuples du monde sont-elles ainsi plus respectueuses du tube digestif, pris par l'une ou l'autre de ses issues ? Voire.

Les Indiens de l'Ouest de la baie d'Hudson par exemple, ceux du Nord comme ceux du sud, sont amateurs d'un mets à l'air savoureux ; pour l'élaborer, ces gastrolâtres du Septentrion mélangent le sang et les matières à moitié digérées de l'estomac d'un caribou fraîchement abattu. Ils font ensuite bouillir cette mixture dans une quantité d'eau suffisante pour lui donner la consistance d'une purée. Ils y ajoutent la graisse et les parties les plus tendres de l'animal, hachées en petits morceaux. Pour attendrir cette préparation délicate, les hommes et les jeunes garçons mâchent d'abord puis recrachent la graisse dudit caribou, celle-ci ayant sans cette mastication préalable, un peu de peine à fondre. Mais on est rassuré d'apprendre que dans un souci d'hygiène louable, les Indiens de l'Arctique ont soin d'empêcher les vieillards aux dents gâtées de participer à cette première opération. La farce pleine de saveurs est ensuite introduite dans l'estomac de la même bête. Le boyau est alors recousu, puis exposé pendant plusieurs jours à la chaleur et à la fumée d'un feu modéré qui induit sa fermentation, et donne un goût acide à ce salmigondis nordique qui est, paraît-il, succulent. J'émettrai à titre personnel quelques réserves à cette aventure gourmande.

Autre exemple. Ces peuplades du Nord font également grand cas de la matrice rôtie des femelles du castor, et de ce même caribou. Ils consomment aussi celles du bison et de l'élan, au goût rance prononcé très prisé. Le plaisir atteint paraît-il de francs sommets, quand l'animal a été abattu peu après la mise bas : les glandes tapissant l'intérieur de la matrice sont encore recouvertes d'une surface glaireuse analogue au suintement visqueux de la peau d'une anguille vivante. Raclées puis bouillies, ces mucosités ressemblent par la forme et la couleur sinon au goût, à du jaune d'œuf, nom que les autochtones donnent d'ailleurs à cette délicatesse dont ils raffolent[1].

Et puis que dire encore du *süsströming*[2] des Suédois, cette morue crue macérée six mois dans de l'eau peu salée, mise en boîte, puis ouverte pour sa dégustation à la mi-août. L'espèce de pet bruyant que fait à ce moment la conserve à son ouverture quand les bactéries dégoûtées de leur propre odeur se ruent hors de la boîte en hurlant, arrachera peut-être un rire nerveux à certains, mais devrait surtout les avertir. Ce sourire se figera malgré tout assez vite sur les visages des habitués du steak grillé ou du gâteau chinois, quand la

1.Tous ces exemples sont tirés du, *Le Piéton du Grand Nord* de Samuel Hearne, et relatant la première traversée de la toundra canadienne (1769-1772), Payot, Paris 2002.

2. Expérience authentique de Virginie, lors d'un séjour dans le nord de la Suède (NdA)

puanteur indescriptible se répandra dans la pièce.

Je n'ajouterai pas trente-six mille exemples de recettes mondiales aux effets émétiques presque assurés avant même d'avoir touché à la fourchette, ou aux baguettes. Et à propos de l'Asie, on pourrait mentionner dans le même ordre d'idées les gros vers, bruns ou noirs, récoltés gigotant de plaisir dans les matières alvines des buffles et qui, juste saisis dans de l'huile, sont une délicatesse incomparable en Thaïlande. J'admets cependant en ce qui me concerne que la simple vue de certaines spécialités gastronomiques originales et confirmées, pourrait facilement me couper pour plusieurs jours un appétit qui me fait au demeurant rarement défaut.

Je me demande pourtant si après ces recettes exotiques, il en est encore pour dire que la sodomie ou la double pénétration sont plus dégoûtantes que le gras-double à la mode de l'Arctique, la matrice en décomposition ou les asticots se nourrissant de matières fécales, sous les Tropiques. Chacun peut heureusement penser ce qu'il veut, c'est paraît-il l'une des bases de la démocratie. J'en vois cependant certaines ou certains qui ajouteront que les pratiques de Sodome rudoient la muqueuse anale, physiquement et psychologiquement de manière inacceptable, jusqu'au moment où l'un de ces plats exquis se présentera tout fumant sous leur nez. C'est là qu'il faudrait reposer la question, la persuasion étant, par définition, une affaire de patience.

Certes, je vous l'accorde, la sodomie pourrait dans certains cas irriter la muqueuse délicate du fondement, comme par exemple lors d'une crise d'hémorroïdes aiguë, un moment où l'exercice n'est bien sûr pas recommandé même pour les accrocs de la terre jaune. Mais avec un anus sain, ce sera le doigté de l'enculeur qui interviendra alors pour transformer cet instant délicat, cette douleur naissante, en un intense bonheur.

J'ajouterais probablement sans faire de contresens notoire que la muqueuse buccale ou la fosse nasale, seront aussi brutalisées par les dégagements hircins d'une matrice farcie du dernier bol alimentaire d'un élan, qui s'apparente à du vomi d'un beau rouge foncé, ressemblant à ces flaques indéfinissables que l'on trouve parfois au petit matin, devant les boîtes de nuit.

Attardons-nous quand même quelques instants sur une hypothèse qui, comme toute fiction, est potentiellement envisageable. Elle a peu de chance de se produire un jour, dira-t-on, mais c'est avec ces sortes de hasards que chaque semaine des dizaines de personnes à travers le monde empochent des millions de dollars aux différentes loteries à numéro offertes aux rêves fous des utopistes.

Continuons donc notre raisonnement, absurde peut-être, –l'est-il vraiment beaucoup plus qu'un autre ?– et qui consiste à donner le choix à des gens entre parier dix dollars au 6-49 ou à l'Euromillion, ou jeter purement et simplement ce modeste pécule aux cabinets, que choisiront-ils ?

Le cent pour cent n'existant pas, mettons que, en anticipant la marge d'erreur la plus large, environ quatre-vingt-dix-neuf virgule neuf pour cent des personnes interrogées préféreront tenter la chance à un jeu où ils savent n'avoir statistiquement qu'une infime chance de gagner, plutôt que de glisser cette monnaie dans les cabinets. Sont bien entendu inclus dans cette proportion tous ceux à qui les pratiques religieuses interdisent les jeux d'argent comme les fidèles de toutes les sectes, ou les Arabes du Golfe, clients assidus du casino de Divonne[1], à qui ces jeux dégradants sont interdits. Mais sans cette manne inespérée, ce grand casino aurait sans doute peine à rester le premier établissement de ce type sur l'Hexagone.

Venons-en enfin à la dernière alternative que je voulais vous soumettre, fruit d'une imagination perverse diront certains, ubuesque peut-être dans sa formulation mais physiquement sans aucun danger avec les précautions d'usage. L'argent ou la santé ne joue aucun rôle dans cette combinaison d'où toute violence est exclue : quelle tête ferait donc une darbyste pratiquante, un témoin de Jéhovah, une adventiste du 7e jour, une baptiste ou toute autre sujet non émancipé, l'une de celles que l'on rencontre le dimanche matin à la Réunion ou le samedi au Kingdom Hall, si on lui présentait un dilemme auquel elle ne pouvait se soustraire ? Quel serait le choix, de cette *sœur en Dieu,* comme nous aimions à nous interpeller au *Local*, si on lui proposait de manger une belle assiettée de matrice rance d'élan, de la morue pourrie suédoise, des vers cueillis dans les fèces de taureau, ou de se faire embrocher par-devant *et* par-derrière par deux païens tout propres ?

Je n'ai de respect pour rien, dites-vous ? Je vous l'accorde si cela peut vous rassurer de me prêter de vilaines pensées. Résignée et abondant dans votre

1.Casino de Divonne : le plus grand casino de France, près de Genève, fréquenté en grande partie par la clientèle arabe du Golfe, résidant à Genève. Dans la métropole de l'ouest lémanique dont les activités principales tournent autour du secteur bancaire, les jeux d'argent sont interdits pour des sommes supérieures à 5 euros.

sens, j'ajouterais cependant pour ma paroisse que Bernadette Soubirou[1], qui n'appartenait pas à l'une de ces sectes mais devait invoquer le nom du Seigneur avec une ferveur au moins comparable, aurait peut-être opté dans ce cas pour le suicide, encore que je n'y mettrais pas ma main à couper.

Pour en revenir à ma proposition, que penserait donc notre joli sujet, pour quelle solution penchera-t-il ? Choisirait-il le plaisir de la dégustation et l'horreur de la double fornication, ou le contraire ? En admettant qu'il ait préféré, par héroïsme ou par goût – tout est possible dans la vie – un plat d'asticots vautrés dans les excréments de bovidés, son choix se serait-il maintenu si on lui avait assuré que ses deux fouteurs du jour étaient des catholiques ? Le plaisir ou l'horreur, l'horreur ou le plaisir, l'horreur ou l'horreur, mais aussi, soyons objectifs, le plaisir et le plaisir.

Selon que vous serez puissants ou misérables, les jugements de cour vous rendront blancs ou noirs, etc.. disait ailleurs La Fontaine. Pour moi, personne et rien n'est à condamner, ni les goûts culinaires étranges, ni les pratiques sexuelles délicieuses, j'en suis convaincue, par mon penchant irrévocable pour la tolérance. Et dans le même ordre d'idées depuis que je ne fréquente plus beaucoup mes coreligionnaires, je ne crie plus au viol quand un regard concupiscent – j'adore ce terme – se pose sans vergogne sur la croix en or que je porte dans mon corsage ouvert, une réaction qui procède de l'hypocrisie.

Tout ce que j'aimerais cependant souhaiter aux matrices tièdes, brûlantes mais bien vivantes de mes

1.Sainte Bernadette, paysanne catholique de Lourdes, à qui la Sainte-Vierge était apparue non loin de la ville du même nom.

consœurs, c'est d'éprouver l'humble et indescriptible bonheur du vit d'airain d'un mâle bien monté qui vient marteler en rythme le col de l'utérus surchauffé par une ardente friction vaginale, buccale ou digitale. Je jure que quand c'est bien fait, cela ne fait pas mal… Et pour la porte arrière, c'est la même chose, mais il faut un étalon prévenant. Ça existe, même si c'est plus rare, mais cela se trouve malgré tout plus facilement qu'un six avec bonus à la loterie à numéros, ou un sans faute à l'Euromillion.

Dans un autre ordre d'idée, il est juste de dire qu'il y a aussi des femmes qui se font sodomiser mais ne sucent pas. Chez les hommes de la jaquette, l'aberration est, semble-t-il, moins fréquente. Quant à mes goûts culinaires, ils se cantonnent à des plats simples tels le saucisson pistaché, la truite fraîchement pêchée au bord d'un lac du nord et apprêtée sur place avec un petit beurre tendrement blondi, la choucroute garnie, le camembert, un steak bien rouge, et le saumon fumé sur lequel on fait goutter délicatement un filet de citron.

Je parle, je parle, et je me rends compte que je ne vous ai dépeint jusqu'à maintenant que mon visage. Je vais donc continuer à me décrire le plus naturellement possible, et vous raconter mon corps comme je le vois au moins deux fois par jour à l'heure de la douche, parfois plus quand je m'offre l'occasion d'une sieste crapuleuse.

J'aime être nue, cela me donne une impression de confort et de liberté. J'ai la taille fine mais ne suis pas maigre. De dos je retiens les faveurs de mes amis et de mes amants, dont plus d'un lors d'un encas intime insiste pour me retourner et me prendre à l'envers. J'ai l'outrecuidance de penser que la forme ronde et agréablement charnue de ce côté de mon anatomie n'est pas étrangère aux penchants de mes camarades.

Prolongée par des cuisses pleines, et des mollets galbés grâce à mes séances de fitness régulières, ma croupe est bien fendue. Cela lui donne une tournure séduisante et suggère volontiers à mes connaissances l'envie de la violenter parfois sévèrement, ou même de s'adonner à ces plaisirs passibles de mort chez nos amis anglais du XIXe siècle.

Je reviendrai sur ces tendances qui me plaisent bien, lorsque l'affaire est présentée avec esprit et bonnes manières. Ainsi, une séance de tendres préliminaires, une douce approche faite d'attentions et de diplomatie est fortement recommandée pour entamer ce commerce délicat. Que dire d'autre ! Gentillesse et séduction aussi, savoir adroitement tâter le terrain avant de trouver le ton juste et le bon moment pour exprimer ses intentions, par le geste ou la parole, et laisser galamment le choix définitif à sa partenaire de refuser une proposition dont elle ne pourra finalement plus ignorer la nature. Ou bien alors, à ce stade, faire modestement comprendre que l'on est prête à se faire combler le périprocte, ce soir, exceptionnellement et pour la toute première fois, mais seulement bien sûr parce que c'est lui, ce garçon si bien élevé, qui le demande. Bref, tout ici est dans la manière, la demande, comme la réponse.

Il y aura alors du mensonge, de l'hypocrisie tout en finesse, de la perversité, de l'attente et surtout un immense plaisir dans cette action, ne nous y trompons pas. Et tout cela n'a certes vraiment rien à voir avec un *tourne-toi, que je t'encule* menaçant et jeté à froid, dans un couloir sombre sentant l'urine et le mauvais alcool, vous en conviendrez peut-être avec moi.

Mon dos offre une cambrure concave harmonieuse au-dessus de deux fesses bien prises, le tout étant émouvant au dire d'amis proches. En termes plus explicites, cela veut simplement dire qu'elles les font bander, une des raisons probables de mon goût assez prononcé pour le *coït en levrette,* un terme dont je déteste la consonance vulgaire.

Il paraît cependant que lorsqu'un étalon bandant comme un âne me plante par-derrière jusqu'à la garde, la vue de mon fessier ouvert sur la fissure rougeâtre et la rondelle bistrée serait parfois psychologiquement trop forte ; il y a toujours risque alors que le drôle ait peine à se retenir, et décharge de suite en ahanant comme un bûcheron à l'effort. Et moi, dans ce cas, même si je suis flattée de l'émoi dont mon anatomie a été l'objet, il ne me restera que mes doigts pour achever une entreprise que l'étalon impétueux a été incapable de mener à terme par sa fougue prématurée. Il s'agit là heureusement d'exceptions pas trop fréquentes.

Je termine la description par mon buste. Pas que j'aie voulu garder le meilleur pour la fin comme c'est l'usage, mais parce qu'il fallait bien que je le case quelque part. J'en parle en effet par rapport à sa localisation anatomique, je n'ai en effet pas de poitrine, ou si peu qu'elle ne supporte pas la comparaison avec les appendices mammaires saillants de la plupart de mes amies. Ce qui chez celles-ci a le droit à l'appellation évocatrice classique de « seins » ou de « tétons », chez moi, c'est un vrai sujet de déception, ceux-ci ressemblant plus aux pectoraux d'un homme fatigué et entre deux âges. Ma poitrine d'androgyne n'est pas seulement petite, elle est inexistante.

Tout a été misé sur ton croupion, et rien sur tes nichons! m'a dit un jour en plaisantant mon ami Gustave, alors qu'il faisait jouer à pleines mains les hémisphères de velours de mon arrière-train dont la fermeté le fascinait, tout en risquant un doigt curieux et inquisiteur au centre du petit trou voisin qui l'attirait irrésistiblement.

Je ne porte de soutien-gorge que parce que cela rassure ma féminité, et qu'autrement je fais des complexes. Lorsque je me mets nue devant un homme, c'est toujours ma poitrine que je lui dévoile en dernier, me disant que si mon cul lui a plu, peut-être qu'il excusera le reste. Ce subterfuge marche d'habitude, mais je me dis aussi, sans me bercer d'illusions, que quand ces centaures retirent leur slip en exhibant une érection impérieuse et tremblante, ils ne sont plus à l'heure de la réflexion philosophique. Par contre, si leurs fantasmes étaient de me faire un collier de pasteur à la place de me pénétrer comme ce bon Dr Schweizer, ils en seraient quittes pour le faire tout seul, à la main.

C'est Antoine, un autre ami de longue date, poète à ses heures, qui m'a fait la plus gentille réflexion sur mes deux bulbes nains. Me voyant dans le plus simple appareil pour la première fois, et comprenant mon embarras tandis qu'il était affublé d'un des plus gros membres durci qu'il m'ait été donné de voir, il eut ce délicat commentaire, paraphrasant Baudelaire*:*

Ne médisez jamais de la grande nature, et si elle

vous a adjugé une maîtresse sans gorge, dites : « je possède un ami – avec des hanches ! » Et allez au temple rendre grâces aux dieux. [1]

Mais si je n'ai pas de seins, j'ai des mamelons qui se rattrapent, des bouts d'une longueur et d'une épaisseur étonnantes. Mauve foncé, longs comme une phalangette du pouce, ils sont entourés de grosses aréoles bulbeuses et lisses au repos, qui doublent sans peine de volume et prennent une consistance grumeleuse comme un champ de pommes de terre fraîchement labouré quand ils sont correctement stimulés, la manière la plus facile de me préparer à d'intenses plaisirs. Lentement, longuement et correctement sucés mes bouts s'animent de vertus magiques. Ils me font voir des étoiles, bien plus nombreuses que celles que l'on aperçoit un soir de lune noire dans la nuit polaire. Je suis alors tout simplement transportée, sans savoir où, mon sexe fond, je trempe les draps, et je hurle sans aucune retenue bref, mes mamelons, c'est un peu mon casino personnel de Divonne ou d'ailleurs, un jour de chance insolente.

Avant ces présentations un peu tardives, j'avais interrompu mon récit au moment où Charlotte se rapprochait de moi, précédée à la hauteur de mon nez de sa figue tiède.

Mais si vous préférez les échanges hétéro, si l'homosexualité sociale vous choque ou vous dégoûte, je vous invite à sauter le chapitre suivant.

1. Baudelaire, *Maximes consolantes sur l'amour*, Essais et Nouvelles, la Pléïade, p 548.

CHAPITRE IV

Mercredi, huit heures quinze.

Charlotte se tenait donc debout devant moi, nue, sa pantoufle humide à quelques centimètres de ma tête. L'événement insolite aurait pu s'arroser. Je souris en me disant que je ne devrais pas tarder à le faire, directement au tonneau, si j'ose m'exprimer ainsi.

C'est lorsque le haut de ses cuisses fut en contact avec le matelas de la litière recouverte d'une grande serviette moelleuse que je perçus son parfum intime, à la fois frais et légèrement poivré, un parfum nouveau, différent du mien où se mêlait en plus et de façon tout à fait surprenante, l'odeur du café au lait. Scrutant les deux lèvres closes, j'admirai la peau lisse qui évoquait de petites souris roses à la naissance. J'avançai la main gauche et touchai la coupure nette que je sentis frissonner à mon contact. J'appuyai doucement mon médius au milieu, sans forcer. Avec un petit bruit de siphon, mon ongle puis mon doigt furent sans effort happés entre les bordures délicates, comme dans du beurre normand à peine ramolli. Je griffai au passage les muqueuses tendres, arrachant à Charlotte une légère exclamation de surprise. Index et auriculaire se retrouvèrent ainsi sans le vouloir en appui de part et d'autre de la naissance du fessier rond et en éprouvèrent machinalement la texture élastique. Les deux masses fermes encadraient en gardiennes impassibles l'arcane pertuis comme des statues vigilantes à l'entrée d'un temple antique. Mais si ces monuments sont plutôt frais lorsque l'on s'y aventure, je sentais au creux de ma main que la température de celui de Charlotte ressemblait plutôt à celle d'une mare tropicale accablée de soleil.

Ma camarade gémit doucement quand le doigt plongé dans le puits sombre tenta un imperceptible mouvement de va et vient, où ongle et phalangettes collaborèrent dans une assez joyeuse confraternité.

Toujours debout, Charlotte commença par s'occuper d'elle-même, ne faisant pas mentir le vieux dicton qui prétend que *charité bien ordonnée commence par soi-même*. Après avoir effleuré la courbure de ses hanches d'un geste lascif, elle malmenait maintenant les bouts de ses seins sans ménagement à travers son soutien-gorge, avant de les lâcher et de retirer sa blouse.

Mise en confiance par ces encouragements chaleureux sinon tacites, je pivotai sur le côté gauche pour flatter, caresser et fouiller trous, crevasses et vallées accessibles bref, tout ce qui entourait les souples rondeurs à ma portée.

Ma timidité initiale avait disparu, et je commençai à m'adonner sans retenue aux audaces les plus licencieuses, entreprenant l'examen méthodique du terrier. J'y approchai mon nez puis l'y enfouis, flairant à la manière du paysan du Périgord qui hume et déguste la première truffe de la saison un linge sur la tête pour ne rien perdre des dégagements sauvages. L'odeur de Charlotte, capiteuse et enivrante, très nouvelle, était terriblement séduisante, et je me demandai pourquoi je m'en étais passé jusqu'à aujourd'hui. Comme le dit l'un de mes amis :

l'*ennui quand on est un vrai hétéro, c'est que l'on passe statistiquement à côté de cinquante pour cent de l'humanité !*

Ce soir, j'étais en train de penser que Frank, l'auteur de cette maxime pleine de bon sens, était un sage. Comme il est en plus beau comme un dieu, je me dis qu'il faudrait que je lui demande si cette réflexion était restée pour lui un simple fantasme ou si, emporté par son enthousiasme, il avait finalement mis en pratique ces idées progressistes. Ne se contentant plus seulement de prendre, il se serait ainsi fait prendre, par-derrière et dans le derrière, par un camarade à voile et à vapeur ou, uniquement à la pédale.

Pour l'heure il me fallait finir d'apprivoiser le rouge-gorge de cette nouvelle amie qui se frottait à moi sans beaucoup de retenue. Fort heureusement les deux ailes humides de son passereau étaient impropres au vol, et l'animal ne risquait guère de s'échapper. Il ne semblait d'ailleurs attendre que de modestes efforts de ma part pour répandre dans le creux de ma main un peu d'onctueux plaisir, quelques gouttes suaves de bonheur qui me diraient la joie ineffable de la propriétaire de la cage quand je les aurais récoltées une à une sur mes lèvres avides. De mes pouces, j'entrouvris la jolie fontaine, et imaginai l'émerveillement de Moïse lorsqu'il fendit d'un coup de bâton les eaux de la Mer Rouge, offrant la voie du salut aux Hébreux.

En haut de la corniche j'aperçus le gardien des lieux, un petit gnome au teint rubicond qui essayait de repousser vers l'arrière son capuchon froissé pour me souhaiter la bienvenue, un peu Simplet dans Blanche Neige et les Sept Nains. Je fus surprise par les dimensions de ce nain-là, par sa texture et sa couleur. Je le comparai mentalement au mien et le trouvai plus long, même si je n'avais jamais été en mesure d'approcher celui-ci de si près, malgré mes tentatives acrobatiques. Mais si mon clitoris est légèrement plus petit que celui de Charlotte, ce n'est certes pas en rapport avec ses performances que je trouve en tous points remarquables.

Ce délicieux organe en effet, le mien, reste toujours le partenaire favori de mes jeux de patience d'adulte et me rappelle les parties de *crapette* auxquelles je jouais, petite fille, avec mon grand père, le soir, en buvant après souper une tasse de café au lait.

La crapette, c'était un peu l'ancêtre du *Solitaire,* mais c'est pour moi surtout d'inoubliables souvenirs des douces veillées avec mes grands parents, il y a des lustres.

La tête du bonbon de Charlotte était bien visible, lisse et brillante comme un crâne chauve passé à la couenne de lard. À la faveur de mes attouchements il avait fini par repousser son couvre-chef vers l'arrière et avait pris la couleur pourpre foncé d'un nez d'ivrogne devant son verre de rouge. Étrange comparaison me direz-vous, mais à l'instar de l'individu pris de boisson toujours à la recherche d'un compagnon de débauche, j'eus l'impression que le délicieux organe de Charlotte me faisait de grands signes pour que je m'approche de lui le plus près possible… Si petit et générateur de tant d'émotion, quel prodige, quand même ! Il semblait visiblement enchanté de me voir, bien que nous en soyons à peine à notre première rencontre. À peine avais-je déposé un timide baiser sur son joli minois que le tendre organe m'abreuva de quelques larmes de joies, un témoignage dont je fus toute retournée. J'étais prête comme n'importe quelle femme à rendre de mon mieux les simples marques d'affection qu'on me témoignait de si gentille façon. Je m'enhardis derechef, et pris sans plus de préambule la petite tête brillante entre les lèvres, délicatement, pour lui prouver, si c'était nécessaire, que je l'aimais déjà. Un message classique, certes, mais je sais ces tendresses bienvenues. Appuyant de mon mieux mon baiser, je le taquinai, pour jouer, passant délicatement ma langue tiède sur le petit mufle ardent, doux comme une praline mais au goût fort différent. Charlotte cria, cette fois sans retenue. Je tentai une œillade par en dessous, mais ne pus apercevoir que le duvet de son front car, de mon angle d'observation, ses rondeurs me cachaient toujours son visage.

Je me concentrai alors sur la balafre rubis sombre aux nymphes plissées, chiffonnées et détrempées, et essayai d'imaginer comment elle s'y prendrait quand ce serait son tour de partir à la recherche de mes affaires qu'elle débusquerait au milieu de ma végétation profuse, vaporeuse et luxuriante. Ma tâche s'était avérée plus aisée, et s'était résumée à trouver une quille de bowling noire sur la patinoire du *Rockefeller Center* à midi, dans un ciel clair de décembre. Charlotte devrait, elle, s'improviser spéléologue ! Qu'à cela ne tienne, me dis-je, mais si elle y mettait du sien, ce dont je n'avais nulle raison de douter, je lui offrirais toute l'assistance dont elle pourrait avoir besoin. Nous n'en étions pas encore là, et j'avais encore beaucoup à apprendre et à explorer dans les contours, les criques et les fjords de cette baie accueillante.

Retirant mon soutien-gorge, je lui dévoilai des vallonnements qui ressemblaient assez, par leur relief inexistant, aux plaines du Manitoba et du Saskatchewan plantées de deux silos à blé pointus. Je crus devoir être gênée de cette morne plaine en face de ses vallonnements généreux. Il n'en fut rien, et à ma grande surprise Charlotte tomba en extase devant la différence. Elle eut même les mots choisis pour dire à quel point elle trouvait ma poitrine spirituelle et *mes gros dés à coudre captivants*, je crois que c'est l'expression qu'elle utilisa. Sur le moment, je me demandai quand même si elle ne se moquait pas de moi ou alors si, cherchant l'homme par instinct, elle ne me voyait pas incarner un mâle sans queue.

Je fus rassurée quand la douceur de ses caresses me rassura sur sa nature sensuelle, ou son humeur ludique. Bien que vivant ma première expérience homosexuelle, – en était-ce vraiment une ? [1] je fis sans peine la différence entre ses attentions féminines toutes cérébrales, et les triturations masculines qui, à ce stade de la joute, consistent souvent, pour le mâle en rut, à précipiter le commerce et à nous tarauder la fêlure avec un entrain où la finesse n'est pas nécessairement incluse.

Charlotte se montra, elle, d'une efficacité émouvante pour flatter avec délicatesse, ériger et donner aux deux becquets brûlants qui surmontaient mon torse la

1.Dans « Le Rapport Gabriel », de Jean d'Ormesson, on peut lire : « Jean Beaufret… poussait la bonté jusqu'à se promener en ma compagnie sur le boulevard Saint-Michel et à me proposer avec mansuétude de coucher avec lui. J'hésitais. Il développait ses arguments et il m'encourageait : - Un bon mouvement, me disait-il. Tu ne sentiras pas grand-chose. - Ça ne me dit rien, lui soufflais-je. - Bah ! me répondait-il, ce n'est pas parce que je t'enculerai une ou deux fois que tu deviendras pédéraste.

consistance du granit en hiver.

C'était à mon tour de gémir, et le temps n'était plus à la retenue : mes mamelons s'étaient passé le mot, car en quelques secondes je sentis les vagues annonciatrices et caractéristiques de l'imminence de l'extase, envahir mon ventre comme une houle de haute mer, puissante et régulière. Ne voulant pas jouir trop vite, je retins mon plaisir le plus longtemps possible, et me concentrai sur celui que je voulais offrir à Charlotte. Dans la position légèrement penchée qu'elle avait adoptée debout à côté du lit, je n'avais plus qu'un tout petit chemin à faire avec mes avant-bras pour m'emparer de ses deux masses fermes piquées de grosses fraises, et qui se balançaient avec lourdeur devant mes yeux. Agités d'un roulis régulier, les globes de Charlotte tanguaient de droite à gauche, ils oscillaient chacun de leur côté, à contresens, animés d'une trajectoire en arc de cercle tout à fait remarquable.

Elle en était presque au même stade que moi, ma gentille camarade, nous étions toutes deux en train de nous précipiter dans la spirale délicieuse et infernale de la jouissance, sorte de rayon de Schwartzschild[1] de l'orgasme féminin. Nous avions pris feu, et c'était à qui gagnerait en décollant la dernière. Prise d'une inspiration subite, je pinçai avec fermeté son mamelon gauche et violacé par l'exercice, tout en serrant fermement mes lèvres sur le droit. Changeant de position Charlotte appuya plus fermement ce tendre obus sur ma bouche, et mordit l'un des miens à sa portée, avec une certaine férocité. Ce fut la mise à feu du détonateur : j'explosai à la seconde, sans plus de résistance, bouleversée, chavirée, anéantie. Au cœur de l'action,

1.Dans un trou noir interstellaire, rayon minimum au-delà duquel la lumière ne peut plus s'échapper à cause de l'intensité du champ de gravité.

emportée par le même élan, je me saisis du sein libre qui pendait dans le vide et, emprisonnant griffai le bouton lilas avec entrain, et plongeai l'autre main vers sa taupinière détrempée. Charlotte me suivit d'une toute petite longueur sur la ligne d'arrivée, et fut submergée à son tour par un délire vocal puissant. Elle émit une plainte de gorge dont le volume sonore eût fait croire à un drame familial sanglant à quiconque serait passé à l'instant sur le trottoir.

Après ce point d'orgue salutaire, le calme revint, tranquillement, notre anhélation se dissipa. Et puis nous échangeâmes un petit clin d'œil, et un gros éclat de rire. La tension retombait, sans effusions post coïtales, pas de mise dans notre cas. C'était sain et décontractant, n'allez pas chercher plus loin. Nous nous désaltérâmes à la cuisine, sans gêne d'être dans le plus simple appareil.

Et la suite de la soirée fut torride autant que ses débuts. Nous avons changé de place et de position un grand nombre de fois. Rien ne fut négligé, ni devant ni derrière, nous découvrant des talents mutuels d'exploratrices débauchées dont l'indécence n'avait plus de bornes, assouvissant lubricité et fantasmes déraisonnables, pour ne pas dire les plus effrayants. Ce fut un festival inouï, un feu d'artifice jamais vu pour l'une, comme pour l'autre, une ivresse nouvelle sans aucun effet négatif. Nous nous étions adonnées au culte de Sapho, données l'une à l'autre sans complexe, et cela valait bien les transports de la Réunion, le dimanche matin. Chacune avait fait faire à l'autre le tour de son village, chacune avait proposé le tour de son village et de ses échoppes, à sa façon, chacune avait parcouru à son tour les dédales secrets, les tunnels fantômes et les anses les plus confidentielles de nos anatomies.

Un peu plus tard, pour justifier ma présence dans son institut, Charlotte entreprit finalement la taille sélective qu'elle m'avait proposée en début de soirée, le but de ma visite, mais sans dégager complètement le guichet. J'eus donc droit à une *coupe à la huron,* dont le résultat fut tout à fait remarquable, et mon ventre fut paré d'une frange en brosse recouvrant ma brèche avec une certaine élégance. J'avais maintenant un petit bois fourni masquant l'essentiel, comme les haies qui protégeaient il y a quelques années encore les chemins creux de nos campagnes. Cette abondante végétation était l'hôte de tout un petit monde grouillant, piaillant et voletant, sorte de microcosme écologique protégeant une faune aujourd'hui disparue.

Dans mon cas par contre, je n'abrite autour de la fente aucune classe animale, fût-elle rampante ou urticante. Ma toison est demeurée épaisse et touffue, elle recouvre uniformément l'orifice, et se termine en une pointe fine, en fer de lance, un peu au-dessous du nombril.

Charlotte m'offrit une pince à épiler en métal doré en souvenir de notre soirée, pour me permettre de conserver le plus possible cette arme bien dessinée qui donne son aspect original à mon herbier. Et dans la raie, le design est resté le même, et une laine épaisse, odorante et poivrée en fin de journée, entoure les fronces de mon anus, ma *truffe dans le blé noir* comme dit Baudelaire. Ma motte serait-elle finalement une curiosité ? Je ne sais. En toute modestie cependant, en toute fierté aussi, je vous avouerai que je suis surtout enchantée de cette apparence originale, et ne suis pas loin de penser que depuis cette mémorable soirée, j'ai un look d'enfer.

Chapitre V

Mercredi soir, 22 H.

Pour nous remettre de nos émotions, Charlotte et moi allâmes nous restaurer dans une brasserie qui servait ses clients en dehors des heures décentes, celles où le commun des mortels va se coucher pour se lever le lendemain matin aux aurores, en pleine forme, et ne rien faire, mais debout.

Sans qu'il faille y voir aucune allusion à nos activités de la soirée, nous choisîmes avec un bel ensemble et sans nous consulter, vingt-quatre huîtres pour nous ouvrir l'appétit, suivies d'une épaisse entrecôte accompagnée de frites croustillantes et d'une salade verte. Nous étions affamées, la précision est probablement inutile.

Nous finissions à peine notre première demi-douzaine de spéciales, que deux grands gars à l'air sympa s'approchèrent de Charlotte qu'ils embrassèrent très chastement et avec gentillesse. L'air visiblement ravi de l'apparition, celle-ci me présenta à ses amis de longue date, Benjamin et Aaron. Sans façon, ils me firent une bise que je leur rendis volontiers. Après m'avoir interrogée du regard et compris mon sourire d'acquiescement, Charlotte les invita à prendre place à notre table.

Comme nous ne buvions encore que de l'eau, Benjamin proposa que nous partagions une bouteille de *beaujolais,* plus léger qu'un blanc pour accompagner coquillages et viande rouge à l'heure des cafards. Il insista auprès du garçon pour qu'il soit servi légèrement frappé. Désireux de prendre le train en marche et même de s'asseoir dans le même compartiment que nous, les deux amis se rallièrent à notre menu et nous, de notre côté, attendîmes que leurs huîtres arrivent pour continuer les nôtres.

Voilà ce qui me plaît dans nos existences trop souvent dépourvues de spontanéité et de gentillesse authentiques. Une soirée bien commencée, improvisée presque, une interprétation libre, et une suite sur le même ton agréable, sinon dans le même registre, incluant ce soir un repas convivial, en compagnie de gens sympathiques et drôles. Et elle fut réussie, répondant sur tous les points à mes espérances, et je crois aussi à celles de Charlotte. Quatre camarades fortuitement réunis, pas compliqués et de bonne humeur, de culture et de milieux semblables ou presque, ce qui n'est pas une priorité mais facilite les choses, de religions différentes ce qui n'a plus grande importance de nos jours ou presque, à part pour les peuples qui conjuguent l'oppression à tous les temps. Nous étions prêts à nous découvrir, à discuter, ouverts, à écouter chacun de nous raconter nos parts d'expériences et d'impressions, si petites soient-elles, sur nos existences respectives.

Le sexe ? Pour ce soir, Charlotte et moi nous avions donné, nous étions largement rassasiées. Cette fonction primordiale dont la partie plaisir est singulièrement réprimée dans bon nombre de nos communautés socio-religieuses, occidentales et orientales, ne faisait, pour l'instant et pour quelques heures, plus partie de nos préoccupations du moment.

L'argent ? Ce n'était pas le problème, ni l'une ni l'autre n'ayant besoin d'envisager de se faire sauter pour se persuader d'avoir réussi son repas sous prétexte de s'être fait inviter à dîner. Et comme le choix nous incombe de toute façon, de droit et par tradition, nous n'aurions finalement pas baisé pour remercier, tout simplement parce que nous n'en avions plus envie, ou alors nous l'aurions quand même fait, sans plaisir, pour être polies, ce qui est pire encore.

Cette belle mentalité, cette demi-mondanité de salon, systématique et institutionnalisée dans la morale deux fois millénaire du monde, a quelque chose de malsain, quelque chose d'où le choix, donc la liberté, sont absents à l'heure de l'égalité des sexes.

Beaucoup de nos consœurs autour de la planète trouvent leur cul unique. Rien cependant ne ressemble plus à un joli cul qu'un autre joli cul. Certaines sans l'avouer ouvertement, voient dans cette partie de leur anatomie l'atout principal en mesure de susciter l'intérêt de leur prochain, et en monnayent instinctivement l'usage même auprès de leurs amis. Je devrais employer ici le terme de client, plus adéquat, parce que j'ai peine à situer un semblant d'affection, de camaraderie, ou une amitié sincère dans ces procédés à connotation bassement commerciale.

C'est un marché de dupe et comme tel, ce paiement d'avance n'assure en aucun cas le créancier naïf de pouvoir consommer le produit de son achat. Trait remarquable, il ne s'adresse bien entendu qu'à ce qui porte une queue, la prestataire de service pouvant toujours décider après coup, ou plutôt *avant* le coup, si elle est d'accord d'honorer le contrat soumis à sa seule discrétion. Les termes dudit contrat sont tacites, et consistent à accepter de se laisser enfoncer le soupirail en échange d'un plat de lentilles ou de quelques grains de caviar, selon les prétentions. Mais là où le bât blesse, c'est qu'il y a toujours loisir de rester vénale jusqu'au bout et de décider au dernier moment d'ajourner pour une autre occasion, et pourquoi pas avec quelqu'un d'autre, quelqu'un qui aurait l'idée élégante d'offrir en prime une montre ou un bijou quelconque bref, une délicate attention dont le but est de nous aider à imprégner plus copieusement nos slips d'avance.

Dans le choix du refus, en remerciant ou pas l'idiot qui va remettre après ce dîner de gogos sa monnaie dans son pantalon d'où le reste ne sortira pas, on voudra donner l'impression que l'on ne se fait pas acheter, que nos fesses – mais que croit-il donc, celui-là – ne se négocient pas de la sorte ! Et de lui montrer, l'air innocent qu'on le prend pour le même crétin qui se fait voler dans une échoppe : une fois l'article payé, la vendeuse garderait l'objet, et inviterait l'ahuri d'un sourire enjôleur à repasser un autre jour. Celle-ci lui assurerait alors qu'elle sera ravie ce jour-là de lui remontrer l'article qu'il a déjà réglé, mais n'a pu emporter, parce qu'elle en avait décidé autrement… Non mais des fois, mes chères, pour qui nous prenons-nous, parfois !

J'aimerais me faire bien comprendre : c'est évident que nos fesses se paient, ou plutôt se louent, pas chères si c'est par affection, plus cher si on n'est pas trop branchée, en leasing à discuter pour du long, très long, voire trop long terme, à des prix qui peuvent dans ce cas grimper très haut.

Mais ce qu'il y a parfois d'assez bas de la part de certaines consœurs, c'est que l'argent qu'elles ont déjà sur leur compte entre souvent pour une bonne part dans cette attitude entachée d'une affligeante veulerie… J'en connais ainsi plus d'une, jeune et à l'aise, qui imagine que l'importance de son crédit en banque donne tout naturellement une plus-value à ses orifices. Alors là, c'est le comble ! Ce n'est pourtant pas la disproportion de ces derniers qui font la différence, au contraire. Des allumeuses de première, voilà ce que nous sommes parfois, et jusqu'au bout des poils, ayons au moins la décence de le reconnaître… Ce petit jeu peut aussi, parfois, se mal terminer, même si ce n'est selon la loi, pas excusable.

Montaigne disait que *si haut que l'on soit placé, on n'est jamais assis que sur son cul.* L'enseignement de l'écrivain n'est peut-être pas aussi captivant que celui de Gala ou Paris Match, et il est vrai qu'en cantonnant son information à des lectures de salon de coiffure, on pourrait avoir tendance à prendre son anatomie pour un instrument à haute valeur ajoutée. Cela reste discutable, même si chacune d'entre nous, comme je l'ai dit plus haut, a la fâcheuse tendance de prendre systématiquement la sienne pour la plus belle du monde.

Mais reconnaissons aussi que la niaiserie de nos compagnons y est pour quelque chose. De croire par exemple que la première bergère venue baissera sa culotte pour un bœuf en daube et un verre de vin chilien relève d'une naïveté étonnante. À notre époque, c'est à 6 ans, voire sept, que l'on cesse de croire au Père Noël.

D'un autre point de vue, on peut souvent et à juste titre considérer les neuf-dixièmes des mâles que l'on croise pour des machos, des bluffeurs, des vantards et surtout, pour celles qui aiment aimer au sens biblique, des demi-sel au pucier, avant même de leur avoir donné leur chance.

Si c'est vrai dans une large proportion, ce n'est ni une raison, ni la règle. Quand on a affaire à un Jeannot-Lapin de la bagatelle qui pense honorer ses conquêtes comme il vide ses bières, cul-sec, il est nécessaire de s'expliquer, et d'expliquer qu'une femme c'est un petit peu plus que ce qu'il s'imagine. L'ignorance en effet, si elle est assortie d'un brin d'éducation et d'un enseignement minimum dispensé avec gentillesse bien sûr, ça peut se corriger.

À part ça, bien entendu, on ne veut pas mais on exige l'égalité des sexes, on veut qu'on nous tienne la porte, qu'on nous tienne notre manteau, qu'on nous retienne à dîner… Et surtout qu'on nous respecte parce qu'on ne couche pas, ou alors que quand on en a vraiment envie ! J'ai un peu honte de ces comportements mercantiles systématiques dont beaucoup d'entre nous souffrent de manière chronique : pourquoi ne pas laisser ce type d'attitudes aux vraies professionnelles, c'est leur métier, après tout, et il est tout aussi honorable qu'un autre.

Je n'ai certes pas dit ne pas apprécier de me faire inviter, je ne dis pas que je ne veux pas de prévenance ou que je n'aime pas la galanterie masculine, bien au contraire, loin de moi l'idée de refaire un monde qui tourne, somme toute, pas si mal depuis longtemps. Je suis individualiste, et me moque de la soi-disant égalité des sexes : une femme intelligente a probablement plus de pouvoir qu'un homme, ce n'est pas un commentaire particulièrement féministe. Ce sont les différences qui font la différence.

Hommes et femmes, nous avons tous quelque chose à offrir et à s'offrir réciproquement pour nous charmer et nous séduire, pour rendre ces instants de partage inoubliables. Inutile d'y ajouter d'emblée la composante financière, elle viendra bien assez tôt. Inutile également de dire que comme ça, c'est normal. Rien n'est normal et le plaisir, pour l'avoir, pour le partager, il mérite des efforts de part et d'autre, il mérite le respect de l'autre. Se faire systématiquement inviter par un homme, ce n'est pas fait dans l'idée de le respecter, mais d'en profiter. L'affirmation est bien entendu associative, la même chose étant applicable à l'homme, qu'il prenne congé en me serrant la main ou après m'avoir rempli la cave. Montaigne disait ailleurs *que dans la vie tout est dans la manière*. Aujourd'hui, hommes et femmes ont tendance à l'oublier, et ne mesurent leur plaisir qu'au chiffre de leur compte en banque, suivi du plus grand nombre possible de zéros avant la virgule ce qui, selon eux, quantifiera la joie qu'ils auront eue à s'adonner à n'importe quelle activité, à commencer par le sexe qui est la plus facilement monnayable.

Est-ce que j'exagère ? Y aurait-il alors vraiment autant de petites gouapes, de maquereaux sans idées que la violence exercée sur des êtres physiquement plus faibles pour motiver l'usage qu'ils font de la brosse qui leur sert de paume ? Y aurait-il aussi autant de vraies arpenteuses contraintes à la passe sordidespar les premiers, persuadées que leur seule compétence –le joli mot!– dans la vie c'est d'écarter les jambes pour recevoir quelques pouces de chair dans la trappe, d'agiter leur croupe autour jusqu'à ce que ces centimètres redeviennent des millimètres dans des glapissements humides et grotesques ? Mais tant qu'il y aura des aliborons pour lâcher une poignée de dollars pour cinq minutes de plaisir à une fausse blonde apathique qui sent l'alcool et la cigarette, notre monde sous ses formes traditionnelles les moins séduisantes aura encore un bel avenir devant lui.

Je ne dis pas trouver la prostitution personnelle honnête, immorale ou amorale, au contraire. Rappelez-vous *Boule-de-Suif* [1], cette péripatéticienne pendant la guerre de 70, paumée dans une calèche de bourgeois jobards, hypocrites et indécents, les femmes autant que les hommes, et interceptée par les boches. Toute cette fine équipe la presse d'accéder aux avances de l'officier allemand qui ne laissera repartir l'impériale arrêtée dans sa course que quand la dame en question aura accepté de céder à ses ardeurs charnelles... Elle résiste, elle refuse, parce que ses compagnons de voyage l'avaient traitée de moins que rien lorsqu'ils avaient appris l'origine de ses honoraires. Mais devant les forces armées et la volonté du commandant, on redevient gentil, on l'adule, on la cajole, on redouble de prévenances, on invoque la solidarité et le devoir, les dimensions sont nationales pour cette action de salut public bref, la pauvre finit par céder. On loue son civisme. Et on remonte le lendemain dans la voiture, libres et rassurés... Mais l'on ne regarde plus cette pestiférée, cette traînée, que dis-je cette salope qui couche avec le premier venu, surtout avec l'ennemi !

1.Guy de Maupassant, *Boule de Suif*, Bibliothèque de la Pléïade, Gallimard, 1974,

Certaines professionnelles ont fait autant de bien avec autant de cœur que Boule-de-Suif ou Mère Thérèsa, dans des domaines différents. Dans chaque cas la finalité, la bonté et le souci du prochain, sont identiques et tout autant louables.

Mon récit n'a aucune vocation moralisatrice, je m'emporte dans mes pensées et serais prête, parfois à oublier les motifs de ma narration. J'ai même la vague impression que l'écrivain public, mon cousin préféré qui a gentiment accepté de transcrire par écrit ces impressions, – je l'entends dire ici *élucubrations* – semble marquer, lui aussi, quelques signes d'impatience.

Pour en revenir à ce que je disais sur nos deux camarades de table, Benjamin et Aaron, nous ne pouvions – surtout moi qui ne les avais encore jamais rencontrés – d'emblée présumer de leurs intentions, mais nos instincts de femmes, la plupart du temps infaillibles lorsqu'elles concernent nos relations avec les hommes, semblaient à première vue indiquer des individus assez intelligents pour ne pas nous montrer dès ce soir qu'ils ne seraient contents que lorsqu'ils nous auraient culbutées. Que pouvions-nous donc nous souhaiter de mieux à tous les quatre ? Des instants décontractés, rarissimes, où chacun est d'accord sur le fait que l'on ne recherche rien, si ce n'est de passer un bon moment ensemble autour d'une bonne table, sans autre prétention que de combler une faim qui, pour Charlotte et pour moi en tout cas, était celle du loup. Les choses pouvaient évoluer, bien sûr, mais ce n'était pas l'heure.

Lorsque nous eûmes terminé les premières quarante-huit huîtres Aaron, le plus grand des deux compères, suggéra que nous en reprenions une petite douzaine ce qui, finalement, ne ferait que trois pièces de plus par personne. Nous approuvâmes avec plaisir, surtout lorsque le maître d'hôtel nous assura que nous avions juste le temps avant que l'entrecôte ne nous soit servie. L'occasion pour moi d'apprendre que Benjamin était journaliste dans un grand magazine américain. C'est à ce moment que je me remémorai avoir déjà vu son visage quelque part. Aaron, de son côté, était fondé de pouvoir dans une vieille banque privée – sans rire, ça, je l'aurai juré ! – qui appartenait depuis trois générations à sa famille.

Nous avons pris une deuxième bouteille de vin pour accompagner la viande qui était délicieuse, cuite selon nos désirs, les frites croustillantes et la salade verte, croquante et parfaitement bien assaisonnée, ce n'est pas toujours évident.

Avant de nous quitter, nous avons admis sans arrière-pensée que nous aurions plaisir à nous rencontrer à nouveau, tous les quatre. Charlotte qui avait peut-être déjà une petite idée derrière la tête, s'empara de la note avec fermeté – sans aucun rapport avec ce que j'ai dit plus haut, c'était pure coïncidence – sous les protestations des deux garçons qui ne se firent dès lors aucun scrupule à nous inviter pour la semaine suivante. Tout ceci était rondement mené, puisque nous étions déjà jeudi. Sur cette heureuse perspective, chacun rentra chez soi, du baume au cœur et le feu aux joues et, en ce qui me concernait en tout cas, les jambes en coton.

CHAPITRE VI

Jeudi. 15 H.

Mes activités professionnelles ne me laissent pas beaucoup de temps pour penser à ma vie privée en cette fin d'année, mais je fus à peine surprise lorsque Charlotte m'appela le lendemain après-midi pour me demander si j'étais libre pendant la fin de semaine :

– Je viens de recevoir un coup de fil de Benjamin, me dit-elle. – Il aimerait nous recevoir dimanche à midi chez lui pour déjeuner, avec Aaron. C'est lui qui se chargera de la cuisine, est-ce que ça te va ?

– Il sait cuisiner ?

Je sentis son sourire à distance :

– Tu verras !

Il ne traîne pas pensai-je, et bien sûr que cela m'allait, quelle question !

– Attends deux secondes que je vérifie si je n'ai pas déjà quelque chose d'inscrit pour cette date... Voilà, et bien pour moi, c'est bon aussi, répondis-je, enchantée à la perspective de revoir cette sympathique équipe.

Le reste de la journée se passa sans histoire, le

train-train quotidien d'une entreprise qui lutte au XXIe siècle pour sa survie dans un théâtre socio-économique international pas toujours très facile. Pas de quoi se plaindre cependant, il y en avait de bien plus mal lotis que nous.

Vers seize heures, je reçus un coup de téléphone de Victoria qui, sans allonger, me dit sur un ton sans réplique qu'elle souhaitait que je la rappelle sans faute chez elle, après dix-huit heures. Je n'eus pas le temps de répondre qu'elle avait déjà raccroché, probablement persuadée que je mouillais déjà ma culotte à l'idée d'avoir reçu un ordre que j'allais exécuter dès mon retour à la maison. Elle n'avait évidemment pas tort, j'avais le vasistas humecté quand je l'appelai vers six heures et quart, ce qui me rappela qu'il ne serait pas sot de ma part de toujours emporter avec moi une paire de slip de rechange dans mon sac, le matin, avant de partir au bureau. Ils sont tellement petits qu'ils ne me chargeraient pas outre mesure, et m'empêcheraient surtout l'inconfort d'un lapin très souvent mouillé. Sa voix froide et déterminée me fit une impression bizarre, tout en me chauffant l'entrecuisse d'une étrange façon :

– Bonsoir Virginie, je voudrais vous voir chez moi dimanche vers quinze heures trente, avant l'heure du thé qui sera brûlante. J'ai invité Kiara, elle sera donc là, elle aussi.

Le ton était sec et métallique, ne supportant aucune contradiction. Je sentis instantanément quelques larmes supplémentaires délicieuses glisser hors de la cruche.

Avait-elle voulu dire que *l'heure du thé*, serait *brûlante*, ou avait-elle simplement pensé au *breuvage* en question, qu'elle servirait *brûlant*, vu la saison ? Par téléphone, la question se posait, et la réponse était ambiguë. Ce dragon au charme pervers pratiquait l'équivoque avec art, mais en y réfléchissant un quart de seconde, je compris que c'était bien l'heure du thé qui serait brûlante. Quant au breuvage lui-même, il ne devait pas être l'acteur principal de la réunion, mais son prétexte. Je gageai cependant qu'il serait servi dans de la porcelaine fine, avec des petits gâteaux de couleurs et de saveurs aussi originales que différentes. Kiara serait là pour donner un peu de sel à cette collation de douceurs, mais surtout pour pimenter le tableau et ajouter à l'humiliation, but inavoué de l'invitation, tacitement admis par les intéressées. Seulement voilà, pour dimanche je n'étais plus libre, et ne souhaitais en aucun cas rater la visite chez Benjamin. Pour gagner du temps et me laisser quelques secondes pour trouver une excuse acceptable, je m'entendis murmurer dans le combiné :

–Plaît-il ?

–C'est une habitude de faire répéter, chez vous ? La voix était toujours aussi abrupte et cassante. Je vous attends dimanche, pour prendre le thé, vers quinze heures trente, je crois que nous aurons à discuter.

J'aimai bien le *nous aurons à discuter*... L'élégance de la métaphore me mit le sourire aux lèvres !

–Je suis vraiment désolée, mais dimanche après-midi, je dois aller voir ma grand-mère qui ne se sent pas très bien depuis hier. Je lui ai promis de passer l'après-midi avec elle, mentis-je avec une assurance dont je ne me croyais pas capable.

Lourd silence au bout du fil. Avait-elle avalé mon mensonge ? Un soupir excédé, vite dominé, à peine audible, puis elle reprit :

– Dans ce cas soyez là, disons… Lundi vers dix-huit heures… Et n'oubliez pas de présenter mes vœux de prompt rétablissement à madame votre grand-mère !

Le sarcasme imperceptible du dernier commentaire ne m'avait pas échappé. J'allais bredouiller une explication fumeuse, mais Victoria, en raccrochant, était sans le vouloir accourue à mon secours.

CHAPITRE VII

Vendredi, à l'heure blême.

Le lendemain matin je m'éveillais en souriant à l'agréable perspective des agapes du prochain jour du Seigneur. Étant donné la température assez fraîche de la saison, je faisais des incartades à ma tenue nocturne classique. Je dors d'habitude *à la Marylin Monroe*. On connaît cette célèbre réplique de l'actrice quand un journaliste lui demanda un jour comment elle se préparait pour la nuit: « *quelques gouttes de Chanel No. 5, et rien d'autre* », avait-elle répondu. J'ai depuis longtemps fait mienne cette réplique et vais au lit de la même manière, sauf qu'à cette saison un peu fraîche je rajoute parfois un T-shirt sur mes épaules quand la température descend en dessous de -15 degrés C°, mais assez court pour ne jamais recouvrir mes bas quartiers que j'aime sentir libres sous les draps, prêts à toute sollicitation manuelle, volontaire ou non.

Avant de remettre les pieds sur terre, je débute la journée en me passant les mains sur le corps, un réflexe instinctif, une espèce de contrôle que chaque chose est encore à la place, là où je l'avais laissée en m'endormant, manœuvre à peu près immuable qui commence par le haut des cuisses et remonte faire une petite incursion dans la baie obscure, exclusivement avec la main droite – allez donc savoir pourquoi, je suis pourtant gauchère – qui plonge seule dans le blason et vient gentiment frotter la fente, l'extérieur d'abord, pour remonter rejoindre l'autre sur mes seins. C'est la même sensation toujours agréable qui me remplit et me creuse l'estomac quand j'effleure avec lenteur de mes pouces le bout de mes tétines encore chiffonnées et endormies, repliées sur elles-mêmes au réveil, mais qui ne tardent pas alors à relever fièrement la tête, à durcir, dans l'attente du plaisir prochain éventuel.

Comme la plupart des femmes, je porte ensuite la main que j'ai enfouie entre mes cuisses sous le nez pour humer le bouquet matinal, un peu plus lourd au cœur de l'été que dans la fraîcheur hivernale. Cette pratique personnelle attentive est pour moi le moyen classique de déceler en toute saison mon évolution mensuelle.

Sûr, je vous entends dire « triché, elle se connaît par cœur, comme les variations qui y sont liées ! ». Bien sûr, mais ce n'est pas ça que j'entendais, non, la raison de cet exercice routinier quotidien, est surtout d'y découvrir l'humidité fluide ou épaisse qui m'indique mieux que n'importe quel test mon état physiologique matinal, et me renseigne avec précision sur ma fin de nuit, juste avant le réveil. Ainsi quand mes doigts sirupeux dégagent un parfum rustique de bucardes, sourions, bulots et patelles en fin de matinée au marché, j'en déduis que j'ai probablement terminé mes divagations oniriques par quelque manipulation érotique.

J'aurais pu ainsi avoir été placée avec un ou deux amis dans des situations intimes scabreuses, et m'être retrouvée par exemple dans le plus simple appareil dans une réunion d'affaire ou de famille où tout le monde aurait été en tailleur strict et costume trois pièces. Mon ou mes amis et moi, aurions par contraste évolué dans le plus simple appareil, inconscients de notre tenue légère et des regards mauvais que nous aurait jetés l'entourage.

Dans d'autres cas on se serait retrouvé cul nu avec quelques amis, seulement vêtus d'une chemise ou d'une blouse, trop courte pour masquer l'asperge ou le blaireau. Mon fantasme inclut alors que mes compagnons d'infortune – mais est-ce vraiment ça, l'infortune ? –, dans mon rêve, ont le membre durement quillé, et ne peuvent en aucun cas cacher le gourdin avec leur vêtement étriqué. Dans des songes plus passionnés encore, il m'arrive de prendre pitié d'une verge particulièrement congestionnée et d'offrir, ça et là, une turlutte légère, un calumet très tendre, puis d'achever le travail en aidant le pauvre homme proche de l'attaque cardiaque à décharger à l'heure du café, sur la table des convives outrés, et de diriger le jet intermittent, dense et généreux, sur le sucre brun, le plateau de mignardises, dans le pot de crème ou encore sur la rivière de diamant immergée dans le corsage ample et ridé d'une invitée sur le retour, au bord de l'apoplexie.

J'ai à ce propos quelques connaissances au pénis sain et souvent sollicité qui, lorsqu'ils sont correctement secoués, en phase avec le rythme saccadé de leur éjaculation, peuvent arracher à trois ou quatre mètres, sans aucun problème. De quoi arroser n'importe quel objet sur une tablée de dix ou, la nuit, sur toute image pieuse épinglée au-dessus d'un lit. À part cette dernière remarque, tout cela relève malheureusement de mes fantasmes dont le mérite principal est de me trouver aux aurores dans les meilleures dispositions pour une masturbation douce et efficace.

Je ne vous ai pas caché la sensibilité toute particulière de mes tétons, gras au sens anglais du terme. Ce matin cependant je fus surprise de les sentir pointer avec une fougue particulièrement agressive, digne des hallebardiers du Moyen Age s'élançant à l'assaut du château. J'en conclus que dans mon dernier rêve, je devais avoir au moins été entourée d'une équipe de la NHL[1] au complet, dont la taille impressionnante, les patins aidant, devait mettre chacun de leurs mandrins noueux à la hauteur de mon menton. Cette imagination enthousiaste et inspirée, méritait un brin d'attention et comme il n'était encore que sept heures moins le quart, je me laissai aller à quelques tendresses pour ces excroissances boursouflées qui me donnaient toujours et sans réserve le plaisir que je sollicitais de leur part.

En permanence à la disposition de mon humeur ludique, j'avais pourtant dû les négliger à mon adolescence, m'abstenant les dents serrées de jouer avec elles. Les consignes strictes en usage dans le milieu religieux dont j'étais issue m'interdisaient de m'amuser avec ces nouveaux jouets découverts à l'âge de douze ans, et que j'ai bien vite préférés à ma poupée.

J'étais encore soucieuse à l'époque de ne pas indisposer la Divinité Suprême, *Notre Dieu, Notre Père,* comme l'on déclamait alors avec emphase au Local de la Réunion. C'était aussi par crainte naïve des pires sévices que l'on me promettait dans l'au-

1.NHL : Ligue Nationale de Hockey sur glace, au Canada et aux Etats-Unis.

delà si je ne me pliais pas aux usages de la santé morale et de l'hygiène spirituelle, les seules qui importaient à entendre les adultes. Dès notre plus tendre enfance en effet, nous avions appris que notre corps s'arrêtait à la hauteur des épaules, en commençant par le haut, bien entendu.

J'avais donc relégué aux calendes grecques les plaisirs simples et bon marché que mon corps aurait pu m'apporter et me réclamait parfois douloureusement. Et je me demandais aussi en quoi les activités de boudoir pouvaient intéresser l'Eternel, Lui qui devait avoir tout ce qu'il voulait pour remplir ses moments oisifs selon ses goûts et ses préférences, des goûts qui, soit dit en passant, doivent être bien variés pour ne pas s'ennuyer quand, comme Lui, on vit pour toujours.

J'avais peine à imaginer que la jalousie puisse être sa motivation profonde dans l'interdiction qui nous était faite de jouer comme Onan. Si c'était le cas, je trouvais cela décevant, surtout quand on ne fait de mal à personne. Ce que je n'avais jamais aimé finalement dans la religion, c'était son côté répressif et sans liberté. Et si je me rappelle bien de nos cours d'histoire, je crois que l'Eglise et l'Etat, la morale et la répression, ont été séparés il y a quand même assez longtemps.

Cette époque noire n'a heureusement pas trop duré. Je me suis reprise en main, si j'ose m'exprimer ainsi, en entrant dans ma dix-neuvième année, et j'ai évolué dès ce moment dans un sens qui convenait mieux à mes sens, comme vous êtes en train de le lire.

J'ai alors pris des habitudes qui me faisaient presque repérer le plaisir de loin. Au réveil en outre, je l'ai mentionné, je perçois sans peine sur mes doigts humides les émanations caractéristiques du plaisir que j'avais manqué.

Ce matin par exemple, j'avais dû le louper d'à peine quelques minutes. Mes frondaisons, obscurs témoins de ce sabbat cryptique, portaient encore dans leurs branches poisseuses les traces indéniables de ces effusions, dont le fumet sauvage n'était pas sans rappeler la marée basse à l'embouchure de la Rivière Saguenay, par une journée ensoleillée et sans vent de la mi-août. Dans ces cas-là, et lorsque j'ai encore un peu de temps, je tente de m'immerger dans une atmosphère trouble, de me remettre en mémoire un souvenir précis, un souvenir doucement pervers qui aurait marqué d'une pierre blanche une journée plutôt qu'une autre.

Ainsi celui d'une après-midi de mai de ma dix-septième année. Sans raison particulière, cet épisode me fait toujours de l'effet, et contribue à me tremper dans une ambiance masturbatoire concrète très confortable.

Je remonte alors mon T-shirt, et me caresse le pourtour des mamelons, prenant d'abord garde de ne pas les toucher pour faire durer le plaisir. Sous mes yeux mi-clos défilait alors toute la chronologie de cette après-midi d'été mémorable, tiède et langoureuse, une de ces journées où l'on sentait sans comprendre exactement cet étrange tiraillement intérieur, ces bouffées de chaleurs faites de désirs inexprimables que l'on aurait aimé réaliser sans trop savoir comment.

Je répétais avec mon amie Jeanne des devoirs de mathématiques où il était question de fonctions à des degrés qui m'échappaient complètement, parce que la tête, je l'avais ailleurs. Jeanne et moi avions le même âge et, sans l'avouer, je l'enviais un peu en voyant son corps se remplir aux endroits stratégiques, tandis que j'attendais vainement que des fleurs poussent sous mes bourgeons mammaires élargis mais sans relief. Était-ce ses formes pigeonnantes, était-ce les regards que les garçons posaient sur elle, je ne sais, toujours est-il que Jeanne était plus délurée que moi, plus à l'aise aussi. J'étais un peu jalouse mais je l'aimais bien quand même, et faisais en sorte que ce vilain défaut qui empoisonne la vie se remarque le moins possible.

Tardant à m'épanouir, j'étais timide, surtout quand nous allions toutes les deux au cinéma et que je me rendais compte de nos différences physiques par les attentions spontanées dont elle était l'unique bénéficiaire auprès des garçons. Consciente de ses pouvoirs en plein développement, elle portait des maillots trop courts et trop ajustés qui faisaient saillir ses seins aigus et vaciller les regards. Elle avait mis un premier pas dans sa vie de femme, même s'il lui restait encore l'essentiel à faire, et moi, à part des excroissances terminales d'adulte que je n'osai ni ne pouvais montrer, j'étais toujours une gamine. On la sentait plus confiante et, pour avoir été témoin muet de l'épanouissement rapide de sa poitrine, j'eus vite compris que son aplomb venait de ses appas. Plaît-il ? Vous trouvez que je ne parle que de ça ? Mais vous savez tous que nous ne nous préoccupons pas de grand-chose d'autre à cet âge, plus tard non plus, d'ailleurs. Car l'autre grand sujet de la vie, l'argent, n'a pas encore pris à la sortie de l'enfance, l'importance démesurée qui est la sienne. Mais c'est le temps où, très fières, les futures femmes que nous devenions ou tardions à devenir, commençaient à fréquenter en secret les rayons *Femme* et *Lingerie* dans les grands magasins et, aussi, au rez-de-chaussée, celui des *Cosmétiques*. Alors vous pensez !

Pour en revenir à cette après-midi de mai où nous étions seules ou du moins le croyions, la chaleur assez forte avait fini par éveiller en nous des langueurs peu studieuses. Jeanne avait défait le troisième bouton de son chemisier, laissant ainsi apparaître ou me montrant délibérément je ne saurais le dire, le liseré mauve du haut de son soutien-gorge bleu ciel.

« Bleu ! » songeai-je… *« et bordé de mauve !…. elle a déjà des dessous de couleur, des dessous de femme »*, alors que moi je ne portais encore que des brassières blanches, opaques et à larges bretelles, que j'aurais pu sans peine échanger avec les camisoles de mon petit frère, puisqu'il n'y avait en plus rien à mettre dedans. C'était des maillots de corps en coton aux nuances pisseuses à cause de leurs fréquents lavages avec les slips de toute la famille d'où provenaient les innombrables et innommables traces de freins, d'urine, de transpiration et de choses inavouables, séchées, hydratées, délayées et chrétiennement redistribuées dans la machine à laver aux sous-vêtements de chacun. Quant à Jeanne, si ça se trouvait, elle avait peut-être aussi un string bleu assorti… Comparé à mes culottes que j'aurais pu m'accrocher aux oreilles, j'en aurais pleuré !

– Crois-tu que je peux me mettre à l'aise dans ta chambre ? demanda Jeanne, d'un air faussement ingénu, les joues plus colorées que d'habitude, rejetant derrière son oreille une mèche blonde rebelle d'un geste gracieux et désinvolte.

– Sûr ! lui répondis-je sans me poser davantage de questions, fais comme chez toi, je vais nous chercher des boissons rafraîchissantes !

De retour quelques minutes plus tard, à ma grande surprise je trouvai Jeanne torse nu qui se grattait la partie inférieure des seins, ce qui en faisait bouger l'autre moitié avec beaucoup d'esprit, de quoi en tout cas faire bégayer toute l'équipe de hockey de l'école, coach compris. Elle avait un sourire ambigu sur les lèvres, la petite gerce, et je pensai qu'elle avait cherché ce prétexte pour me montrer ce que je n'avais pas. Bien plantés, en forme de poires bourgeonnantes très fermes, ces fruits aux deux fraises rose pâle pas encore mûres avaient quelque chose de la femme sur un corps en pleine transformation.

Mais mieux vaut un corps en développement, plutôt qu'un corps terminé depuis longtemps. Un corps qui donne des signes de fatigue affligeants à l'œil, où les rondeurs permettent chaque jour davantage de mesurer la justesse des observations qu'Isaac Newton avait faites un jour, soi-disant assis sous son pommier. À ce propos, avez-vous déjà essayé de regarder une pomme tomber d'un arbre ? !!

Quant aux corps terminés depuis longtemps, je me rappelle être une fois entrée à la salle de bains, je devais avoir dans les dix ou onze ans, une semaine où une vieille tante âgée d'au moins quarante ans était venue nous rendre visite quelques jours à la maison. C'était une grosse bonne femme, gentille comme tout, qui avait compensé après le décès prématuré de son mari. La pauvre s'était alors mise à manger, mais alors vraiment ce qu'on appelle manger, s'empiffrant de tout, à table, hors de table, entre les tables, à quatre heures, pour le goûter, à six pour un petit en cas, avant le dîner, etc. Bref, elle était devenue énorme, et ses chairs flasques pendaient lamentablement et d'un peu partout, évoquant ces lourdes pièces d'entrailles rougeâtres accrochées aux clous des boucheries tropicales derrière leurs étals, les mouches en moins.

Quand je suis entrée dans la salle d'eau ce jour-là, sans frapper car je ne m'attendais pas à y trouver quelqu'un, je surpris Tante Georgette qui venait de s'extraire du siège de la cuvette. Me tournant le dos, légèrement penchée en avant, elle ne m'avait ni vue ni entendue franchir la porte. Prête pour la douche après sa grosse commission, très grosse même d'après l'odeur, elle ne portait plus que son soutien-gorge dont les dimensions hors normes et la couleur jonquille fanée, évoquaient les sacs de farine industrielle déposés le matin devant la boulangerie du village. Sans le vouloir, la pauvrette m'offrait une vue imprenable sur sa croupe chevaline, colossale, à la fente hippopotamesque, criblée d'innombrables cratères et bourrelets lipoïdes qui donnaient à ce vaste épiderme en peau d'orange un effet tout à fait ahurissant.

Sur la paume de sa main gauche potelée et boudinée, Tantine avait soigneusement plié trois feuilles de papier de toilette qu'elle retenait par le pouce, pour se torcher. Mais comparés à l'ampleur du sillon anal à racler, la taille de ces feuillets s'apparentait plutôt à des confettis, et je me fis alors la réflexion que les doigts de tata avaient peu de chances de sortir indemnes de l'opération. Sûr que *l'oyson bien dumeté*[1] du bon docteur Rabelais aurait mieux rempli là cette tâche périlleuse, encore que dans son cas une autruche aurait certes davantage fait l'affaire qu'un petit oiseau.

1.François Rabelais, *Gargantua*, Chapitre XIII

Bref, au prix d'un effort considérable, elle réussit à poser une jambe sur la lunette en bois pour faire glisser les trois tickets entre ses fesses, en remontant depuis le bas de la raie culière vers le trou sale, la façon féminine la plus hygiénique de se bouchonner la rosace sans remplir le four. Une entreprise complexe à n'en pas douter, surtout après avoir ajouté à la difficulté physique évidente, les incontournables lois de la gravité. Dans le cas de ma tante, cette composante universelle augmentait considérablement le lourd tribut que ses chairs monstrueuses payaient déjà à la nature.

Malgré ma curiosité, je fus contrainte à ce stade de la manœuvre de refermer la porte avec précipitation, mon instinct de survie l'ayant emporté sur mon envie de connaître l'issue de l'opération, mais convaincue d'avoir dépassé le seuil tolérable d'ingérence de gaz toxiques. Les vapeurs mortelles qui flottaient dans la place constituaient en effet les preuves irréfutables que Georgette avait fait main basse sur la choucroute royale préparée par maman pour le déjeuner du dimanche, ce que la famille au grand complet avait déjà eu loisir d'observer à midi. Car sans s'en rendre compte, la sœur de papa représentait dans l'immédiat un danger potentiel passager non négligeable, pour toute la maisonnée.

Je ne sus donc si le papier avait réussi à se frayer un sentier à travers les bourrasques de son arrière-train, mais depuis ce jour-là je n'ai jamais oublié les lois de Newton.

Debout à côté de la table de travail, Jeanne avait donc enfin réussi à me montrer ce dont elle était si fière, deux globes élastiques, fermes et bien faits.

Voyant mes deux mains occupées à tenir le plateau où j'avais déposé verres, thé froid et biscuits maison, elle se rapprocha spontanément de moi pour m'aider, s'empara du plateau pendant que je repoussais vers le fond de la table les cahiers et polycopiés chargés de formules qui étaient loin de nous enchanter.

– Tu veux les toucher ? me demanda-t-elle, un peu timidement, pas trop convaincue de sa propre question.

– Quoi donc ?

– Mais… Mes seins, bien sûr !

Je brûlais d'envie depuis longtemps de le faire, pas tant par ce désir soi-disant interdit, mais par simple curiosité. Après tout nous étions entre filles, et se tâter les roberts ce n'est pas encore se mettre les doigts dans la craquette et, et… *honni soit qui mal y pense !*

– Certainement pas, tu disjonctes, ma pauvre ! lui répondis-je. Je n'en ai aucune envie ! Ma mère va rentrer d'une minute à l'autre de la préparation de la vente paroissiale annuelle des *P'tits Qu'Ont Froid*. Rhabille-toi en vitesse, si quelqu'un entrait, tu es folle ! ajoutai-je rougissant malgré moi, d'un ton que je voulais un peu sec mais que je savais sans conviction. J'avais surtout peur aussi que ce chameau me demande de lui montrer les miens, pour comparer, ce qu'elle n'allait certes pas manquer de faire.

Elle s'enhardit, devinant mon trouble, et insista :

– Allez, Virge, ne fais pas ta petite mijaurée !

Et sans autre avertissement, s'emparant de ma main droite, elle l'appliqua au beau milieu de son sein.

J'eus à peine le temps d'en éprouver le velours tiède, que la porte de la chambre s'ouvrait brusquement et que mon petit frère apparut dans son encadrement. Sa bouche s'agrandit et ses yeux s'élargirent quand il vit Jeanne dénudée jusqu'à la taille, en train de se faire soupeser le poitrail, et par sa propre sœur, en plus ! Pas vraiment le genre de la maison… Nous nous dévisageâmes tous les trois, bouche bée, pendant une fraction de seconde qui me parut une éternité. Puis Albéric détala dans le couloir, et s'enferma dans sa chambre en claquant la porte.

Eh bien oui, vous l'avez compris ! Jeanne et moi, on n'en menait pas très large…

Sans me regarder ma camarade se revêtit fébrilement et promptement. Je servis pendant ce temps deux verres de thé pour me donner une contenance, mais le cœur n'y était plus, même si je sentais sur ma main comme une étrange brûlure que j'aurais bien voulu calmer en touchant son autre sein, pour voir si c'était vraiment aussi agréable que cela en avait l'air. Il n'en était certes plus question, et nous avalâmes nos boissons sans nous regarder

Puis Jeanne regardant soudain sa montre, prétexta qu'elle avait oublié que son cours de piano avait été avancé, me dit être en retard, plia ses affaires et déguerpit sans demander son reste. Je ne fis rien pour la retenir, pensant surtout à l'explication qu'il me faudrait avoir dans les plus brefs délais avec Albéric pour mettre les choses au point avant le retour de maman, sans aucune stratégie que celle prioritaire de limiter les dégâts. Je me dirigeai donc résolument au fond du couloir vers la chambre de mon frère et entrai d'autorité, sans frapper, pour lui montrer que moi aussi je pouvais me conduire sans manières. Il allait me faire une remarque quand je le fis taire d'un regard, et rentrai dans le vif du sujet :

– Qu'est-ce qui te prend de rentrer dans ma chambre sans frapper ?

Il avait un petit sourire de coin, que je n'appréciai pas vraiment. À treize ans un garçon n'est encore qu'un petit gamin, surtout aux yeux de sa grande sœur de seize qui, si elle n'a pas encore les formes d'une femme à part entière, en a déjà certaines des préoccupations :

– Je voulais t'emprunter tes derniers CD. Je ne savais pas que tu étais là, bredouilla-t-il.

– Dans ce cas tu n'as pas à entrer chez moi, pour qui te prends-tu ! coupai-je.

– Peut-être bien, mais j'ai tout vu ! ajouta-t-il, son air penaud se métamorphosant en une lueur de triomphe dans le regard.

– Qu'est-ce que tu as vu ?

– Tu tâtais les gros nibards de Jeanne !

– Et alors, ce n'est pas ce que tu crois, et d'ailleurs qu'est-ce que ça peut te faire, t'es de la police ?

– Et alors, et alors, eh ben, non, ajouta-t-il l'air niais, – mais je le dirai à maman !

Je m'approchai de lui avec la ferme intention de lui balancer une paire de claques bien sentie. Albéric avait anticipé la manœuvre et eut un léger mouvement de recul. Je me ravisai au dernier moment, consciente que cela n'arrangerait pas mes affaires… Et en plus il avait insisté sur le qualificatif *gros*, le petit cochon ! Il était inutile de protester car l'évidence, bien que ne reflétant pas l'entière réalité d'une conduite plutôt involontaire, était quand même difficile à nier. C'était ce que l'on appelle être pris la main dans le sac… ou dans le cas précis, *sur* le sac !

–C'est tout ? répliquai-je lui lançant des yeux furibonds.

–Et alors… Et alors moi aussi ! ajouta-t-il avec une voix un peu rauque.

–Toi aussi, quoi ?

–Moi aussi je veux les toucher…

Il avait prononcé la dernière phrase très vite, comme s'il était interrogé sous une menace quelconque. Je ressentis une petite pointe désagréable en enregistrant qu'il avait parlé des seins de Jeanne, alors que les miens étaient en face de lui, d'un accès beaucoup plus simple et rapide. Pour me rassurer, je mis ça sur les liens familiaux directs qui nous unissaient, et non sur les dimensions restreintes de ma poitrine. *A posteriori*, il n'est pas faux d'admettre que je faisais déjà des complexes sur l'absence des miens. Je lui demandai à brûle-pourpoint :

–Tu veux combien ?

–Pardon ?

–Oui, je dis qu'est-ce qu'il te faut ? Un CD ? De l'argent ?

–Je ne veux pas d'argent, je veux voir et toucher ses gros nibards, c'est tout !

À son âge, il avait un vocabulaire encore limité, aux accents vulgaires pour qualifier les attributs féminins, mais je fus presque touchée de son attitude. Il voulait simplement se faire un premier plaisir à connotation sexuelle, non achetable par quelque chose dont il aurait oublié la provenance dans deux jours. Il voulait palper la poitrine de Jeanne pour prix de son silence, un rêve dont on ne pouvait lui faire grief, et qui serait selon toute probabilité l'agréable complément de ses fantasmes masturbatoires.

Même si la demande était empreinte d'effronterie, elle n'était pas dangereuse. On pouvait à peine la taxer de malsaine et Jeanne, après tout, pouvait très bien refuser la requête. Dans ce cas, je supporterais seules les conséquences de notre attitude un peu légère. Je préférais ne pas penser maintenant à cette pénible éventualité.

– Vilain morpion, m'exclamai-je, sachant cependant que je ne pouvais pas tenter grand-chose contre lui. J'avais trois ans de plus, et selon les bons principes d'égalités en vogue dans la plupart des familles, cet âge lui donnait un avantage *de facto* injuste mais certain dans tout conflit familial. – Tu n'es qu'un sale gamin qui n'a encore de poils nulle part, et tu veux que Jeanne te montre sa devanture, rien que ça ! Et puis quoi, encore, son sifflet peut-être ? C'est du chantage, et le chantage, un jour, ça se paie !

Albéric eut un petit ricanement bête, mais ne se démonta pas complètement :

– Peut-être bien, ajouta-t-il, mais si elle me montre ses nibards, je ne dirai rien !

Là dessus, il reprit son *Tintin*, et ne s'occupa plus de moi. Je n'avais pas le choix, et ressortis en claquant la porte. J'étais hors de moi, et me dis qu'il fallait trouver rapidement une solution à ce problème encore mineur, avant qu'il n'en devienne un, majeur. Mon frère n'était pas méchant, mais il m'avait montré un trait de son caractère que je ne lui connaissais pas, il était opportuniste. Et je pensai que si plus tard il le mettait en pratique avec intelligence, s'il n'en abusait pas, il pourrait faire sa place au soleil. Passionné de botanique, il nous assommait toutes les fins de semaine pour que nous allions dans les Laurentides observer la flore sylvestre, son dada. Plus tard, il voulait faire quelque chose ayant un rapport avec la botanique ou la biologie.

Mais comme tous les petits adolescents mâles, il était attiré par les filles, ou plutôt par leur anatomie. Jeanne et moi lui avions offert cet après-midi sans le vouloir l'occasion de satisfaire sa curiosité à bon marché, et il semblait bien décidé à vouloir en profiter jusqu'au bout, le chenapan ! Comme tous ses copains, il aimait bien Jeanne, et pour cause, et Jeanne, normalement vaniteuse, appréciait particulièrement les attentions dont elle-même, et surtout sa poitrine, était l'objet par tous les petits moineaux de l'école. Grâce à son joli buste prenant de l'ampleur presque à vue d'œil, elle devait dans une large mesure faire partie des babillages journaliers de la cour de la récréation, et des premiers rêves nocturnes humides de toute une ribambelle de galapiats de son âge.

Dans le cas particulier cependant, le danger résidait dans le fait qu'Albéric allait certainement aller se vanter après coup de ses exploits auprès de ses petits morveux de copains. Il fallait donc le forcer coûte que coûte à tenir sa langue, sinon la catastrophe prendrait une ampleur tout à fait inutile. Et il fallait régler ce détail avant la cérémonie, pour autant que Jeanne souscrive à mon idée. La connaissant, je me dis qu'il n'était pas impossible qu'elle plie à ce petit chantage, autant dans son intérêt que dans le mien.

J'empoignai mon portable, et composai son numéro :

– Jeanne, tu as eu ta leçon de piano ?

Une petite pause au bout du fil avant que je l'entende répondre :

– Euh... Non, elle a dû remettre à demain, elle... Elle a eu un empêchement.

Je ne relevai pas, ne voulant surtout pas créer des tensions maintenant. Puis, hésitante, elle ajouta :

– A propos... Tu as vu ton frère ?

– Justement, je voulais t'en parler, et... C'était à mon tour de ne pas savoir que dire, ou plutôt comment le dire... J'aurais besoin que tu me rendes un service, tu crois que c'est possible ?

– Grave ?

Le plus dur était fait, je le sentais, et je remarquai surtout que rien d'important n'allait se passer entre elle et moi.

– Non, pas vraiment, mais j'ai dans l'idée que tu pourrais m'aider, ou plutôt *nous* aider... Tu crois que tu pourrais repasser chez moi, je n'ai pas trop envie d'en parler au téléphone !

Jeanne habitait deux rues pus loin, l'affaire de cinq à dix minutes, au plus.

– D'accord, dit-elle, j'arrive. Donne-moi quelques minutes, un quart d'heure au plus !

Un déclic, elle avait raccroché. Quand elle sonna, je la fis monter dans ma chambre, et refermai la porte sans bruit derrière elle. En quelques mots je lui expliquai sa proposition, et la vis imperceptiblement bomber le torse, avec en prime un petit sourire de coin qui eut le don de m'énerver. J'avais déjà compris sa réponse et cela m'indisposa davantage, mais il n'était pas l'heure de faire montre d'amour-propre.

–Quand est-ce qu'il veut me voir ? demanda-t-elle sans me regarder, une pointe de fierté exaspérante dans le ton, une main dans les cheveux.

–Attends deux secondes ! Il y a un autre problème à régler. Il faut s'assurer qu'il n'ira pas se vanter dans toute sa classe, parce qu'alors là, imagine la suite ! Ce sera impossible, sans compter que nos parents l'apprendront à une vitesse supersonique.

Cette éventualité ne semblait pas avoir effleuré ma camarade qui, cette fois, se tassa légèrement. Il y avait quand même une justice !

–T'as peut-être pas tort, mais qu'est-ce qu'on peut faire dans ce cas, d'après toi ?

Je lui expliquai mon plan, et cette fois nous rîmes toutes deux de bon cœur. Puis elle ajouta, visiblement soulagée de la tournure :

–Sa chambre, ou ta chambre ?

–La mienne, bien sûr ! Je vais le chercher, attends une minute.

Albéric ne m'avait pas entendue, un intéressant disque de rap beuglait chez lui, comme il se doit. Je dus frapper à deux reprises avant qu'il ne me dise d'entrer. Je lui dis que Jeanne était là et qu'elle avait accepté le marché, *son* marché. La vue d'une orchidée rarissime poussant au milieu du jardin recouvert de neige ne l'aurait, je crois, pas davantage surpris. Il se redressa d'un bond, laissant choir du même coup à ses pieds *Les Cigares du Pharaon*[1]. Tout rouge, il avait compris qu'il était en face de sa demande, sur le point d'être exaucée, et il n'était plus très sûr de lui :

– Attends voir, Câ-lice ![2] … elle,… elle est d'accord,…pour maintenant ?

Mon frère n'avait pas dû imaginer tant de hâte à la résolution du problème ; il avait dû penser que les négociations dureraient assez longtemps pour qu'il puisse se préparer au choc émotionnel de toucher pour la première fois une paire de vrais nichons. Je le laissai mariner dans son jus quelques secondes, savourant son embarras.

– C'est maintenant, mon petit gars, allez ! Un peu de courage, dis-je avec un large sourire… Mais ce sera à *nos* conditions !

– Comment à vos conditions, qu'est-ce que tu entends par-là ?

Buvant du petit lait, j'en profitai pour enfoncer le clou :

– Par-là, je n'entends rien du tout, mais tu verras ! Maintenant magne-toi, avant qu'elle pense que tu ne les as pas encore bien accrochées, et qu'elle s'en aille !

1.*Les Cigares du Pharaon*, célèbre album des Aventures de Tintin, écrit par Hergé.

2… *Hostie* ou encore *Tabernacle*. En France pour exprimer ce même sentiment d'étonnement, d'ennui, de rage, de mécontentement ou tout simplement pour le plaisir de sacrer, cela se traduirait par *Putain*, (un peu partout), *Putain con* (sud ouest), ou *Oh, Con* (sud). *Bordel*, *bordel de merde*, *bordel de Dieu*, ou *bordel de nom de Dieu*, s'utilise un peu partout ailleurs sur l'Hexagone et en Suisse. À Genève, on blasphémera volontiers l'un des dix commandements, en lâchant un *dedieu* ou *dedieudedieu*, d'une voix ferme et décidée (NdA).

Arrivés dans la chambre, j'indiquai d'un geste un tabouret bas à Albéric, et m'assis à côté de Jeanne sur le lit. Le pauvre fixait un point d'un intérêt apparemment capital sur le tapis, plus fier du tout devant l'évidence qui semblait se préciser. J'expliquai la situation, et les conditions d'exécution qui donnaient tout de suite à cette affaire une nuance commerciale, même sans que de l'argent ne soit impliqué. Il était cinq heures trente, il était temps de se dépêcher, maman devant en principe être de retour vers six heures : Bon alors écoute-moi bien : Jeanne va enlever son T-shirt et son soutien-gorge. Toi, tu restes assis sur le tabouret, et tu ne bouges surtout pas ! Elle s'approche de toi, à portée de main. Tu regardes, tu palpes, les seins exclusivement. N'imagine pas un quart de seconde pouvoir descendre sur ses hanches, la paire de baffes te laisserait sans voix, et sur le cul, surtout ! Réjouis-toi, tu en as deux gros à disposition, c'est quand même pas mal pour ton âge ! Quarante-cinq secondes, montre en main, vingt-deux secondes et demi chacun, pas une de plus, compris ?

Albéric grommela un vague assentiment, bien mal à l'aise sur son petit siège sans dossier, souriant gauchement à la perspective unique qui lui était offerte de tâter pour la première fois une paire de lolos, sa contenance fort malmenée en face de ces deux jeunes femelles plus âgées que lui, conscientes de leurs pouvoirs.

– D'accord pour ces conditions ?... Je ne sais d'ailleurs même pas pourquoi je te le demande, elles ne sont pas négociables !

– D'accord ! Dit-il d'une petite voix, à la fois angoissé à l'idée que je puisse me rétracter, et impatient de son avenir immédiat.

Je marquai un temps d'arrêt, en le regardant bien dans les yeux. Il détourna son regard, gêné mais brillant.

– À la bonne heure ! Okay, maintenant le plus important : ne t'avise pas d'aller cafter ce marché auprès de tes petits copains !

– Non, non, je ne dirai rien à personne, s'empressa-t-il d'ajouter, faisant déjà mine de se lever.

Reste assis où tu es, et laisse-moi parler, veux-tu ! Coupai-je. Parce que si tu le fais, Jeanne et moi, un jour, peut-être dès demain, on ne te rate pas et alors là, pénètre-toi bien les esgourdes de ce qui se passerait. Tu sais que physiquement nous sommes toujours encore un peu plus fortes que toi, surtout à deux : quand tu iras reluquer tes plantes vertes en forêt, on te coince, on t'attache, on te déculotte, on te fesse d'importance, et on te prend en photo. Plusieurs photos. On s'arrangera même pour fixer sur la pellicule ta petite pipette minable de jeunot pour la postérité ! Mais n'aie pas peur, pas de violence, pas de quoi aller rapporter une deuxième fois, la honte te suffira. ! Tu auras juste les fesses un peu rouges. Le lendemain par contre, on montre les daguerréotypes de tes demi-lunes à Josiane, tu sais, ta voisine en classe, la grosse à lunettes qui pue du bec et qui la ramène tout le temps. Je ne sais pas ce que t'en penses, mais à mon avis, ça va la brancher ! Tu piges, mon grand ? La suite, c'est elle qui décidera, mais tu sais qu'elle ne peut pas la fermer, cette pétasse !… C'est bon, ou je remets le disque ?

– Oui, souffla-t-il dans un murmure à peine audible

– Oui qui ? insistai-je en élevant la voix, avec juste

assez de fermeté pour qu'il n'oublie pas que j'étais sa grande sœur.

– Oui, Virge.

Albéric semblait avoir fondu, comme neige au soleil. Il avait pâli. Il se trémoussait sur sa petite chaise en jurant ses grands dieux qu'il ne dirait rien.

– À la bonne heure, super, t'es un pote, t'as tout compris ! Maintenant, tu peux retourner dans ta chambre, et n'oublie pas, toi qui lis Tintin : *botus et mouche cousue*, comme disent les Dupont Dupond ! C'est aussi valable pour cette petite discussion !

– Mais… Comment… Et, et puis… Jeanne ?

Il semblait déboussolé, le pauvre, voyant sa fin de journée partir en eau de boudin.

– Le marché, le nôtre, au cas tu n'aurais pas *tout* saisi, on l'applique en test, tout de suite, d'accord ? Tu la boucles, mais *dès* ce soir. Okay ! Va finir ton *Tintin*, maintenant ! Allez, ouste ! Dégage ! On a à causer, Jeanne et moi.

Quand il s'est levé pour sortir de la chambre, Albéric nous aurait presque fait pitié. Il avait eu besoin d'une petite leçon et il l'avait reçue. Pour moi l'affaire était close, je savais que mon petit frère ne piperait mot.

Quand il eut refermé la porte, sans la claquer, Jeanne et moi nous sommes regardées et avons éclaté de rire. Il fallait qu'elle rentre, et c'était mon tour de mettre la table. Une fois qu'elle fut partie, je remontai à l'étage.

Malgré le rap zonard éructant des inepties à faire hurler de rire et qui vomissait ses décibels de la chambre d'Albéric, je perçus une faible rumeur sortant de la salle de bains. M'approchant de la porte, le bruit m'intrigua et je me penchai vers le trou de la serrure, pour m'assurer – je sais, je sais, ça ne se fait pas ! – que mon frère n'avait pas de problème particulier. Mon sourire s'élargit : Albéric était effectivement là, et se tenait vers la cabine de douche ouverte, de dos. Pantalons sur les chevilles, slip à mi-mollets, la tête appuyée sur son avant-bras gauche, je voyais ses petites fesses dures se serrer et se desserrer au rythme de sa masturbation qui semblait avoir adopté une vitesse de croisière idéale, proche du dénouement.

Je le laissai finir en paix cet exercice personnel et salutaire. Le pauvre avait eu quelques émotions et il fallait bien qu'il se détende d'une manière ou d'une autre, malgré sa déception. Et contrairement à ce que prônait l'école du dimanche, ce prix de consolation, ce baume de décrispation, est bien plus exaltant et vivifiant que la pénitence, à genoux les yeux fermés. Je réalisai alors que ce soir, Albéric n'avait eu que le résultat de son fantasme, la branlette.

Et voilà comment cette journée d'antan aux rebondissements multiples est devenue l'une des sources excitantes de mes fantasmes matinaux. Parvenue à ce stade, des images mélangées pêle-mêle de membres durs et brillants, de sucriers, de flûtes à bec et de mamelons violacés se bousculaient de plus en plus vite dans ma tête. J'avais repoussé les draps, et activai furieusement mes doigts à l'orée de la boutonnière rose mangée par mes poils noirs élégamment taillés ce matin, et c'est en me demandant déjà à quel ami ou amie je réserverais la primeur de cette coupe, que j'inondai mes doigts de plus belle.

Un petit coup d'œil sur la table de nuit m'indiqua qu'il était sept heures quinze, le temps de conclure. Pinçant mon clitoris qui avait pris depuis quelques minutes la consistance d'une cacahuète et l'odeur d'une ablette, je jouis brusquement d'un petit orgasme, bien sympa pour commencer ce début de journée.

J'avais juste le temps de me préparer.

CHAPITRE VIII

Vendredi, vers 8 :30 H

L'air frais me fouettait agréablement le visage, la journée était resplendissante, le ciel d'un bleu profond, les petits moutons blancs pressés par la brise et le soleil, l'air dispos, pointait avec allégresse sur la ville ses rayons optimistes. Ma petite séance solitaire de ce matin m'avait mise en forme et, l'esprit libre pour quelques heures au moins, j'arrivai sans le vouloir au bureau avec une bonne vingtaine de minutes d'avance. Après m'être débarrassée de mon manteau au vestiaire, je me dirigeai vers la petite cuisine, également aménagée en salle de pause. Sa porte à moitié ouverte laissait filtrer lumière et animation.

Je m'en approchai comme d'habitude sans faire de bruit, aperçus Sophie, notre Guyanaise de service, celle qui m'avait soufflé la place de *plus beau fessier du bureau* vous vous rappelez peut-être ? assise, sagement vêtue d'un tailleur crème et de bas foncés terminé par des escarpins noirs à hauts talons, ses jambes croisées et interminables dévoilant ses genoux ronds. Elle tenait à pleine main, ce qui aurait pu paraître moins sage mais non moins agréable, la verge de Charles, le préposé à l'économat, et dont les dimensions standards – une dizaine de centimètres pas plus, sans les couilles – ne posaient aucun problème aux doigts fins de la métisse pour en faire le tour. Le membre en question en effet, bien que vaillamment dressé, était du genre fluet lui donnant l'apparence d'une tige de tu-lipe joliment élancée, terminée par un bigarreau rond très foncé, à moitié chapeauté d'une petite cagoule vieux rose qui ne manquait pas d'élégance.

Pour faciliter l'opération fellation qu'elle était sur le point de pratiquer sur ledit préposé, la jeune femme venait d'extraire du slip verdâtre ce piquet tendu ainsi que les deux lampions poilus qui se tenaient sages comme des images de part et d'autre de l'ouverture du pantalon, fins prêts pour toute sollicitation. Ainsi dans le feu de l'action, quand la manœuvre se ferait sérieuse, que cadence et rythme se seraient accélérés, les deux pruneaux frémissants ne resteraient pas partagés entre l'intérieur et l'extérieur des braies ; Sophie, en prêtresse accomplie et disciple appliquée du Roi Plaisir avait dû, comme moi, retenir un jour la leçon d'un camarade au bord de la conclusion qui l'aurait priée dans un râle douloureux de décoincer ses rognons blancs, inconfortablement tiraillés entre l'échancrure du pantalon, la fermeture Éclair et l'intérieur du slip.

C'est au moment où la tête de son assortiment était en train de disparaître entre les lèvres pulpeuses de la belle, que Charles remarqua ma présence derrière la porte entrebâillée. Il me fit un clin d'œil entendu, rejeta d'un mouvement de tête sa mèche à la Malraux et, tenant sa tasse de café dans la main gauche, la souleva à la hauteur de son nez en guise de salut. Sophie, elle, ne m'avait pas encore vue, toute à sa besogne d'ascenseur sur le pipeau, un coude négligemment appuyé sur la table, faisant aller et venir le cylindre tiède dans son orifice buccal.

J'allais m'éloigner sans bruit pour ne pas déranger cette scène poétique, me disant que ma tasse de thé et mes croissants attendraient, – rien de bien grave, je les repasserai au micro-ondes ! – , quand le sifflet de la bouilloire poussa une plainte lugubre, allant crescendo. Surprise, Sophie eut un léger sursaut et planta ses crocs éclatants et acérés dans le gras du tromblon qu'elle mâchouillait, ce qui fit pousser un petit cri de douleur heureusement sans conséquence à son propriétaire. Charles ne semblait cependant pas disposé à se détacher de l'étreinte humide, alors que la casserole vociférait à qui mieux mieux. Quant à Sophie, elle poursuivit bravement sa tâche après un vague borborygme d'excuses dispensé la bouche pleine, sous les lamentations appuyées de la marmite.

Il ne restait donc que moi pour m'occuper de l'ustensile en crise, avant qu'il n'alerte tout l'étage. Je poussai donc la porte en grand, et fis les quelque quatre pas qui me séparaient du pot d'aluminium. Au moment où je retirai l'engin de la plaque brûlante, la jeune femme se rendit compte de ma présence et me salua, elle aussi, d'un geste gracieux, lâchant deux secondes le pal rigide. Je lui rendis son bonjour et me dirigeai enfin vers la sortie résolue à les laisser seuls à leur commerce, lorsque Charles m'arrêta d'un geste en me tendant sa tasse vide. Interloquée, je lui fis le café qu'il semblait me réclamer, et lui rendis son gobelet. Je vis son regard se brouiller et ses pupilles se dilater sous les caresses annonciatrices du prochain dénouement. Il réussit quand même à m'indiquer d'un mouvement expressif des doigts qu'il prendrait deux sucres, une tombée de crème, et apprécierait que je touille le tout pour lui.

Armée d'une cuillère, je remuai donc le liquide foncé après y avoir jeté deux cubes bruns et une coulée onctueuse, comprenant surtout que ce que le chef de l'économat désirait, en fait, c'était un témoin oculaire à son libertinage. Le spectacle avait incontestablement quelque chose de lubrique : pignon raide et congestionné fiché entre deux lèvres carminées, tailleur strict et odeur de café chaud, ongles vermillon brillant, gémissements étouffés, bas foncés et bout écarlate, dans un cadre incongru et professionnel et de grand matin, tout était réuni pour offrir un certain piquant à la scène.

Probablement pour durcir davantage son chibre et lui donner la consistance du marbre, Charles eut alors l'idée de fourrager dans le corsage gonflé à la recherche d'un des gros seins bruns en poire de sa camarade. La vue de ces rondeurs entre les boutons volages du chemisier de soie avait certes de quoi faire durcir un chalumeau déjà chauffé à blanc, au bord de l'explosion. En guise d'approbation cependant, il reçut une petite claque sur le revers de la main.

Je souris à la réaction réflexe que je savais dénuée de méchanceté, car si les désordres d'une braguette ravagée ou tachée de traînées blanches sont promptement réparés, sauf s'il s'agit d'un costume de deuil ou de marin, un corsage chaviré ou un maquillage coulant en revanche, en début de journée, impliquent une réparation de durée indéterminée dont le retard peut inutilement indisposer une équipe de travail comptant sur la présence de tous ses membres à l'heure du courrier. Ce matin, il était plutôt question de célébrer la gaule de Charles sans tenir compte du reste, et la tape en avait été l'avertissement sans conséquences. Le grand gaillard comprit le message cinq sur cinq. Il se le tint pour dit et s'abandonna, rassuré et en toute décontraction à un plaisir dont les raidissements de dos et les frémissements du plantoir étaient les sûres prémisses d'un débarquement imminent. Sophie, mignonne et gentille jusqu'au bout, sentant aussi le but à portée de main, s'enfonça la cheville turgescente jusque derrière la luette – vous vous rappellerez sans doute que les dimensions relativement modestes de celle-ci rendaient la manœuvre envisageable sans risquer la réaction émétique indésirable – au moment où les premières giclées épaisses et tièdes s'élançaient énergiquement dans la lumière du mem-bre, l'une poussant l'autre, sans ménagement, comme à une entrée de match, tandis que chaque gorgeon était accueilli dans l'ordre de départ au portillon d'arrivée de l'œsophage largement ouvert. Quant aux burnes qui n'avaient pas reçu leur carton pour la manifestation *intra muros*, elles menaient bonne garde de part et d'autre de la commissure des lèvres de la mulâtresse, parant celle-ci de deux bacchantes gauloises mal coiffées d'un genre inédit, mais assez décoratif. Le dernier spermatozoïde retardataire passé, Sophie nettoya la griotte et le rameau visqueux sans hâte, avec diligence et application, puis rendit le tout à son propriétaire maintenant tout sourire, un paquet frais, brillant et ramolli, fin prêt à l'emballage.

Au bureau, la petite avait la réputation de fournir un travail toujours propre, et elle ne se démentit point. Charles quant à lui, n'avait aucune raison de se plaindre de ce prélude matinal. Il remit la nouille, bien cuite, dans son pantalon et caressa gentiment la joue de Sophie en signe d'amicale reconnaissance. Un large sourire de satisfaction fendait le visage de la jeune femme, alors que dans un geste très féminin, elle lissait déjà son corsage débordant et sa jupe étroite pour en effacer les plis rebelles.

Pour ne pas avoir l'air de me mêler de leurs affaires, pour ne pas paraître indiscrète, pour prétendre plutôt souligner le naturel de la situation bref, pour avoir l'air de ne pas y toucher, j'eus la riche idée de m'adresser anonymement aux deux amis, tandis que le dernier bouton du pantalon du préposé avait repris sa fonction originale :

– Dites, vous deux ! Avez-vous consulté le cours de la bourse, ce matin ?

Charles, qui n'avait pas la réputation d'avoir la langue dans sa poche, me répondit, du tac au tac :

– Je n'ai pas eu le temps, ce matin, ma poule ! Celui des miennes par contre était au plus haut il y a encore quelques minutes, comme tu t'en es rendu compte *de visu*. Il a chuté brusquement et tu as aussi assisté à cette joyeuse déconfiture. Même s'il est au plancher pour l'instant, je m'attends sans surprise à ce qu'il reprenne ses valeurs plafond dans une ou deux petites heures, tout au plus, prêt au prochain choc de froc. Pas de panique donc, de ce côté là… Et comme tu me connais, Virge, je suis d'un naturel plutôt optimiste ! J'ose espérer que celui de celles de Francfort et Londres aura la bonne idée d'imiter celui des miennes avant l'ouverture de Toronto et Vancouver, et tout ira pour le mieux, pour tout le monde… Ou presque !

Au bureau, si nous travaillons sérieusement, nous n'avons pas l'habitude de nous prendre au sérieux. On rit donc joyeusement et sans arrière-pensée, tous ensemble, pas forcément pour la même raison, comme ce matin, mais on rit. Moi qui cherchais une manœuvre de diversion après l'épisode auquel j'avais involontairement assisté, j'avais selon toute apparence perdu l'occasion de me taire au bon moment ! Peu importe, je fis le thé, et chacun eut plaisir à en prendre une tasse, en bavardant de choses et d'autres, tout en détruisant les croissants que j'avais précisément apportés dans cet objectif.

La matinée passa ensuite à une vitesse supersonique, l'informatique, largement sollicitée, crépita sans relâche et l'on eut à peine le temps de prendre une collation sur le coup des dix heures quinze avec le patron, un petit rondouillard toujours en bras de chemise, bretelles et nœud papillon, tournant toute la journée comme une hélice. Il avait dès le matin et même en hiver, de grandes auréoles sombres sous les bras, portait en permanence ses lunettes sur le front, ce qui incitait chacun à se demander pourquoi il les avait achetées. Mais il avait surtout le cœur sur la main, et on avait tous beaucoup d'affection pour lui. Plein de gentilles attentions, il n'aurait par exemple jamais manqué l'anniversaire de quelqu'un de l'équipe, apportant ce jour-là soit un bouquet de fleur, soit une bouteille de vin à l'un ou l'autre d'entre nous. Quant au repas de fin d'année, c'était un événement que personne n'aurait manqué sous quelque prétexte que ce fût. Des soirées supplémentaires étaient parfois improvisées, pas toujours sobres. C'était au cours de l'une d'elles que le joli vase de Sophie avait été primé, vous l'avez deviné.

À midi moins le quart, je me rendis à mon club de fitness, un endroit assez sympathique fréquenté d'un tas de clients mâles dont j'aurais volontiers fait passer une bonne partie dans mon lit, seuls, ou, pourquoi pas, accompagnés. Les filles de leurs côtés, excepté quelques vraies lesbiennes dont l'allure était moins qu'engageante étaient, elles aussi, jeunes et bien faites en majorité. J'apprécie l'ambiance de cet endroit qui respire le bien que l'on s'y fait, surtout quand on le fréquente régulièrement. Pour moi, cet exercice physique supplémentaire est devenu presque une drogue. À part l'exercice physique, je ne connais pas grand-chose qui nous maintienne sainement à l'abri des graisses sournoises qui nous guettent toutes sans que nous nous en rendions compte. Un jour, sans rien dire, sans s'être annoncées croit-on, elles sont là, avec nous, quand on se regarde dans la glace, mais rarement prêtes à se retirer sur simple demande.

Depuis ma soirée avec Charlotte, sans bien sûr négliger les hommes ma vraie passion, je reconnais détailler certaines femmes avec plus d'intérêt, pour le plaisir des yeux surtout, mais aussi bien sûr pour comparer leur anatomie à la mienne et imaginer les bénéfices qu'elles pouvaient tirer de leurs avantages. En se changeant ainsi aux alentours de midi cinq, le spectacle de corps à demi ou totalement nus ne manque donc pas d'intérêt par leur diversité, dans les vestiaires des dames. L'atmosphère y est encore respirable, la plupart d'entre elles traînant encore les relents de parfums dont elles se sont aspergées en se levant. Vers treize heures trente par contre, l'odeur de la sueur se mêlant à celles des émanations intimes en cours de fermentation et de quelques puissantes débourrées, rend la place moins fréquentable.

En passant mon maillot une pièce, je remarquai ainsi de loin une superbe fille brune, de dos, dans le plus simple appareil, et dont l'amphore parfaite des hanches soulignait la perfection de la raie. Fendue haut et séparant les deux fesses bien charnues d'une profonde vallée, celle-ci aurait fait fantasmer n'importe qui sur ce qui se cachait au fond, même si l'on sait *tout ce* qui s'y cache. Et de repenser à la réflexion de mon ami Jacques, un soir où, rempli d'attentions toutes particulières pour ma croupe, il m'affirma que le derrière bien proportionné d'une femme était d'assez loin ce qu'elle avait de meilleur… Après le plaisir de s'entretenir avec elle, bien entendu, avait-il galamment ajouté au dernier moment !… Le bougre ! Il savait se rattraper, même si c'était au parapet !

Passons… Mais comme il m'avait déjà fait hurler une bonne dizaine de fois dans toutes les positions, je ne fus ni choquée ni déçue de le regarder, accoudée, un genou à la hauteur de ma poitrine, en train de se manier vigoureusement le poireau tout seul, les yeux rivés sur le bas de mon dos. Il combla de caresses mes dômes pleins, avec entrain, il les malaxa avec méthode, il les écarta, même – peut-être pour s'assurer que les deux fissures n'avaient pas changé de place, qui sait ? –, et me socratisa la rosette en douceur et avec beaucoup de savoir-faire, une caresse que je goûte cependant davantage encore lorsqu'elle est commise avec la langue. Il mit pour finir un terme à cette joyeuse affaire en m'arrosant la sente par-derrière d'une abondante liqueur, grâce aux services de son autre main, m'inondant d'un plaisir dense en grognant comme un ours. Eh bien, vous me croirez ou non, mais ce soir-là, sans jouir une onzième fois, cet hommage humide et dense, après m'avoir amusée, me flatta, puis m'attendrit, avant de me combler de joie.

Passant mes bretelles sur les épaules, je ne vis finalement pas de quoi était fait l'endroit de la brune au physique d'enfer, sûre de toute façon que la vue des rondeurs de son côté face aurait encore, une fois et pour rien, gâché l'opinion que j'avais des miennes. Je préférai me diriger vers la sortie *piscine*, sous les yeux d'une Noire aux fesses callipyges, aux seins tristes ressemblant à des baudruches vides. J'en bombai le torse de fierté, en me disant que le mérite de ne pas en avoir m'empêchait au moins de les sentir choir sans panache. Cette femme à la peau très foncée semblait fascinée par mes mamelons qui pointaient durement sous le fin tissu dans une réaction incontrôlée, peut-être en souvenir de l'impressionnante zébrure verticale du fessier de l'inconnue.

La piscine était fraîche. Plutôt que de me torturer le bas-ventre en y entrant petit à petit, je préférais toujours y plonger d'un coup, et faire quelques brasses sous l'eau avant de finir une première traversée au crawl. En rejoignant l'autre extrémité sous la surface, je posai mes mains sur le bord et sortis la tête du liquide au goût fortement chloré, les yeux fermés, prête à me passer les mains sur la figure. Mon geste fut interrompu par une poigne ferme mais douce qui me hissa gentiment hors de l'eau : c'était Aaron qui m'avait vue m'élancer depuis le côté opposé, et qui venait juste dire bonjour. Après les salutations réciproques d'usage, il me demanda si j'étais de la partie, dimanche à midi, chez Benjamin. Il eut un bon sourire qui me réchauffa étrangement quand je lui répondis par l'affirmative. Sortie de la piscine, je fus mieux en mesure de le détailler que la dernière fois au restaurant, agréablement surprise par son physique avantageux, sans parler de sa queue que je sentis légèrement durcie – dans les dix à quinze degrés environ je dirais par rapport à la verticale de son axe corporel – quand il me serra dans ses bras pour me faire la bise. Il était bien bâti, musclé, mouillé et n'était pas loin de me faire envie. Nous allâmes prendre un verre à la buvette où il me dit venir souvent ici pour garder la forme. Je ne l'y avais jamais vu mais en comparant nos horaires, nous nous rendîmes compte que nous venions rarement aux mêmes heures, et pas forcément les mêmes jours. Qui sait, nous allions peut-être changer un jour nos habitudes.

Autour de nos jus de fruits, nous nous jaugions. Lui, se demandant peut-être si je ferais l'affaire, ou ce qu'il lui faudrait faire pour que je la fasse, et moi me demandant si je le trouvais assez agréable pour lui prêter mes affaires. Une passe d'arme, somme toute ; deux chiens qui se croisent dans la rue au petit trot, ralentissent en se croisant, poliment, se tournent autour, lentement, se reniflent le fondement, délicatement, la narine frémissante et l'air connaisseur, puis passent leur chemin, mine de rien, en se promettant chacun *in petto* que ce cul-là, à l'occasion, il ne faudrait pas l'oublier au prochain détour de trottoir.

L'heure tournait et je voulais encore faire un sauna avant de retourner au bureau. Aaron et moi nous quittâmes, nous réjouissant, mutuellement je crois de nous revoir dimanche à midi, mais sans arrière-pensée, au moins pour moi.

De retour au vestiaire, je me débarrassai de mon maillot, et me rendis avec une serviette sèche au sauna. Trois filles s'y trouvaient déjà, étendues sur les bancs du haut, les meilleurs bien sûr. La brune sculpturale y était, étendue sur le ventre et j'enregistrai, rassurée, que son fessier, de près et dans la pénombre, n'était franchement pas mieux tourné que le mien, il n'était donc pas mal.

Les deux autres, allongées sur le dos, présentaient à l'assistance plutôt clairsemée deux pubis lisses et sans poils, chacun d'un genre différent.

L'une avait une coche tirée à la règle, parfaitement verticale, quelques centimètres d'une entaille mince et précise, ponctuée de deux nymphes réservées et peu visibles, serrées comme des fesses d'angelots, et d'un capuchon miniature masquant un clitoris minuscule et discret, à la pause. L'autre, le bas-ventre tout aussi glabre offrait un saisissant contraste avec sa voisine. Le milieu de son entrejambe était chez elle encombré d'un incroyable enchevêtrement de chairs en partie pigmentées et rougies, tordues, entortillées, chaotiques, bouffies, dilatées et recroquevillées, un vrai spectacle de tremblement de terre. Quant à son clitoris, bien visible, il ressemblait à l'un de ces gros vers que l'on trouve parfois se tortillant dans la viande pas de première fraîcheur. Mais comme dans le jeu des sept erreurs celui-ci, bien que très humide, ne bougeait pas, et se confondait tellement avec le chantier avoisinant, qu'il fallait exercer l'œil quelques secondes sur le tableau, pour localiser l'organe avec exactitude dans ce fouillis gras et brillant. Le tout donnait l'impression saisissante d'un copieux sandwich au saumon cru, rose foncé parce que coupé la veille, avec des tas de rondelles d'oignons, des câpres, des tranches de tomates, des feuilles de salade aux extrémités brunâtres et ciselées, et d'un gros cornichon décoloré, tout seul à l'une de ses extrémités bref, si la fissure de la première faisait penser à celle d'une vierge, celle-là par contre aurait plutôt évoqué le crapaud visqueux d'une jouisseuse de première. Je m'assis sur le banc intermédiaire, et me relaxai du mieux que je pus pendant les dix minutes qui me restaient avant la douche.

En repensant à Aaron, une idée saugrenue commença à ce moment à prendre son chemin dans mon esprit. Bien mince pour l'instant elle m'amusa, et je me dis alors que si j'arrivais à la matérialiser cela pourrait être assez drôle, excitant même. Je me fis aussi la réflexion que ce serait une bonne chose de mettre Charlotte dans la confidence, et de réunir ainsi les chances du même côté. Je ne la connaissais pas encore très bien, c'est vrai, mais mis à part les questions de sexe, j'avais la vague impression qu'elle était une personne sur laquelle il était possible de compter.

Pourquoi donc, dites-vous ? Alors là, je n'en ai vraiment aucune idée, et serais bien gênée de vous fournir une réponse satisfaisante. Une simple impression peut-être, ou alors cette vague intuition que l'on appelle féminine, bref, rien que des choses impalpables et sans valeurs, avant de se confirmer d'un côté ou d'un autre.

J'en étais à ce stade de mes réflexions quand je décidai de sortir, la peau aussi dégoulinante qu'en sortant de la piscine. Je réalisai que ma touffe, avec sauna, m'échauffait singulièrement l'entrejambe. En plongeant dans la minipiscine attenante, je sentis au contact de l'eau glacée mes mamelons téloter durement et ma fente rétrécir comme si je l'avais recouverte d'un filet de citron.

Peu avant de quitter le bureau, j'appelai Charlotte pour lui demander si elle avait un moment pour que nous prenions un verre ensemble, ce soir. Elle avait un moment, et nous décidâmes de nous rencontrer vers vingt heures trente. Je ne pensais très honnêtement pas au sexe, plutôt branchée sur les hommes pour cette fin de semaine, ayant eu depuis le début de la semaine mon compte de fentes variées, de poitrines à me rendre malade de jalousie, et de culs moins beaux que le mien.

J'aimerais préciser quelque chose sur la question, un point qui n'est pas toujours bien compris chez les hommes dont le souhait le plus cher est de voir deux femelles s'éclater ensemble complètement nues devant eux, cela va de soi. Cette brève explication évitera ainsi l'idée fausse que l'on pourrait se faire de moi, ou d'autres personnes ayant des tendances occasionnelles comparables. Je me rends compte que pour beaucoup de mes consœurs, l'attirance physique ressentie pour une personne de son propre sexe est un événement ponctuel, soumis comme d'autres pulsions à l'autorépression de l'éducation, mais qui se manifeste parfois comme un désir irréductible. C'est un fait indéniable, nous nous regardons et nous détaillons, entre femmes, plus que ne le font les hommes entre eux, pour juger où se place physiquement la personne en question par rapport à nous, c'est important pour notre ego.

Quant à l'attirance sexuelle, c'est une disposition passagère venant d'une situation inhabituelle, d'une ambiance particulière pas facile à définir, quand ce n'est pas simplement le résultat d'une soirée bien arrosée. Le challenge de la découverte dans ce cas peut être violent, mais bref comme l'explosion d'une *supernova*. Cette disposition singulière peut aussi ne jamais réapparaître. Chez les hommes autant que je le comprenne, c'est une tournure plutôt définitive et, l'on devrait statistiquement rencontrer plus d'hommes franchement pédérastes, quand ils ont ce penchant, que de femmes exclusivement lesbiennes. J'entends que cette androphobie contextuelle – le terme est étymologiquement trop fort dans ce cas, je vous l'accorde – n'est pas forcément chez les femmes une inversion définitive, c'est plus une curiosité du moment.

Ce serait quelque chose à associer à une homosexualité de salon, une gâterie fugace, juste pour voir la différence. Est-ce parce que nous avons deux orifices, et que nous pouvons dans le feu de l'action nous les faire trouer chacun à leur tour sans nous poser de grandes questions métaphysiques ? Car il subsiste quand même toujours en nous un besoin instinctif de se faire remplir l'entonnoir par un objet qui ne peut ressembler qu'à une bite, une forme cubique étant à l'évidence moins adaptée à la fissure de notre entrejambe. Soyons francs, un instrument cylindrique dur, au bout rond, de quinze à trente centimètres de longueur rappelle une queue à quatre-vingt-dix-neuf pour cent des gens, femmes et hommes confondus, je serais même tentée d'inclure les nonnes à ce décompte.

Lesbienne ou pas, il arrive un moment où l'on imagine qu'une banane, une clarinette une aubergine, une lampe de poche un concombre, une bouteille, un cric, une carotte, un manche de bêche, une poignée de moto, un harnais en caoutchouc, une brosse à cheveux, un navet, un balai de coton, un radis noir ou tout bibelot ressemblant de près ou de loin à un phallus pourrait nous perforer le derrière ou la charnière. Les hommes par contre, ne semblent pas rechercher dans les pratiques à contre-courant un substitut femelle pour s'éclater la pastille et se font, je crois, plus rarement mettre dans le cul par une femme. Il y a bien entendu des exceptions.

Ainsi donc à moi, ce qu'il me fallait, ces prochains jours, c'était un ou deux puissants braquemarts, des gourdins durs et impérieux portés par des gars sympas ayant le sens de l'humour, et de commerce agréable. Des gars qui me feraient rire avant de me faire gémir, avant de me transpercer et de me pourfendre, des hommes qui sauraient remplir mes différents réceptacles et finiraient par m'asperger copieusement, au gré de leur inspiration. Oui, oui, je sais ! Mes préoccupations et mon langage laissent à désirer pour une sœur de Plymouth[1], mais comme dit une autre vieille comptine populaire :

... quand la rage du cul nous prend, tout bou-ge, tout bou-ge, tout bou-ou-ge...

Je le reconnais en toute humilité, en ce vendredi soir, elle m'avait pris, cette rage, et elle bougeait ! Et je la connaissais assez pour savoir qu'elle ne me lâcherait pas comme ça !

1. Les Frères et Soeurs de Plymouth, autre expression pour qualifier les Darbystes.

CHAPITRE IX

Vendredi, 20:30 H.

Je rencontrai Charlotte en début de soirée, comme prévu, au pub du coin, un endroit agréablement animé, surtout en fin de semaine. C'est plein de la joyeuse animation des veilles de congé, de gens décontractés, de toute une faune ne demandant qu'à s'éclater et oublier les tracas des dernières journées de travail.

Nous avions pu nous frayer une place vers le bar et commander tant bien que mal deux demi-pintes de *Guinness*, qui mirent dix bonnes minutes à nous être servies, comme il se doit. Nous discutâmes en attendant de choses et d'autres, comme de vieilles camarades de classe. Quand les consommations arrivèrent, je me risquai à avancer mon idée à Charlotte, d'abord en tâtonnant, avant de m'aventurer franchement sur le terrain scabreux de mes intentions, à peine défendables. Elle me regarda tout d'abord incrédule, puis me demanda avec un mouvement imperceptible de recul et d'étonnement si j'étais sérieuse. Sans me départir d'un petit sourire que je souhaitais le plus naturel possible, je hochai la tête en signe d'assentiment. Charlotte marqua un léger temps d'arrêt, eut l'air de réfléchir à la proposition, probablement incongrue pour elle, et finit à ma surprise par éclater de rire, un rire que je compris tout de suite franc et sincère :

–Alors là, c'est marrant comme tout, ton idée ! Sais-tu que j'en ai parfois eu des semblables, ce n'est pas pour dire, mais je n'ai jamais trouvé personne à qui en parler ou, plus précisément à qui *oser* en parler. C'est sûr que si la chose est bien emballée, ce serait une aventure assez cocasse, d'un genre nouveau… Pour moi en tout cas !

–Pour moi aussi, ajoutai-je doucement, rassurée par son attitude.

–Mais dis-moi, comment comptes-tu t'y prendre ? En y réfléchissant à deux fois, ce n'est peut-être pas si évident que ça n'en a l'air !

–Honnêtement, je ne sais encore pas trop. Et toi, dis-moi, t'as une idée de ce que pourrait être la réaction ?

–Ça, c'est évidemment l'inconnue avec un grand « X »… Je ne sais pas trop que te dire, mais il est clair qu'il faudra y mettre pas mal de persuasion, du doigté… Et de la fermeté aussi, si le poisson mord ! Pas question de relâcher la pression, elle devra monter lentement, sans traîner pour ne pas se lasser, et sans reculer non plus pour ne pas donner l'impression de faiblesse.

Charlotte s'emportait, devenait lyrique ; elle continuait :

— Et pas davantage se laisser fléchir par des faux-fuyants, une gêne inopportune ou un retrait de dernière minute en face du vrai problème… Si on y arrive, bien sûr… Pas évident, mais ça serait *fun* d'essayer !

– À ce stade, répondis-je, c'est à peu près ce que j'avais imaginé, surtout tes derniers points : sans reculer et sans concession, autrement ce n'est pas la peine, ça ne marchera pas. De toute façon, ce n'est qu'un jeu !

Charlotte me fit un petit clin d'œil entendu en guise d'approbation. Nous commandâmes une seconde tournée, et tentâmes d'échafauder une stratégie, passant en revue divers scénarios dont aucun n'eut l'heur de nous satisfaire pleinement. Nous dûmes reconnaître que l'entreprise ne serait pas aisée, et que son développement tout en finesse d'abord, allait nous occuper l'esprit pendant les prochains jours. Nous réalisâmes aussi, que nous allions devoir manœuvrer au coup par coup, enchaînant les avancées seulement après avoir assuré la prise précédente, un peu de haute montagne somme toute, voire quelques petites ascensions comme nous avions chacune de notre côté parfois eu l'occasion d'en pratiquer dans l'Ouest, en Colombie Britannique ou au Yukon. L'image illustrait assez bien l'idée, en tout cas comme nous l'avions imaginée.

Fatiguées toutes les deux, nous nous décidâmes à rentrer. Je promis à Charlotte en sortant que je passerais la prendre en voiture dimanche matin aux alentours de midi, et nous nous quittâmes l'œil pétillant de notre malice : ce soir nous avions déjà le pot de sel. Restait à nous assurer du plat pour agrémenter nos jours à venir, de le mijoter, d'en rectifier l'assaisonnement avant de servir.

De retour chez moi, je vis un petit bleu glissé sous la porte, intriguée de recevoir du courrier un vendredi soir en dehors des heures ouvrables. Car lorsque l'on veut armer le coup en admettant qu'il s'agisse de ça, pour le dîner ou le coucher, ou faire un enchaînement des deux, il est assez recommandé de s'y prendre un peu à l'avance, surtout en fin de semaine, celle-ci pouvant être déjà organisée et se prolonger jusqu'au dimanche après-midi, quand le jeu en vaut la chandelle si vous me passez l'image un peu osée.

Je ne me posai cependant plus de questions une fois que je l'eus ouvert, et qu'une poignée de feuilles de roses se répandirent sur le plancher. J'éclatai de rire et ne sortis le billet de l'enveloppe que par acquit de conscience. Pas de signature, bien sûr, puisqu'elle était déjà éparpillée autour de moi ! Il n'y avait en effet que mon ami Honoré pour signaler sa présence de cette façon délicate. Pas davantage de palabres, inutiles et interminables, seule l'heure de passage, neuf heures trente, apparaissait sur le petit bout de papier griffonné au crayon à mine.

J'étais encore en train de ramasser en souriant les restes de la fleur, dont je ne connaîtrais sans doute jamais la couleur, quand le téléphone crépita dans le hall d'entrée.

–Bonjour, Honoré ! dis-je sans préambule.

Léger temps d'arrêt à l'autre bout du fil. Je pouvais lire à travers l'appareil la surprise sur le visage de mon interlocuteur. Puis la voix d'Honoré :

– Co… Comment m'as-tu reconnu ?

– Écoute mon grand, réfléchis un tout petit peu : tu m'envoies un message, court et gentil, que j'identifie sans problème vu sa nature, et sans lire une signature que tu as d'ailleurs fait attention, non sans classe je l'avoue, de ne pas apposer. Je te sais pas bête et plutôt bien élevé, deux qualités qui ont tendance à se perdre. Tu as en outre le sens des images comme ici… ! Tu es passé chez moi et tu as vu qu'il n'y avait pas de lumière. Tu es donc monté déposer sous la porte ce pli, anonyme pour n'importe qui, sauf pour moi. Ça, c'est ton côté intelligent. Tu es redescendu à ta voiture, parquée pas loin, et tu as attendu que je rentre. J'étais seule, mais tu ne pouvais pas encore en être tout à fait certain. Tu as attendu encore cinq minutes pour te manifester, par téléphone, sachant que si je ne voulais pas répondre, j'aurais débranché. Ça, c'est ton côté bien élevé ! Est-ce que je me trompe ?

Nouveau temps d'arrêt, avant ce cri du cœur :

– Virge, t'es vraiment super !

– Allez monte, maudit, si tu n'es pas loin ! Tu vas te geler, dehors… Mais pas trop longtemps, je suis fatiguée.

– Dix minutes, pas plus, promis…

Sans présumer de l'issue de la soirée, nous venions à l'instant de noyer le poisson dans un registre frais comme la température, maniant métaphore et hypocrisie avec classe, sauvant les apparences, payant une petite redevance pas si désagréable que ça à notre éducation, protégeant les restes bourgeois de nos préjugés, si tant est que nous en avions encore. Comme partout cependant, les vieilles habitudes ont la vie dure.

Je n'ai pas un grand appartement, mais il est confortable. Quatre sièges profonds en toile, de couleur crème, il faut penser à tout, je parle là de la couleur, arrangés autour d'une table basse allongée, en bois. Nous prîmes place sur le canapé, et je servis deux verres ballon d'un vieux whisky de malt, avec un ravier de truffes au chocolat que je sortis du frigo.

– Alors Honoré, tu es seul ce soir, qu'est-ce qui t'arrive, un gentil garçon comme toi ?

Il faut dire qu'Honoré est non seulement un homme agréable, mais il a en plus beaucoup de charme, et je me rappelais une époque pas trop éloignée où ses amies dont je crois avoir l'honneur de faire partie, devaient s'annoncer longtemps à l'avance pour avoir la chance de passer une soirée avec lui. Les aléas de la vie nous ont éloignés quelque peu, mais nous avons toujours une grande tendresse l'un vis-à-vis de l'autre, et grand plaisir à nous voir de temps à autre. Le cas échéant, nous ne dédaignons pas forcément les rapprochements bibliques.

Ce soir Honoré semblait bien calme, et la manière inimitable qu'il avait choisie de s'annoncer ne cadrait pas avec son humeur d'apparence résignée, où je pus lire de la tristesse, et comprendre qu'il y avait dans l'immédiat mieux à faire que de plaisanter. Il finit par laisser tomber, sur un ton défait :

– Elle est partie…

Et après un temps d'arrêt qui me sembla très lourd, à voir la tête de mon camarade :

– …Depuis hier !

J'accusai le coup :

– Qui ça, Léonore ?

– Oh non, si ce n'était que ça ! C'est Cocotte qui n'est pas rentrée, depuis hier après-midi…

Son *si ce n'était que ça* était sorti comme un cri du cœur et, connaissant Honoré, il est vrai que la disparition de Cocotte était bien plus grave que celle de Léonore, qui elle, je le réalisai de suite, n'était apparemment pas sur son départ. Je jouai donc du mieux que je pus la carte de l'insignifiance, essayant de le tranquilliser par ce biais :

–Si ce n'est que ça, à mon avis ce n'est rien, Cocotte, comme tout le monde, a eu besoin d'un peu de liberté, ne te fais pas trop de souci. Et comme elle ne pouvait pas te laisser un mot, eh bien, elle n'a pas pu t'annoncer le jour ni l'heure de son retour ! C'est logique. À ta place je ne m'en ferais pas trop.

C'était sorti d'un air que je voulus enjoué. Je n'étais pas persuadée d'avoir été très convaincante dans ce rôle, mais j'avais été prise au dépourvu pour trouver les mots qu'il fallait.

–C'est à voir, mais l'ennui c'est que je lui avais enlevé son collier, elle est donc identifiable comme un animal vagabond, et tu sais ce qu'on leur fait quand on les trouve !

Un facteur certes pas rassurant dans le contexte, mais que faire ?

–Écoute, lui dis-je, cette chienne est loin d'être stupide. Si elle s'est enfuie dans les bois, c'était qu'il y avait quelque chose d'intéressant pour elle, plus que probablement. M'étonnerait qu'elle ne repointe pas le bout de sa truffe dans les heures qui viennent. Laisse-la vivre un peu sa vie, de temps en temps ! Elle a un sexe, elle aussi, comme toi !

J'avais lâché ça sans penser, et surtout sans croire non plus que ce labrador, toujours à la rôde, toujours à la recherche d'une volaille ou d'un oiseau quelconque pour s'amuser, pouvait être parti battre la campagne sans revenir pendant deux jours, même pour une aventure sans lendemain. Surtout une chienne.

– Comment sais-tu qu'elle est partie dans la forêt ?

La perche était inespérée, je m'en emparai sans vergogne :

– C'est facile à déduire, c'est toujours là que tu la retrouves, non ? En plus à cette époque de l'année, c'est encore plein de beaux ptarmigans gras et dodus ! Donc d'ici demain soir, à mon avis tu vas l'entendre gratter devant la porte, sale et mouillée, mais des tendresses pour toi plein la langue.

Honoré sourit sans joie à mes idées positives. Il avait fini son verre, et je lui en resservis deux gorgées qu'il ne refusa pas. Je tombais de sommeil, et n'avais qu'une envie, c'était de dormir. Le sentant préoccupé, je lui proposai de rester chez moi, sachant que le vendredi soir, Léonore rendait en principe visite à ses parents, et que de plus ni elle ni lui ne se formalisaient des en-cas de l'autre. Comme nous nous connaissions intimement depuis des lustres et que nous avions cette grande amitié réciproque que je viens d'évoquer, je ne cherchai aucune excuse pour lui avouer que j'étais très fatiguée, et que j'apprécierais qu'il garde la place de droite dans mon lit japonais, très bas, où plusieurs personnes pouvaient d'ailleurs facilement se tenir, bien ou mal selon l'inspiration du moment, celui-ci étant de dimension *king size*.

Honoré qui connaissait la maison, n'avait pas

besoin que je lui fasse un dessin. Je lui mis le nécessaire d'usage à disposition et, après nos douches et ablutions respectives d'usage, nous prîmes sagement chacun notre place dans le grand lit. Et moi, pour ne pas rompre avec le confort de mes habitudes et n'ayant aucune raison de me gêner depuis bien longtemps avec Honoré, je me mis au lit en Chanel et T-shirt trop court, comme d'habitude. Ce soir-là, je m'endormis en moins de temps qu'il n'en faut pour le dire, comme un loir. Il était minuit et demi.

CHAPITRE X

Samedi, deux heures avant l'aube.

Il devait être dans les quatre heures et demie du matin quand les rayons de la lune décroissante me réveillèrent en me léchant le visage en douceur. Avec les émotions de la veille au soir, je crus tout d'abord dans mon rêve que c'était Cocotte qui était revenue et s'était trompée de côté de lit, mais je réalisai qu'il n'en était rien en ouvrant les yeux. J'avais par contre grand soif, et me rappelai sans plaisir et en tâtonnant qu'hier soir, en allant me coucher, j'avais oublié de mettre une bouteille d'eau au pied du lit. J'en étais quitte pour me lever et aller en chercher une à la cuisine, un exercice désagréable en milieu de nuit car il me réveille complètement et m'empêche presque à coup sûr de me rendormir. De retour dans la chambre, je m'attardai quelques instants derrière la fenêtre, jetant un œil vague sur le paisible spectacle de la lune inondant de sa lumière neutre la forêt en contrebas, et qui se perdait au loin.

Était-ce le contre-jour de ma silhouette soulignant le galbe de mes fesses nues, jambes légèrement écartées, d'où jaillissait par mèches l'enchevêtrement dru de ma toison, ou alors une forte altération, subite comme la mienne, toujours est-il que je sentis soudain une présence toute proche qui empoigna d'une main ferme la bouteille d'eau. Honoré se tenait juste derrière moi, les rayons blafards l'éclairant de face. En me retournant, je vis qu'il était entièrement nu et que son crayon, trapu et puissamment érigé, regardait lui aussi vers la lune. Je souris en constatant une fois encore que pendant le dernier quart de la nuit, les hormones adéquates mettaient assez souvent en forme et de belle manière les membres de nos compagnons, à moins que ce ne fût ce matin la striure de mes fesses et les poils noirs qui s'en échappaient, qui avaient provoqué l'émoi d'Honoré… mais restons modestes, et tenons-nous en-à la première version, je suis un peu vaniteuse certes, mais sans excès non plus !

La rage dont je parlais tantôt n'était par contre pas partie bien loin. Elle me reprit subitement à la vue de ce boute-joie à la parade. Pendant qu'Honoré se désaltérait à grandes lampées, je m'agenouillai sans plus de façon en face de lui, et pris tranquillement sa prune foncée dans la bouche, une sensation qui m'électrisa et m'incita à pomper, dare-dare si j'ose dire, la chair douce et élastique du paf dard. Dans ma position, j'entendais les gorgées de liquide qui inondaient son estomac en gargouillant, quelques centimètres au-dessus de ma tête, et sentais une humidité visqueuse qui sourdait de ma gerçure, quelques centimètres au-dessous de ma tête.

En gémissant, Honoré finit par lâcher la bouteille vide qui tomba silencieusement sur l'épais tapis, sans que j'aie interrompu mes allées et venues sur le tube tiède qui reluisait joliment sous les doux rayons de l'astre de la nuit. Les sons inarticulés qui sortaient de sa gorge et les mouvements désordonnés de ses mains témoignaient de son impatience. Il était prêt à agripper tout ce qui dépassait de mon corps mais, comme vous le savez, avec moi, il fallait viser le centre de la cible avec adresse. Lorsqu'il eut fini par localiser mes mamelons épais et allongés, il les tritura et les agaça à travers le fin tissu, pendant que je pétrissais ses deux couilles de belles dimensions, dont l'ombre portée sur les cuisses poilues était d'un effet saisissant.

Je repensai alors à celles du taureau qui passait ses journées dans le pré de la ferme attenante à la maison de mon grand père, quand j'étais petite fille. J'étais fascinée par la stature de la bête, mais surtout par cette musette noirâtre qui pendait entre les jarrets postérieurs de l'animal. Je n'avais pas dix ans, et ne savais pas très bien à quoi cela pouvait servir, mais je sentais confusément que cela devait concerner tout ce que l'on me cachait, que l'on ne m'avait pas encore expliqué, et que l'on ne semblait guère enclin à faire. Et moi, je n'osais pas davantage poser la question. Cette étrange gibecière, lisse comme un vieux porte-monnaie de cuir patiné par les années, semblait désolidarisée du corps pesant. Je ne pouvais en détacher mes yeux quand il galopait, et que cette sombre masse venait frapper l'intérieur des puissants cuissots aux rythmes de ses gambades. Et quand saisi d'une brusque inspiration il s'arrêtait pile en renâclant et en agitant sa queue terminée par une sorte de plumet toujours très sale, le sachet oblong changeait de direction et, s'étirant perpendiculairement, venait frapper les fesses sous l'orifice anal entouré de croûtes superposées de matières fécales sèches et fraîches, assez immondes. Quand il se tenait près de la barrière et me regardait de son œil vide sous ses grandes cornes, j'aurais volontiers pris et tâté de ma petite main, sans que l'on me voie, ce paquet suspendu, mais j'ai toujours été rebutée par les traînées brunâtres tachant la robe noire qui sentait mauvais. Le trou que l'on apercevait quand il se balayait les flancs pour faire fuir les mouches à la curée, ressemblait au goulot de la fontaine du village mais contrairement à cette dernière, il suintait des bords du sien une humidité marron, fétide et peu engageante.

Un matin, il n'était plus là, on l'avait emmené, et je n'ai pas osé demander ce que l'on avait fait d'Osvaldo – c'était son nom – mais j'imaginai instinctivement que cela n'avait pas dû être une promotion. J'appris peu après que ce truc noir et pendant, cela s'appelait testicules ou scrotum, mais que l'on s'y référait en général sous le terme plus courant de couilles.

Il m'a fallu encore quelques années avant d'en prendre une paire dans la main, jamais celles d'un taureau car j'avais été définitivement dégoûtée par le vilain sac d'Osvaldo, et une poignée de mois encore avant d'en mettre une dans la bouche. Mais depuis, c'est toujours le même plaisir émerveillé de l'enfant devant un cornet de sucreries quand, une fois déballée, j'aspire cette enveloppe douce et veloutée.

Les génitoires d'Honoré étaient toutes propres, toutes satinées et toutes fraîches, à l'étrange goût de pain d'épices évoquant Noël. Elles formaient un joli paquet compact, et semblaient fermement arrimées à la base de sa queue, donnant à l'ensemble une impression de confort tranquille. Désolidarisant les deux pruneaux, je les humai tous les deux, m'aventurai quelques instants dans la fente du derrière à l'odeur plus forte caractéristique lorsque l'on se rapproche du trou puis, revenant sur mes pas, je choisis de sucer sa couille gauche, sans hâte, comme je l'aurais fait avec un bonbon au caramel. Remontant une fois encore vers son derrière pour lécher le périnée qui plongeait plus loin en arrière dans la sombre vallée, je me rendis compte, chemin faisant, qu'Honoré avançait inexorablement vers la décharge incontrôlée et incontrôlable, au fur et à mesure que je me rapprochais de l'orifice boursouflé caché dans les poils noirs. Il était certes impératif de repousser cette échéance pour l'instant. Ne voulant pas davantage conclure, Honoré prit l'initiative de s'arracher à l'étreinte humide de ma bouche et, plutôt que de lâcher sa poudre aux moineaux, il me releva pour m'entraîner vers le fond de la chambre.

– Agenouille-toi, face au lit, prends appui des coudes sur le matelas, et écarte bien les jambes ! me souffla-t-il en appliquant une légère poussée de ses deux mains sur mes épaules.

Ses goûts correspondaient assez aux miens, et je m'exécutai de bonne grâce, dans la position du bon musulman de Médine le vendredi soir à la mosquée, les bras suppliants tendus vers la Mecque, le cul bien haut brandi contre Jérusalem, mais aussi les cuisses largement écartées et le dos cambré. J'offrais ainsi sans équivoque le compas de mes reins et de ses ouvertures secrètes à la lubricité inventive de mon compagnon, dont le mât orgueilleux se dressait avec la dernière énergie.

Honoré se fraya, d'abord un passage manuel dans les frondaisons de mon herbier et me lapa la boutonnière, toute mouillée, qui bâillait déjà fort. À l'aide de ses pouces, il caressa la naissance de mes cuisses soigneusement essartées, alors que je sentais son regard rivé dans l'antre carmin que la manipulation faisait béer, et briller davantage encore. Un léger temps d'arrêt me fit comprendre sa surprise de ne plus y trouver autour le taillis désordonné qui les recouvrait lors de sa dernière visite. Rien cependant ne le détourna de l'intarissable gobelet de cordial rempli à raz bord et offert sans compter, que je complétais avec enthousiasme au fur et à mesure de ses lampées avides.

Mes soupirs tout d'abord plaintifs, avaient pris du volume et s'étaient mués en sanglots vibrants qui n'allaient pas tarder à résonner dans le silence nocturne, hors les murs de mon appartement. Je n'en avais cure, bien au contraire, sachant que c'était une excellente manière d'attiser la fougue dynamique virile, à l'instar de Mario Lemieux[1] se ruant seul et sur rupture durant les prolongations à l'assaut de la cage de Guiguère, sous les ovations d'une foule en délire. Sous ces encouragements, il allait marquer, Mario, c'est sûr et sous mes clameurs, Honoré ferait de même, c'était indéniable.

J'aime repousser mon plaisir jusqu'à la dernière extrémité pour m'immerger alors dans un premier orgasme maison. Avec Honoré, l'exercice était sûr, car il n'avait pas pour habitude de sauter du train avant la gare.

Le chevalier de Mirvel *foutant en con* la douce Eugénie qui s'étonnait de la barbarie de son langage, s'entendit répondre par Dolmancé, le deuxième compère de la scène torride [2], *«Ah foutre! est-on délicat quand on bande ? »*. Mon baron à moi avait ce soir et

1.Mario Lemieux et Jean-Sébastien Guigère, deux joueurs étoiles de la Ligue Nationale de Hockey sur Glace nord américaine.

2.Les deux derniers passages en italique sont tirés de *La philosophie dans le boudoir*, du Marquis de Sade.

comme d'habitude, de la classe et de la délicatesse jusqu'au bout du gland. Encore une fois, il ne me déçut pas quand dans la position de la seule prière que j'aimais que l'on me récitât, il approcha son piquet bien raide pour le ficher dans l'ornière en ébullition. D'une ferme poussée de sa part et d'un recul volontaire de la mienne assorti d'un râle strident, il s'engouffra jusqu'à la garde et commença par un va-et-vient lent et régulier, au pas d'un détachement anglais devant Buckingham Palace à dix heures le matin. Il enchaîna en crescendo, passa du moderato cantabile à un allegretto bien enlevé, pour finalement adopter le petit trot alerte et décidé des chasseurs alpins défilant le jour de la fête nationale italienne sous les applaudissements rythmés d'une foule enthousiaste.

Il se retira après un nombre idéal de courses dans la fondrière – comment devinait-il, ce diable d'homme ! – des courses aussi vigoureuses que langoureuses, et je sentis son regard rivé à mon effervescence. Soudain pris d'une idée géniale il se pencha davantage, en appui sur ses coudes il se mit à plat ventre, m'écarta davantage encore les fesses d'un geste tendre, et accéda de sa bouche à l'extrémité distale et froncée de mes boyaux qui attendaient sa langue de pied ferme.

Et alors là, mes Amis, comme disait ma grand-mère quand elle voulait raconter quelque chose de particulièrement intéressant, comment vous expliquer la suite avec la finesse requise et le doigté indispensable ? Car ce n'est pas une simple feuille de rose que m'offrit alors mon compagnon, mais un énorme bouquet de toutes ses variétés ; il y avait là d'aubépine, de roses de l'Alberta, des baccarats, Bianca même, la rose inventée par Tournesol, et il en fit un bouquet de toutes ces feuilles, le drôle, une forêt de toutes ces sortes, une forêt dense, volumineuse, riche, délicieuse et intense à l'instar de la mienne, entre me jambes. Il parcourut lui-même les sentiers les plus reculés, retournant la moindre parcelle du sol comme un champignonneur avisé. Sur l'ésotérique autel de Satan, il surfa comme un artiste surdoué, louvoyant avec maestria entre les rives plissées de ce Styx d'où l'on revient joyeux et fier de soi. Il tourna autour du pot, si j'ose dire, m'aidant avec complaisance à compter avec lui chaque pétiole, l'un après l'autre, effeuillant branches et tiges avec une insupportable lenteur, dans un délire sensuel d'un goût parfait. Laissant libre cours à son talent, il inventait sur mon sphincter bistré les harmonies merveilleuses d'une musique dont les accords n'avaient pu être composés que par des séraphins visionnaires géniaux et particulièrement inspirés. Pour lui je devais aussi jouer ma partition à son goût, et je n'exagérerai pas en disant que nous semblions nous entendre comme ces deux musiciens des Toy Dolls improvisant de conserve au banjo, sur un air célèbre, adhérant au libre jeu sans restriction.

Dans ma position, je ne pouvais voir la gerbe elle-même, mais je ne doutais pas que les fleurs étaient comparables à nulle autre, et préférais en garder le souvenir symbolique, leur couleur même devant tenir d'un événement hors du commun pour les sens, d'un prodige surnaturel et d'un rare émerveillement. Passant et repassant sur les bords du petit cratère au fumet puissant sa langue râpeuse comme celle d'un chat, il me rendait folle. Comme un enfant turbulent autour d'une piscine, il plongeait dans l'étroit conduit pour en ressortir aussitôt ou alors, dauphin batifolant sur une mer frémissante d'aise, il louvoyait, la nageoire insouciante, et refaisait surface après quelques brasses vigoureuses sous la surface, avant de recommencer son joyeux manège.

Après ce traitement de choc d'une rare intensité j'étais au bord de la capitulation car, de ses doigts libres, le drôle avait en prime profité de la situation pour cueillir très délicatement mon clitoris, comme on le ferait d'un bleuet bien mûr trouvé au coin d'un bois à la fin août. Il le stimula alors, le flatta, l'affriola et envoûta cet inséparable ami de mes jouissances qui brûlait d'une flamme ardente. Honoré prit alors avec une belle autorité la direction de l'arrête sommitale sans que je puisse ni ne souhaite lui opposer la moindre des résistances. Quelques centimètres derrière lui à peine, pour corser la situation, il était talonné par sa limace tiède qui n'était pas prête à ménager ses efforts dans l'antre cryptique pour m'achever sans conditions, préparant le terrain avant de planter le drapeau et hisser les couleurs.

Honoré dut comprendre mes frustrations à travers mes cris et gémissements et, se redressant à moitié, se présenta tout ruisselant devant le petit trou brun qui le fêta chaleureusement. Dans une position idéale pour bêcher la ridule circulaire lubrifiée à souhait par le gentil cétacé, il fit aller et venir son bélier sans cornes, accueilli comme il se devait en fanfare à l'intérieur du hangar en feu.

Le défilé du gros de la troupe se déroula alors dans une indécision savoureuse, comme si un major s'était trouvé de part et d'autre de la colonne, chacun sonnant à tour de rôle l'ordre impérieux de la charge et celui de la retraite, dans une inconséquence générale tout à fait exquise. Et tout se passa sans heurts, résolument, en rythme et au pas cadencé, sous les plus vifs encouragements de la foule. Comme vous devez vous en douter par ma description, grâce à ce maître d'œuvre impérial, ce fut une réussite jusqu'à l'ordre ultime, celui de la décharge que je reçus délicieusement sur le dos et jusque dans ma chevelure, un somptueux feu d'artifice mettant un point final à cette liturgie sibylline et fort courtoise, improvisée et assez matinale.

J'emprunterai à nouveau quelques paroles au plus célèbre de nos marquis pour illustrer en douceur et en finesse la description des envolées vocales de nos plaisirs :

> *... la crainte d'être monotone nous empêche de rendre des expressions qui, dans de tels instants, se ressemblent toutes*[1].

Je crois que je m'étais déjà rendormie, anéantie mais immergée dans un bonheur indicible quand je sentis Honoré me déposer sur le lit et remonter tendrement les draps sous mon menton.

Un profond sommeil m'avait happée, peuplé de rêves charmants où des gnomes hilares, tout nus, se secouaient avec vigueur des membres aux glands obscènes, cramoisis et dangereusement distendus qui dépassaient par-devant leurs chapeaux pointus aux vives couleurs. Non loin de là, certains de ces petits bonhommes à la barbe blanche, à l'œil polisson et au cul très poilu se désaltéraient d'un nectar euphorisant, sans vergogne, comme des boit-sans-soif, aux seins

1. Sade, *La Philosophie dans le Boudoir*.

plats de naïades dégoulinantes dont les mamelons mauve foncé pointaient comme de longs épis de blés.

C'est vers dix heures trente que je fus réveillée au milieu de ces divagations oniriques espiègles par la sonnerie insistante de la porte. Le temps de réaliser ce qui se passait, de sortir du lit, de passer un peignoir et de me diriger vers l'entrée, le bruit avait cessé. Je l'ouvris et trouvai derrière un magnifique bouquet de roses jaunes et blanches, avec une enveloppe de carte de visite agrafée sur le papier transparent. Refermant la porte, j'admirai les fleurs fraîches et bénéolentes, et lus le petit mot court, qui me fit tout chaud au cœur :

Merci pour ta douce amitié et ta tendre hospitalité.

C'était signé, cette fois, *Honoré*

Il y avait aussi un PS qui me réjouit davantage encore : *à propos, en arrivant à la maison, Cocotte était là, couchée sur le paillasson. Quand je me suis planté devant elle, elle s'est assise en me tendant une patte implorante. Je crois qu'elle me demandait pardon de ne pouvoir m'en dire plus... Tu avais encore une fois raison, Virge !*

Je pris un long bain pour réparer les dégâts de la nuit et redonner un peu de décence à mon paquetage complet, comme disait mon père à propos de ses affaires militaires, un paquetage qui avait été gaiement mis à partie pendant cette nuit d'allégresse et de paillardises.

Séchée, parfumée et habillée, je m'apprêtais à sortir faire quelques courses lorsque la sonnerie du téléphone retentit. Je ne m'attendais certes pas à recevoir déjà aujourd'hui des nouvelles de Aaron, mais sa précipitation trahit une impatience que mon intuition m'avait déjà signalée. Il désirait me voir, aujourd'hui encore si je n'avais pas de projets précis et arrêtés pour la fin de la journée. Je sentis son embarras quand je lui demandai avec un brin de malice dans la voix, la raison de tant de hâte, puisque nous allions nous voir dès demain à midi. Il m'avoua un peu gêné qu'il avait eu grand plaisir à me rencontrer hier par hasard à la piscine, et qu'il aurait tout simplement apprécié s'entretenir seul avec moi, prétendait-il, et aujourd'hui encore. La douceur de la métaphore ne m'échappa pas, et je me retins de lui poser davantage de questions, lui facilitant même la tâche en lui demandant à quelle heure il avait pensé :

— Pourquoi pas vers dix-neuf heures trente ?

J'acquiesçai et ajoutai également que ce serait sympathique, ce qui reflétait d'assez près la vérité, même si celle-ci n'était pas forcément celle à laquelle il devait penser.

Chapitre XI

Samedi 10:00 heures, Les courses.

Je me rendis en ville, en empruntant les transports publics, plus pratiques surtout en ces périodes de fêtes. Avec pleins de lumières et de guirlandes, cette ambiance de joyeuse célébration, de vague transport spirituel, ce côté indéfinissable qui sent, lui aussi, le pain d'épices, reste poétiquement le moment magique de l'année, quelles que soient les motivations religieuses ou païennes de chacun.

À part les habituels cadeaux symboliques que l'on fait à ses proches et à ses amis intimes, le mois de décembre est pour moi l'une des rares époques où je m'achète des sous-vêtements, aidée dans mes choix par les trésors d'originalité dont font preuve les fabricants à cette époque de l'année. Noël est soi-disant une fête religieuse que j'aime me célébrer à ma façon.

Je me promenai longuement entre les mannequins présentoirs, éprouvant le satiné des matériaux, imaginant toutes sortes de rondeurs, même celles que je n'avais pas, surtout celles que je n'avais pas, qui rempliraient ces tissus arachnéens. Et je souris au fantasme du père de famille à l'approche des Fêtes, un honorable coquin rêvant d'une Mère Noël qui en aurait tout juste l'âge physiologique sinon légal et qui, en silence, serait descendue le long du tuyau de la cheminée afin d'enfourcher le sien. Humblement vêtue dans cette froidure saisonnière d'une parure rouge très ajustée sous une simple cape et un bonnet de même couleur terminé d'un gros pompon blanc, elle sortait alors avec malice de ses deux hottes rebondies, de grosses oranges aux larges pédicules mauves, que le pauvre homme dévorait comme si sa vie en dépendait, avant d'arroser en dormant et sans le vouloir la cuisse rêche de sa femme qui se réveillait en l'insultant.

Je choisis un ensemble mauve que je trouvai assez seyant. Je l'essayai, il m'allait bien. Je le pris avant de passer à la parfumerie.

Le monde se pressait partout, la fébrilité était de mise sur des visages à l'air plus enjoué que d'habitude. Prise d'une petite faim, je m'arrêtais un quart d'heure pour manger un beau sandwich au saumon fumé qui me rappela le sauna de la veille, et me fit sourire intérieurement. C'est juste qu'en le regardant bien, la comparaison n'était pas fausse ! J'observais les autres clients du petit bar qui mâchaient sans broncher leur pain garni de la même manière, croquant avec beaucoup de sérieux le cornichon avec gravité, et les trouvai bien dénués d'imagination malgré leurs petits airs de fête, sans doute un déguisement qu'ils allaient abandonner dès le début janvier en terminant leur première jaunisse de l'année.

De retour chez moi vers cinq heures, je plongeai dans le gros fauteuil confortable en face de la télévision, que je n'allumai pas. Avec une tasse de thé et un ou deux biscuits de Noël, je pris *Vol de Nuit* que je n'avais pas eu le temps d'ouvrir la veille avant de tomber de sommeil, et fis exactement la même chose ! Je m'endormis presque aussitôt de la fatigue de me promener en ville dans la foule. Ce n'était pas grave car je connaissais cet ouvrage à peu près par cœur, toujours aussi émerveillée par l'ambiance grand large de l'aventure, et la sobriété de l'écriture. Un bonheur que je remettrai à plus tard, à demain sans doute.

Mon sixième sens me réveilla vers les sept heures. Je pris une douche rapide et m'habillai de juste ce qu'il fallait pour être séduisante sans être provocante, des fois qu'en ce jour du sabbat Aaron se fasse quelques idées, surtout des fausses. Dans la mesure du possible, j'essayais la plupart du temps que ma tenue reflète le juste ton pour mettre les choses au point d'avance, annoncer la couleur, celle de mon choix, sans avoir besoin de l'expliquer ni de la justifier de vive voix. Cela suffisait d'habitude pour brancher la soirée dans le sens que je voulais. Quand je vous disais que les femmes pouvaient maîtriser les pouvoirs…

Chapitre XII

Samedi, 19 :30

Je fus ponctuelle au rendez-vous, n'arrivant qu'avec une petite vingtaine de minutes de retard, une bagatelle.

Huîtres et Crépinettes est un restaurant spécialisé dans la cuisine du sud-ouest. Il évoque pour moi à merveille les palombières[1] à l'automne, et les spécialités du terroir gascon dégustées en se racontant des souvenirs de chasse et de foie gras. C'est d'ailleurs ce dernier plat que nous choisîmes en entrée, précédé d'un petit pot de rillettes d'oie et pain de campagne grillé. Nous renonçâmes au cassoulet, un peu lourd en soirée, et aux conséquences parfois incongrues pour une première rencontre.

Mais pour éviter que vous vous fassiez des idées franchement négatives sur mes manières ou sur les débordements de mon ami et cousin écrivailleur, rapporteur volontiers scatologique de mes aventures, j'ai fini par lui donner quelques instructions assez catégo-

1.Edifice artisanal fabriqué par les chasseurs du sud-ouest de la France pour la chasse à la palombe, souvent équipé d'une cheminée, l'occasion d'agrémenter de joyeuses parties de chasse par des agapes amicales qui ne font jamais revenir les chasseurs bredouilles.

riques pour qu'il évite dorénavant de retomber dans les grasses plaisanteries qui le font beaucoup rire. Même si celles-ci rendent assez souvent, il faut bien le reconnaître, la bonne humeur aux esprits tristes ou grincheux, ainsi qu'aux hommes de loi sérieux, respectables et respectés, aimant à lire le soir au coin du feu des textes du plus bas étage qui soit qu'ils intercalent dans une édition luxueuse du *Discours de la Méthode* ou de *de Republica*[1] par un souci de discrétion toute professionnelle.

Ainsi donc à propos du cassoulet, pour éviter que l'on accorde inutilement et de manière erronée à ces lignes un parfum indécent, il ne sera plus question des flatulences et autres pets nauséeux, souvent tonitruants et humides qui résultent de l'ingestion de ce plat royal au même titre que la poule au pot, qui elle n'a pourtant pas ces effets secondaires que d'aucuns qualifient de malsains. Le pain de campagne grillé, pourrait, à la rigueur, faciliter l'émission mescéante d'un cran lâché sans distinction. On évitera donc à l'avenir d'en parler. Et on ne soulignera pas davantage les rots chargés et fleuris, gras eux aussi, que l'on a peine à retenir après une grosse bouchée de soissons tendres et brillants et une gorgée de *côte de buzet* bien frais. Pour ces déflagrations naturelles, truculentes, fantasques et hautes en couleur, pour cette musique qui accompagne et agrémente les journées de nos tristes vies, il faut un style adéquat, un lyrisme gaulois coulant et bien enlevé, un texte rédigé de préférence sous la plume d'un auteur à qui le lustre des siècles a donné ses lettres de noblesse bref, pour de telles lectures, le grand Rabelais reste sans conteste la référence indiscutable.

1.*de Republica*, Cicéron

Mais j'ajouterais en plus que si de telles horreurs sont parfois commises avec succès entre amis, il n'en est pas de même entre gens qui ne se connaissent pas, ou peu. Et si d'aventure il s'agissait d'une idylle naissante entre deux tourtereaux timides, je vois assez mal comment rattraper une situation galamment engagée, telle que celle de s'être pris la main avec tendresse pour la première fois, et que l'une des deux colombes laisse tomber une perle puissante mais involontaire, un vent chargé d'oignons et d'ail en cours de digestion, par exemple. Le bruit sonne alors souvent une retraite anticipée regrettable, et je vois là d'avance un sérieux handicap au passage à l'opération suivante. Quant aux flatulences vaginales issues du reste d'air éjecté de l'éprouvette au moment où le mâle lancé dans un *perpetuum mobile* forcené s'extrait de la tiède hypogée une seconde pour y replonger de plus belle, joyeusement et par-derrière, cela n'a strictement rien à voir, car à ce moment de la soirée, l'intimité est assez poussée pour que cela ne gêne plus le galop des deux protagonistes lancés dans leur chevauchée fantastique.

Nous arrosâmes les filets de canards avec un *madiran* de jolie tenue. Après les discussions effleurant les sujets d'importance mineure, je commençai à sentir mon camarade de table dans ces ébauches d'état second qui rapprochent non sans danger les gens les plus intelligents d'une des formes classiques de la sclérose passagère de l'esprit, ce mal qui s'attrape n'importe où et contre lequel il n'existe pas de remède connu : car les amoureux sont tristes, quand bien même on prétendrait le contraire. Leur passion irréfléchie, assez éloignée du sentiment d'aimer, les rend invalides et incapables, et s'apparente plutôt à un état morbide dont la récidive est l'une des caractéristiques notoires : l'état amoureux rend les hommes vulnérables et les femmes insupportables.

Aaron était en train de tomber amoureux, je le sentais sans me tromper, ce n'était que le premier jour de grippe, encore entre deux eaux, mais déjà affaibli. Et moi, curieuse et sans méchanceté, je m'apprêtais à le soumettre à ma volonté dans un esprit exclusivement ludique, ni destructeur, ni égoïste de don juan, un personnage aux traits typiquement masculin. Car comme vous le verrez plus loin dans la situation que je souhaite amener, c'est quand même Aaron qui aurait incontestablement le choix définitif. La tournure que semblait cependant prendre la situation m'indiquait, du moins le croyais-je, que j'avais quelques chances d'arriver à mes fins. Hédoniste convaincue, équilibriste du plaisir, je voulais prendre du bon temps dans une situation insolite. Je ne désirais pas exploiter ce nouvel ami, j'avais besoin de son consentement total n'ignorant pas qu'il faudrait peut-être forcer son approbation, une approbation qui devrait se passer certes sans violence. Mais je ne souhaitais en aucun cas être l'unique bénéficiaire de cette partie d'un genre inédit pour Charlotte et moi. Je l'ai dit, je n'aime prendre du plaisir seule que dans la masturbation encore que dans ce cas, la participation passive de spectateurs curieux et attentifs reste un plus non négligeable.

Aaron m'était sympathique, il était d'un commerce agréable, il était même intéressant. J'appréciai son approche des choses, pas parce que je me posai en juge sentencieux de ses valeurs et qualités en face de ses défauts, bien sûr que non, mais parce que celles-ci correspondaient simplement à ce que j'éprouvais moi-même dans les grandes lignes, sur les sujets qui me tenaient à cœur.

Par perversité, je peux devenir provocatrice, et pousser mes interlocuteurs à se dévoiler pour me saisir de leurs failles et faiblesses. Dans des tendances que je veux tendrement cruelles, je crois que c'est l'expression la plus juste, je les entraîne alors dans des zones parfois périlleuses pour une relation, quand cela n'en provoque pas l'interruption brutale. C'est un risque que je prends, mais qui paye généralement. Ces défis ne sont pas vraiment méchants, mais sont généralement orientés vers le sexe, comme vous pouvez vous y attendre. Ils ont pour seule éthique l'honnêteté intellectuelle et le plaisir, physique aussi bien que moral.

–Aaron, demandai-je à brûle pourpoint, que penses-tu des relations homosexuelles ?

J'avais posé la question sans préambule, en le scrutant avec une attention plus particulière. Je sentis une légère crispation de sa part dont je pouvais imaginer quelques raisons, chacune à ce stade restant encore à prouver ou à être réfutée par l'argumentation suivante. Je crois qu'Aaron hésitait sur la réponse, oscillant entre une sincérité brutale et sans nuance, le phénomène de rejet sans conditions, peu probable s'il souhaitait me sauter, et l'envie de me répondre sans me décevoir pour la raison que je viens d'indiquer, même si nous ne l'imaginions pas tous deux forcément dans le même style. Il me répondit, tâtant le terrain prudemment :

–Quelle étrange question ! Tu veux dire les relations homosexuelles… Entre hommes ou entre femmes ?

Reprenant une bouchée de tarte aux poires, je répliquai lentement, pesant mes mots, le regardant bien dans les yeux, très à l'aise :

– Dans la formulation de ma question, je pensais indifféremment aux deux alternatives.

– Eh ben… À vrai dire pas grand-chose, répondit-il, choisissant finalement une prudence assez neutre.

– Mais ne me dis pas que tu n'y as jamais pensé, quand bien même tu n'aurais jamais essayé !

Une hésitation presque imperceptible m'indiqua qu'il aurait pu répondre oui, mais ce n'était qu'une supposition, ou qu'il se sentait gêné de le faire. J'enchaînai sur une interrogation que l'on pourrait qualifier de complémentaire, même si la réponse était, pour une femme, assez facile à appréhender :

– Si tu y avais réfléchi, tu aurais pensé à une homosexualité entre femmes ou entre hommes ?

– Virge, qu'est-ce que tu crois, entre femmes bien sûr !

– Et voilà ! rétorquai-je désabusée, j'en étais sûre, tous pareils ! Les vieux fantasmes de la super lesbienne, pas lesbienne, avec un mâle voyeur, participant actif, ou branleur passif… Et dans ton fantasme bien sûr, ajoutai-je, enchantée de lui faire un peu perdre les pédales, les deux filles sont jeunes, sexy, elles s'embrassent sur la bouche, se dévorent de partout, ont des fesses et des seins d'enfer qu'elles se manient réciproquement comme pendant une partie de flipper endiablée, alors que toi, non loin de là, à poil, ou les pantalons sur les souliers seulement parce que tu n'as pas que ça à faire aujourd'hui, tu prends ton pied en t'astiquant la dague et en sirotant une bière bien fraîche ! juste ou faux ?

Aaron ne savait plus où se mettre, abasourdi par mon langage direct. J'étais peut-être allée un tout petit peu trop loin, ou, disons, trop vite, emportée par un naturel que j'avais toujours peine à canaliser dans le feu de l'action. Cela suffisait, je fis machine arrière, pris sa main à travers la table et la lui pressais gentiment pour lui faire comprendre qu'il n'y avait là rien de grave, et qu'il ne fallait pas trop prendre mes paroles à la lettre. Il me rendit le geste, et nous échangeâmes subitement et furtivement un regard presque tendre. Je détournai les yeux en souriant, ne désirant pas m'avancer sur ce terrain pour l'instant. Si j'allume, c'est pour préparer le coup, mais je ne joue pas avec le feu parce que c'est dangereux, une leçon que l'on m'a apprise lorsque j'étais petite fille et que je n'ai pas oubliée. Ce soir je n'avais envie de contempler les feuilles à l'envers avec personne, le projet que j'avais en tête était plus subtil, sinon un rien dépravé, vous en jugerez par vous-mêmes.

– Virge, es-tu bien sérieuse quand tu parles de la sorte ?

Là, je trouvais qu'il devenait moins bon, se drapant d'un conventionnalisme hors de propos. Je lui en fis la remarque, et il se détendit un peu.

C'est vrai que j'avais tendance à oublier que sa famille en était à sa troisième génération de banquiers respectables et respectés. J'étais moi-même issue d'une famille d'industriels qui avaient largement fait leurs preuves, et loin de moi l'idéc dc rcnicr l'intclligence ou les liens du sang. Cela ne m'avait pourtant pas empêché de mettre à la consigne une bonne partie de ce pesant fardeau qui, s'il m'avait aidé dans l'approche professionnelle de la vie, n'avait par contre pas beaucoup contribué à mon ouverture d'esprit sur ses joies variées. Hédonisme et capitalisme ne font pas forcément bon ménage, même si l'argent aide à profiter de la vie. Je me rendis compte qu'Aaron avait besoin d'un léger polissage, pas d'une entreprise de nettoyage pour refaire les pièces à neuf, mais un truc qui dégrossisse la couche supérieure, pas trop épaisse semblait-il. Il avait besoin de quelque chose, d'un événement insolite qui l'aiderait peut-être à penser tout seul. Je me demandai aussi si cela irait plutôt dans le sens de mon plan ou à son encontre. Il faudrait pourtant trouver une faille. Cela méritait réflexion, et discussion préalable avec Charlotte. Pour l'instant, il n'y avait aucune raison de ne pas détendre l'atmosphère, le choc brutal n'ayant rien de psychologique ni de persuasif, je reconnais avoir toujours eu peine à m'y faire. Je repris sur un ton que je voulais sincèrement doux et amical, mais sans plus.

– Écoute, Aaron, la vie est la seule chose que l'on a pour s'amuser sur cette terre, souvent un peu triste quand tu grattes la couche de ciel bleu. Enfant, j'apprenais que la vertu et les comportements honorables nous promettaient une vie… Après la vie. Pour ça, on doit appliquer à celle d'ici-bas un code moral strict, une armée de conventions en habit de cérémonie, en gros une pléthore de garde-fous des plaisirs en tous genres et de tout poil… Sans allusion ! Pour se préparer convenablement à cet au-delà incomparable, la vie que l'on nous prônait était ennuyeuse et triste comme une journée sans pain. La fantaisie surtout ne faisait pas partie de notre programme journalier. Ainsi malgré les adventistes qui attendent la parousie d'une minute à l'autre, les témoins de Jéhovah qui viennent par deux et en cravate, faire l'article le samedi matin à l'heure où tu es déjà parti avec ta kippa, ton chapeau et ton long manteau noirs pour la synagogue, malgré les adventistes du Septième jour, malgré les musulmans, les catholiques ou les protestants, rien n'a changé, les contraintes sont là, et l'on continue d'affirmer qu'il faut poursuivre dans cette voie, qu'il faut continuer à attaquer la falaise, l'espérance étant source de béatitude. C'est un point de vue… L'autre, c'est *carpe diem…* Pour ma part, je préfère cette manière d'aborder mes journées, elle correspond mieux à mon caractère. Et profiter des choses sans blesser les autres bien sûr, ne sachant pas quand cela s'arrêtera pour moi…

– Et pour ça, tu as besoin de l'homosexualité ? coupa Aaron.

Je levai mon verre de madiran avec un clin d'œil, en savourai lentement une petite gorgée, et répondis avec un grand sourire, insistant bien sur les trois derniers mots :

– Je n'en n'ai pas *du tout besoin*, Aaron, c'est sûr, mais j'ai envie de voir et de comprendre ce qui est moins évident. En plus, cela m'amuse !

– En quoi penses-tu que je puisse t'aider, pour ça ?

La question était directe et logique, mais elle me surprit une fois de plus.

– Je ne sais pas, mentis-je, je ne faisais que poser des questions, sans but précis. On ne se connaît pas très bien, et c'est peut-être une autre façon de se sonder l'un l'autre.

– Tu as déjà eu des relations homosexuelles, Virge ?

Aaron me prenait de vitesse dans un dépassement rapide, sans avoir répondu à ma question. Un rose léger me monta au visage, mais je répliquai par l'affirmative, sans me démonter.

– Et qu'en as-tu pensé ? insista-t-il.

– Dans quel sens l'entends-tu ?

– Que veux-tu que je te dise, ma belle ! As-tu pris ton pied ? Ta partenaire t'a-t-elle fait hurler comme une saillie dure et tiède peut le faire en faisant irruption dans ton intimité ? Est-ce que tu dégoulinais tellement que tu t'es demandé si tu n'avais pas oublié de refermer le robinet de la douche ? As-tu beaucoup joui ? je ne sais…

Le sourire de coin de Aaron me montrait qu'il avait rejoint mon jeu et y prenait plaisir, l'espace d'un instant au moins, évoluant sur le même terrain, employant les mêmes termes bref, il me provoquait, lui aussi, et me surprit d'apprendre aussi vite. Je soutins son regard et lui répondis tranquillement, maîtrisant ma confusion, mais cherchant néanmoins la faille :

– J'aurais du mal à te dire que je n'en ai pas retiré. C'était nouveau, étrange mais certainement pas désagréable. Quant aux détails précis, c'est un peu comme si tu me demandais ce que j'avais ressenti si je l'avais fait avec Benjamin, ou un autre, ce sont des choses que même avec un esprit très ouvert, on a peine à raconter, surtout si l'on personnalise l'anecdote en mettant en scène des amis communs… Délicat, non ? !

– Parce que tu as déjà couché avec Benjamin, éructa-t-il, l'œil noir.

C'était sorti avec une certaine rudesse, j'avais touché juste, comme je le prévoyais, et j'aurais mauvaise grâce de nier que cela me remplit d'aise.

–Mais non, quelle drôle d'idée ! qu'est-ce que tu vas chercher, et qu'est-ce qui peut bien te faire penser à une chose pareille ?

L'idée le troublait, l'avait troublé, dérangé, plutôt, j'en aurais mis ma main au feu. J'ajoutai donc, désinvolte :

–Et d'ailleurs, Aaron, quelle importance ?

J'avais repris le contrôle de la course. Mon compagnon de table se rendit compte qu'il s'était tout à coup dévoilé. Pour se donner une contenance, pour détourner un instant l'attention bref, pour se ramasser, il commanda des armagnacs. L'idée tombait à pic, ce somptueux alcool réchauffant autant le corps que le cœur donnait parfois des idées à celui-ci pour profiter de celui-là. L'armagnac, c'est chaleureux et convivial. Je ne voulais cependant pas perdre le fil :

— Aaron ?

–Rien, bien sûr, ce sont tes affaires, grommela-t-il, je me demandais simplement si tu avais déjà eu une aventure avec lui, c'est tout.

–Et voilà, rétorquai-je, une femme ça doit être lent, mais un homme, s'il emballe rapidement, c'est pas loin d'être un héros, hein Aaron !

–On ne va tout de même pas refaire ce soir la morale deux fois millénaires de notre monde !

–Admettons, mais les raisonnements de ce genre ont encore largement cours en Occident, et sont encore présents chez beaucoup de monde, chez vous notamment, où certaines tendances conservatrices pensent aujourd'hui encore que l'acte de reproduction est sale, et son simulacre impensable... Surtout d'ailleurs par ce qu'il y inclut un élément féminin. Un élément malheureusement indispensable à cette fonction atavique et primordiale pour beaucoup de mâles dont le souci principal est de gicler... Même chose d'ailleurs pour vos frères ennemis chez qui ce n'est pas beaucoup mieux...

–Tu parles de qui, là, tout d'un coup ? interrompit Aaron.

–Des musulmans, évidemment, comme si tu n'avais pas compris ! ceux dont les femmes et les filles ont la chance d'avoir toujours avec elles et où qu'elles aillent, des gardes-chiourmes chargés de les empêcher qu'il leur arrive quelque chose de bien, si elles n'étaient pas entourées de ces sinistres vigies qui leur collent au tchador comme du chewing-gum. Et jusqu'à la porte des toilettes, des fois que l'infidèle y soit tapi, prêt à se servir de son glaive impérieux sur ces pauvres femelles dont beaucoup n'attendent que ça. Et si, ayant déjoué l'œil noir de ces tristes sires, quelque chose arrivait quand même à ces corneilles en babouches rutilantes, la *charria* serait là, en dernier ressort, prête à remettre bon ordre à ces débordements intolérables avec des volées cailloux !....Ou bien encore ces peuplades gentiment primitives où l'on mutile la féminité pour préserver la sainte pureté de la procréation, au cas où des salopes comme nous réclameraient aussi leur part de plaisir en vous en donnant... Et enfin une bonne partie de l'Asie, hypocritement non incluse dans le Tiers-monde pour ne pas indisposer celui des affaires, et qui prône la virginité des femmes avant le mariage comme l'une des vertus majeures de la vie.

Tant que ces barrières existeront, et elles ne sont pas prêtes d'être enfoncées, si j'ose dire, l'égalité et surtout la liberté de choisir pour chacune et chacun restera une douce utopie. Aaron souriait, de coin, maintenant, visiblement amusé :

— Tu n'as pas parlé des chrétiens, tu ne les mets pas dans le même tas ? ajouta-t-il.

– Oh, là, là ! que si, le puritanisme et les mœurs bizarres qui s'y rattachent sont encore bien présents surtout dans les sectes, dont je fais ou plutôt faisais partie, puisque c'est à travers celles-ci que s'est le plus développé un esprit allant paradoxalement à l'encontre du progrès. Quant au XIXe siècle des campagnes d'un ultra conservatisme généralement catholique mais toujours affligeant, plus d'une fille de ferme ou de château se faisait encore défoncer le chou quand la rage la démangeait, il y a cinquante ans à peine, pour préserver les quelques millimètres carrés qui faisaient d'elle, toujours selon cette séduisante morale, une personne honorable. Pendant ce temps, les garçons ne se faisaient pas faute de besogner les filles qu'ils transformaient d'un coup de queue en traînées indignes après avoir couché avec elles, ou en catins irrécupérables si ces gentlemen leur avaient en prime délicatement abandonné un polichinelle dans le tiroir… Mais soyons positifs dans l'adversité, cela a au moins permis à Maupassant et à d'autres qui regardaient cette morale chrétienne immuable avec un certain humour dépouillé, parfois noir ou grinçant, d'écrire sur le sujet quelques pages aussi étourdissantes qu'inoubliables.

– Et l'homosexualité, dans tout ça, tu la places où ?

– Dans le droit de faire ce que l'on a envie de faire, et qui ne fait de mal à personne, si ce n'est aux idées rétrogrades des bonnes gens, de ceux qui pensent bien, qui baisent dans le noir, à travers un linge troué, ou les deux à la fois... Ceci dit, je ne suis pas lesbienne.

– Vu sous cet angle...

Aaron n'en dit pas plus, mais j'eus à ce moment une petite lumière qui m'avertit qu'il ne me disait pas tout. Il n'avait rien d'un pédé, Aaron, c'est certain, encore qu'à l'heure actuelle on ne peut juger de rien, mais je me demandai s'il y avait pas autre chose sous cette réflexion tout à fait anodine, un élément qui m'échappait.

Pour éviter la lourdeur, pour ne pas insister trop pesamment, nous revînmes alors sur des sujets banals, sans intérêt dans le cours de cette histoire. Nous dégustâmes notre armagnac le front tourné vers le plafond, le nez planté au ciel, parce que ce qui se trouvait dans nos verres nous faisait penser un instant qu'une part au moins de l'éternité s'y trouvait enfouie.

Quant au sujet, il avait été lancé et on pourrait probablement y revenir, le cas échéant. À la fin de la soirée, Aaron avait compris sans qu'il faille insister que ce n'était pas ce soir que nous allions dormir sous le même toit. En garçon intelligent, il ne montra pas son désappointement, ce qui lui fit marquer un point. En sortant du restaurant, il me raccompagna à ma voiture. Nous nous fîmes la bise, et je crois que l'un comme l'autre étions contents de notre repas en tête à tête. Nous avions mieux fait connaissance, et avions de ce fait adopté une attitude plus détendue l'un envers l'autre. J'ose prétendre cependant que cela s'adressait plutôt à lui car, en nous quittant, je vis à la lueur du réverbère que la flamme dont je parlais plus haut ne semblait pas avoir encore disparu.

Demain il faudrait soutenir l'effort et ne pas laisser retomber la tension, comme l'avait dit Charlotte. Car je me rendais compte que si je laissais passer, l'occasion risquait de se perdre et de ne pas se représenter de si tôt, si tant est qu'elle ne resurgisse un jour.

Chapitre XIII

Dimanche matin, 09 :00, le jour du Seigneur.

Pour ne pas arriver les mains vides chez Benjamin, je préparai une tarte aux pommes. Pendant qu'elle dorait au four, je cherchai de quoi m'habiller, quelque chose qui me mettrait juste assez en valeur pour ne pas être en reste derrière Charlotte, tout en gardant un œil un peu distrait sur les émissions religieuses du dimanche, le deuxième de l'Avent. Je vois votre étonnement :

Comment ? Vous dites-vous, une fille comme moi peut-elle suivre des émissions religieuses, probablement en toute petite tenue à cette heure matinale pour un dimanche, elle dont le seul dieu à qui elle rende hommage est Priape ? Vous vous dites peut-être que ça va comme ça, qu'il est inutile d'en faire trop, ne perdant pas en mémoire que je ne suis pas ce que l'on pourrait qualifier une pratiquante orthodoxe vivant en communion avec ses frères et ses sœurs en Dieu, comme je devrais l'être d'après mon éducation. Vous vous faites peut-être aussi la réflexion qu'il est un peu facile d'essayer de justifier des comportements qui tiennent plus du dévergondage luxurieux que de l'enchantement dévotieux, pour la simple raison que l'on est incapable de les assumer soi-même. Et que lorsque l'on n'arrive pas à prendre ses responsabilités, il est assez mal venu de chercher des excuses et des appuis auprès des autres pour tenter de se rassurer soi-même !

Vous avez, du point de vue spéculatif, entièrement raison, et je ne saurais vous donner tort. Un homme porté sur la chose est, comme disait mon père, un joyeux biquandier : Bill Clinton se faisant faire un petit pipeau dans le bureau ovale par sa secrétaire est un héros d'envergure, un publiciste de génie, un homme envié de tout l'Occident qui rit de bon cœur, sauf pour l'Amérique pudibonde et hypocrite, pour les grincheux dont je parlais plus haut, les bigots, les Frères et Sœurs de Plymouth[1] et autres adventistes de tout acabit et bien entendu pour sa femme qui, soit dit en passant, a maintenant d'autres chats à fouetter.

À part son talent et son charisme Bill Clinton, comme John Kennedy, passera quand même à la postérité comme un personnage sympathique et attachant, un coureur de jupons, un président mais un homme aussi, qui savait s'amuser quand l'occasion se présentait, sans que cela porte à la longue à ses hautes fonctions.

Bien.

Mais que dire d'une femme de dimensions internationales elle aussi, surprise dans un commerce analogue ? À l'instar du président des États-Unis, qu'est ce que l'opinion publique penserait par exemple d'Elisabeth II se faisant faire un petit shampooing par son palefrenier dans les écuries royales ? La pauvre serait

1.Frères et Soeurs de Plymouth : autre nom des darbystes.

sur le champ taxée d'échassière, de torchon, de pipière, de fleur de macadam, d'émietteuse, de paillasson, de voiturière ou de matelas ambulant bref, de tous les mots d'oiseaux de la création, ne pouvant éviter flétrissure et discrédit simplement parce qu'elle est une femme… Dans le cas particulier elle serait probablement même aidée par sa propre famille, qui a prouvé à maintes reprises que ses membres étaient des rapporteurs, de *petits raportapets qui vont péter dans les cornets*, comme on disait quand on était à la petite école.

Si ce vilain défaut fait ses premières armes dans la cour de récréation « *T'as tout dit à la maîtresse !* » et vaut à l'auteur indélicat de ragots privés quelques coups de poings après la sonnette, au niveau royal britannique, ce sont des pounds à la pelle que ça rapporte à son auteur, grâce à la presse mondiale attentionnée, friande des dessous de ceinture. Récriée par la gentry, conspuée par le monde des gens comme il faut, la popularité de la souveraine en serait ternie pour longtemps.

Mais comparée à l'hypothèse de la darbyste choisissant l'infamie plutôt que la gastronomie du Grand Nord dont je parlais plus haut, cette éventualité-là, celle du garçon d'écurie s'adonnant à quelques humbles dévotions sur la royale intimité, il faut l'admettre, a bien moins de chance de se produire. Les opportunités de gain au 6-49 paraissent même devant ce cas de figure, moins aléatoires. À son âge d'ailleurs, la reine a peu de chances de susciter les fantasmes de Philip qui, de toute façon, n'a jamais été très sexy. Mais surtout, elle est une femme, et le message est clair : l'homme qui aligne conquêtes et situations scabreuses ou inconvenantes est un joyeux turlupin, un gai luron que l'on souhaiterait connaître, alors que la femme prise dans des attitudes analogues est une daufière peu recommandable.

Ainsi en tant que femme je ne peux me servir de moi-même à ma guise qu'en préservant mon anonymat. La morale populaire sera toujours présente pour me remettre à l'ordre, pour m'indiquer le chemin dont je ne peux m'écarter. Je dois me cacher d'une bonne partie de ce que j'ai envie de faire, ce qui lève un autre pan du voile sur la raison qui m'a poussée à procéder de la sorte pour la rédaction de mes aventures. C'est une réponse partielle également à ce qu'écrivait à ce sujet mon ami-auteur et cousin, dans sa préface que je n'ai eu, par convention tacite, que le droit de lire, sans y toucher. Et pour les activités salutaires auxquelles un grand nombre d'entre nous pense heureusement et à la vaste panoplie d'idées et fantasmes qui y est liée pour s'amuser selon ses propres goûts, la femme n'a normalement pour seul refuge que celui du mariage, une entreprise dont la redoutable monotonie s'amplifie à un rythme exponentiel, en rapport direct avec la durée et à la composition légalement immuable des deux seuls participants.

Mais si le sexe sous la plupart de ses formes est une saine activité à laquelle, comme beaucoup d'entre nous je m'adonne avec zèle, j'aime m'informer de ce qui concerne le monde qui m'entoure. Et pour paraphraser une parole de circonstance en ce septième jour de la semaine, je dirais que j'essaie, selon des critères qui me sont personnels bien sûr, *de séparer le bon grain de l'ivraie.* Je prends ce que je trouve de bon dans ce que j'entends. Je ne suis pas une personne particulièrement difficile, mais je trouve qu'il y a peu à retenir, et beaucoup à rejeter. Bien loin de moi cependant l'idée de renier ou de dénigrer les courants de pensées qui nous ont façonnés et ont dans une large mesure encore en Occident, la Chrétienté pour toile de fond. Je ne saisirai pas le biais facile de la critiquer, une opportunité largement offerte aux déçus, aux frustrés et aux professionnels de la question, prêts à pourfendre et à fustiger *pro Deo* et sans répit ce qui fera toujours couler de l'encre et du sang aux quatre coins de la planète. Si nous sommes devenus ce que nous sommes, c'est l'histoire qui en a tracé le cheminement tortueux et vacillant.

Celle-ci, racontée à tous, embellie, compliquée, bafouée et même noircie pour la bonne cause de certains, a appris à des minorités sans beaucoup de jugeote comment détester son prochain en toute légitimité avant de l'avoir rencontré, si par malheur cela devait se produire un jour. Et ce simplement parce qu'il est d'une autre couleur, ne prie pas aux mêmes heures ni dans les mêmes positions. Quelques millénaires de l'histoire de *l'homo erectus* et de ses difficultés de communication avec ses semblables, nous offrent le bilan de son lugubre passage sur sa terre d'accueil. Rassurons-nous cependant, au rythme de croisière où il y va, il aura bientôt achevé sa propre destruction, et la terre qui en a encore quelques lustres devant elle, pourra passer à autre chose. Paul Valéry disait quelque part de l'histoire que c'est

... le produit le plus dangereux que la chimie de l'intellect ait élaboré, qu'elle justifie ce que l'on veut, qu'elle n'enseigne rigoureusement rien, car elle

1.Cité par Jean d'Ormesson, dans *le Rapport Gabriel*, Gallimard, 1999

contient tout et donne des exemples sur tout[1].

Les contraintes et excès des religions imposent des courants de pensée d'où toute discussion est vaine par définition. Ce sont des entraves à la responsabilité personnelle qui canalisent principes et comportements sous une idéologie ou une confession quelconque, en se substituant en bonne partie à la personnalité de l'individu. Les sectes, comme leurs noms l'indiquent, sont intolérantes par essence, sinon par volonté. Elles disent se référer aux seules Ecritures au sujet desquelles d'ailleurs chacun semble avoir des idées très partagées, et dont toutes les églises chrétiennes se seraient plus ou moins éloignées pour se forger une idéologie, son idéologie, la vraie, la seule digne de foi, toujours selon ces minorités bien pensantes.

L'authenticité ou la légitimité de ces Ecrits est pourtant à maints endroits remise en question par les historiens et les théologiens, par absence de preuves et d'évidences historiques. Si un certain nombre de ces sectes, parfois dangereuses, souvent récriées, sont issues de cerveaux privilégiés dont il serait sage de se prendre les affirmations avec les précautions d'usage, certains comme les darbystes les témoins de J. et autres adventistes attendent le retour du Sauveur et soutiennent que la vérité vient de *certaines* seulement de ces écritures. Mais comme le choix est humain par définition, il n'est pas faux de se demander sur quoi se basent ces choix pour prétendre représenter la vérité. Et il est dès lors difficile de ne pas devoir y inclure une part de merveilleux d'invérifiable, dans une tranche d'histoire où la légende tient une place de choix.

Ce n'est pas négatif de prime abord. Toutes les églises officielles auraient ainsi manqué à leur mission pour ne pas avoir assez tenu compte du strict enseignement de ces dites écritures. Le courant de base, le pilier de nos croyances chrétiennes se perd dans un flou qu'il aurait été dangereux de dissiper au cours des siècles. Les sectes seraient ainsi les détentrices exclusives de la vérité, ce sont les durs, les purs, ce sont les Cathares réformés des temps modernes. Le problème c'est qu'ils ont tendance à prendre de la place.

Les grands courants religieux, les sectes aussi nient le plus souvent la pratique du plaisir, surtout celui qui est à l'origine de toute vie. Adultère, concupiscence, désirs coupables, pédérastie, lesbianisme et fornication me disait un ami catholique sont longtemps restés les meilleures et les plus juteuses parties de la confession, surtout pour le directeur de conscience en charge, l'inquisiteur *de jure* à qui il fallait raconter par le menu le déroulement de ces horribles mais savoureux péchés.

La vie a d'autres tours dans son sac, heureusement. Les émissions du dimanche matin par exemple donnent la parole à des personnages représentatifs des quatre grands courants religieux du monde, et leur offrent l'occasion de s'exprimer. C'est toujours intéressant parce que les orateurs, pasteurs, prêtres, moines, rabbins et autres mollahs sont choisis parmi des individus qui ont autre chose dans leurs poches que des pamphlets acerbes, des bombes ou des cocktails molotov, des hommes qui connaissent l'histoire et la philosophie, des hommes qui sont rompus à la rhétorique et à la scolastique brève, des hommes qui savent emballer et composer, qualités primordiales évidentes pour un ministre du ciel, comme pour un industriel de talent. Aucune secte ni mouvement non-conformiste religieux n'est convié à ces matinées, toutes de ferveur humanitaire. Je verrai d'ailleurs assez mal un Témoin de Jéhovah répondre positivement à une invitation sur les ondes, leurs activités cryptiques n'étant digestes que pour les initiés au cerveau upérisé par des traitements de choc.

Pendant cette tribune dominicale, on a ainsi de temps en temps l'impression que quelque chose passe entre les orateurs et les auditeurs. Je ne dois pas être la seule à le penser. Et à écouter ces tribuns d'une remarquable compétence parler une langue aux accents de la confraternité universelle, on pourrait se demander quelles chamailleries procédant des joutes politicardes ou des bagarres de préau ont bien pu les faire se séparer à un moment quelconque de leur histoire. Et si en fin de matinée après les différents offices on les voyait partir main dans la main, eh bien, moi en tout cas, je ne serais pas autrement surprise.

Ce ne sont cependant que des pantins éclairés, des théoriciens de doctrines applicables en des points géographiques précis, qui changeront parfois de refrain en prenant les actualités de treize heures quand l'écran du poste se teinte de rouge à la suite d'un attentat néantisant à l'arrière-goût religieux. En attendant, à dix heures, le dimanche, le rideau se lève sur l'office catholique ou le culte réformé, et l'on retrouve des rangées de visages graves et vides de ferveur apprise, qui déclament leur leçon comme des enfants. Le charme des érudits qui précédaient ces comptines ânonnées sur le ton de la récitation s'évanouit alors comme un mauvais songe.

De quoi se mêle-t-elle encore ? direz-vous. C'est

juste, et je ne cherche pas vraiment à vous faire confondre votre livre de cantiques, votre missel ou votre Testament, Ancien ou Nouveau, en avançant une péroraison rosâtre à l'emporte-pièce. Si vous avez choisi de lire ces quelques lignes, ce n'est pas pour entendre parler du Concile de Nicée, de celui de Trente, des quatre-vingt-quinze thèses de Luther sur la vertu des indulgences, de l'implication morale de l'Occident dans le conflit judéo palestinien, ou d'écouter une version inédite de *A Toi Ma Gloire.* Et probablement encore moins pour écouter l'histoire de Khadîja, la remarquable épouse de Mahomet, support providentiel, vital et indispensable de l'action du prophète et, par là, du futur islam. Sans grand intérêt, puisqu'il s'agit d'une femme dans une religion où l'égalité des sexes ne soulève pas encore l'enthousiasme des foules.

J'imagine plutôt, sans déplaisir d'ailleurs, que vous aimeriez connaître les autres usages lubriques que je vais faire de mon corps, deux dimanches avant la Nativité, et que je me plais à dédier avec enthousiasme au dieu de l'Amour, plutôt qu'à Dieu tout court. Mais ce n'est pas parce que je me balade à cul nu en m'aérant le griffon devant mon poste en attendant que la tarte soit prête, que je ne peux pas avoir les préoccupations classiques et traditionnelles du dimanche matin. Je l'ai dit plus haut, je parle comme je pense, ou du moins j'essaie. Et même si j'ai fini par élever une frontière entre mon éducation non permissive faite de rigueur, et ma vie actuelle faite de chaleur, je me pose comme n'importe qui beaucoup de questions sur notre place et notre destination finale. À ce jour, aucune hypothèse quelle qu'elle fût ne m'a apporté la moindre réponse acceptable, du moins dans le sens de l'éducation que j'ai reçue. J'ai probablement mal écouté, j'ai peut-être tort, mais je n'ai encore jamais entendu quelqu'un avancer des arguments qui tendraient vers la vérité éclatante et évidente, celle que l'on m'avait enseignée avec une si ferme conviction.

Les pommes rissolaient, et leur odeur emplissait l'appartement d'effluves tièdes avantageux. Je sortis la tarte du four, la sucrai, et l'y remis quelques minutes pour qu'elle prenne une jolie teinte. Je profitai de cet intervalle pour finir de m'habiller, jetant mon dévolu sur un mini slip bleu foncé dont l'élastique circulaire passe bien visible et avec intelligence au-dessus des hanches et que j'assortis, pour le recouvrir sans vraiment le cacher, d'un jeans à taille basse moulant. Porté légèrement sous le creux du bassin, il soulignait le bas de mon dos tout en ne cachant ni la forme ni les dimensions exiguës du sous-vêtement. J'en sais le mélange détonnant, et l'effet magique. Et si le reste de mon habillement était classique – je ne parlerai une fois pour toutes plus de mon torse inexistant – mon allure sexy devait aussi venir d'un visage détendu, dont les soucis étaient dissimulées par un maquillage très léger, et disparaissaient derrière le sourire de mes yeux.

Je cherche à offrir le plus naturellement possible une apparence décontractée par l'envie de ne rien prouver ni démontrer à mon prochain qui en sait tout autant que moi sur les grands sujets du monde, c'est-à-dire sur pas grand-chose. Comme moi exactement, celui-ci porte aussi sur son dos son éducation et ses chimères dont il ne se séparera pas.

Il se vérifie souvent qu'à la place d'un visage détendu donc séduisant, on présente sans réfléchir et sans vouloir faire d'effort, le miroir rebutant de ses propres soucis et malheurs que l'on sert à tout le monde sans prendre garde, comme un plat réchauffé de qualité assez moyenne. Et c'est comme ça que le soir, étonné et aigri de l'ingratitude humaine, plus d'un se retrouve seul devant son assiette de soupe ou son verre d'alcool fort à moitié vide.

Pour le reste, ma mise était simple, comme je l'ai dit, rustique même comme pour un pique-nique en forêt, avec un T-shirt, des *Cat* brun clair aux pieds, de jeans bleu clair, et surtout de ce sous-vêtement minuscule indiquant ce que l'on était prié de ne pas oublier de regarder. Pour ceux qui n'auraient pas vraiment compris le message, la ficelle qui plongeait entre mes jambes était là pour le rappeler.

CHAPITRE XIV

Dimanche, vers midi.

À midi moins le quart, j'embarquai le dessert et enfourchai mon coursier pour aller chercher Charlotte. J'arrivai chez elle quelques minutes plus tard, donnai un petit coup de trompe et l'attendis à bord sans sortir, comme nous l'avions convenu. Elle apparut deux minutes plus tard, elle aussi en jeans ajustés qui moulaient son fessier comme marée en carême. Pour le haut, une veste de cuir sur une chemise à carreaux de style cow-boy, dont les deux premiers boutons ouverts laissaient deviner la naissance de sa gorge généreuse et ferme. Elle était pimpante, croustillante même, ma jeune amie, et je me dis que toutes les deux nous avions déjà engrangé les arguments de notre mise, toile de fond de notre plan. Avec quelques gouttes de parfum, nous avions chacune complété nos personnalités d'un mystère que plus d'un mâle aurait envie de percer plus avant, c'est du moins ce que nous espérions.

Durant le trajet pour se rendre chez Benjamin, Charlotte m'écouta amusée et le regard espiègle lui raconter la soirée d'hier. Nous en étions encore à babiller comme des pies insouciantes quand nous arrivâmes devant la maison de son ami Benjamin, un immeuble locatif cossu planté au coin du bois, sur la colline.

Il nous ouvrit avec un grand sourire, et nous serra toutes les deux gentiment dans ses bras pour nous faire la bise. L'appartement était sobre, meublé avec goût. Il nous précéda, dans la grande salle de séjour qui avait un coin chambre à manger. Aaron était déjà là, et se leva pour nous saluer, tout aussi cordialement. Nous réalisâmes que nous étions tous les quatre vêtus de jeans de la même marque, bleu foncé ou bleu clair selon leur date d'achat, ce qui nous amusa. Benjamin commenta nos ressemblances vestimentaires, et ajouta que si nous avions des dispositions semblables pour les sujets qui nous touchaient, nous risquions de nous entendre comme larrons en foire ! Il ne croyait pas si bien dire, et avec la tournure d'esprit que vous me connaissez, j'imaginai alors que si toutes ces paires devaient se retrouver ensemble et pêle mêle plus tard sur le plancher, ce serait surtout leurs odeurs respectives qui permettraient de les différencier, au moment de les remettre. Je gardai cependant pour moi ce commentaire encore un peu familier en l'état de nos relations.

Notre hôte s'était mis en quatre pour nous servir un repas de premier ordre, sorte de prélude aux Fêtes qui approchaient : tartare de saumon cru qui fleurait bon l'huile d'olive et l'aneth, servi avec un *gewürtzraminer* d'Alsace bien frais, ptarmigan aux choux de sa chasse familiale à 150 kilomètres de Montréal, spätzle au beurre et confiture d'airelles, le tout arrosé d'un *château Trottevieille*, qui accompagna la venaison avec beaucoup de bonheur. La table était mise avec soin et décorée avec goût, à telle enseigne que je me demandais s'il n'y avait pas là comme une touche féminine qui aurait supervisé l'entreprise. Je l'observai à la dérobée, mais ne découvris rien d'ambigu dans ses manières.

Nous discutâmes de tout et de rien, parlant des vacances qui approchaient, de la famille qui nous réclamait, du sport que l'on aimerait plus pratiquer, et des derniers films sortis sur les écrans. Le genre de discussion futile qui a le mérite de faire passer le temps, sans prétention et agréablement. Benjamin était un hôte attentionné, exerçant avec zèle des talents cachés de barman. Charlotte avait les pommettes qui se coloraient sous son maquillage, ce qui ajoutait à son charme. Aaron ne me quittait des yeux que pour ne pas se piquer avec sa fourchette chaque fois qu'il enfournait une bouchée de spätzle recouverte de l'onctueuse sauce au vin, le même que celui qui faisait étinceler nos verres.

Ce qui était assez drôle, cocasse même, c'étaient les regards furtifs de Benjamin à ce même Aaron. Guère plus qu'une simple impression mais une mimique discrète, presque involontaire, qui n'échappa ni à Charlotte ni à moi. Ma voisine me toucha le pied sous la table, pour pas que je manque ces effusions oculaires délicates, et je lui lançai en retour un petit coup d'œil de connivence discret. Elle semblait aux anges, ma camarade, faisant parfois machinalement tinter sur les verres de cristal ses ongles mi-longs, nacrés d'un blanc très légèrement rosé. Le geste, désinvolte, n'était probablement pas sans arrière-pensée, et j'aurais mis mes mains à couper qu'il avait pour but de mettre en valeur les siennes.

« Quand on ne peut encore ni voir, ni manier ce cul divin qui occupe nos nuits blanches depuis longtemps, ce fessier dont la rondeur nous obsède et nous empêche concentration et travail, quand l'idée même de toucher cette paire de muscles souples ne relève que de l'utopie la plus folle, quand de sentir cet arrière-train de jeune pouliche frémissante assise en face de soi procède encore du rêve le plus démentiel » m'avait dit mon ami Jacques à une autre occasion et sur un ton lyrique à la limite de l'emphase, l'index sentencieusement levé, « moi, ce sont les longues mains d'une femme aux extrémités vernies que je regarde, pour me calmer, et que j'imagine courir sur mon échine, ou virevolter sur ma lime comme la fée Clochette… un fantasme qui me fait alors prendre mon *dard pour un os*, comme Henri IV », avait ajouté mon camarade après une légère pause, l'œil chaviré mais triomphant de sa brillante diatribe.

Jacques est un poète, un poète à l'émotivité exacerbée par les innombrables manifestations de la nature, surtout de celles-là. Et moi, je suis sensible à la poésie, toute la poésie, c'est elle qui me plonge dans l'Irréel et l'imagination du voyage de l'esprit et le transport vers le rêve de ce qui n'existera jamais que furtivement.

Ce jour-là, Jacques s'était saisi de ma main à travers la table et l'avait gentiment serrée pour clore sa délicate apologie, jetant un œil éperdu sur mes longs doigts. Comme je l'aimais bien, Jacques, et que j'avais ce soir-là des ongles nacrés, presque transparents, je les grattai gentiment à l'intérieur de son poignet, là où les tendons sont saillants. Je vis alors son regard tituber et j'arrêtai de suite la torture, émue à mon tour, sentant aussi un agréable chatouillement m'égratigner la reliure. Je ne vous explique pas comment s'était terminée cette soirée, commencée par de si jolis compliments… Eh oui ! La chair est faible.

Un fromage blanc à la crème, un chèvre frais et un brie pas trop fait – je ne l'aime pas quand il coule, quand sa croûte dégage des relents pénibles d'urinoirs de place publique – finirent ce repas superbe de simplicité. Benjamin ouvrit alors une deuxième bouteille du même cru, tout aussi somptueux. Lorsqu'il apporta la tarte aux pommes, juste tiédie, ainsi que les deux pots de glace confectionnés par ses soins, l'une à la vanille, l'autre au sirop d'érable, il reversa. Nous étions bien.

Après le café, nous prîmes place dans les gros fauteuils autour de la table basse, chacun se calant de son mieux, s'enfonçant dans les coussins, cherchant sa position idéale, celle qui précipite sans grands efforts dans une douce torpeur. L'alcool déliant les langues, c'est Benjamin qui relança de manière inattendue le sujet que j'avais entamé la veille avec Aaron. Il semblait bien disposé à remettre le propos sur l'établi, devant témoins, et je le soupçonnai même de l'avoir déjà fait avec Aaron. La manière d'aborder le sujet me fit cependant comprendre qu'il ne savait pas trop par quel bout commencer :

– Vous vous êtes lancés dans une discussion qui aurait plu à notre cher marquis, hier soir, finit-il par dire en s'adressant à Aaron et à moi… Dommage ! J'aurais bien aimé être de la partie !

Aaron ne répondit pas, et moi pas davantage, le laissant mariner quelques instants dans le jus qu'il s'était versé. Puis je répliquai, évasive :

–Rien de bien particulier, Benjamin, mais tu sais ce que c'est qu'une discussion, arrivée on ne sait d'où, elle s'entame sans que l'on sache pourquoi, et finit en queue de poisson, avant même que l'on s'en rende compte. Et dans bien des cas, ceux qui l'avaient entamée ne se rappellent plus de quoi ils avaient parlé quelques instants plus tard.

–Le sujet t'intéresserait-il à ce point ?

Ça, c'était Charlotte, attentive, malgré ses yeux mi-clos qui faisait accroire qu'elle s'était déjà envolée en balade, dans les bras de Morphée.

– À ton avis c'est quoi le plus passionnant, le sexe en général, ou l'homosexualité en particulier ?

Elle avait rajouté ce dernier commentaire sans état d'âme, imperturbable, les bras allongés avec nonchalance le long de son corps, dans une position tout à fait détendue.

–Les discussions spontanées ont toujours quelque chose d'excitant, l'attrait de la nouveauté, ce que l'on n'entend pas à tous les coins de rues, les allées bizarres, les couloirs sombres, compléta Benjamin, évitant le sujet de front avec une délicate prudence.

–La religion ? tentai-je, pour voir.

–Comment la religion, pourquoi la religion, et d'abord laquelle ?

–Elles sont, à peu de choses près, toutes les mêmes. Hier soir Aaron et moi nous nous sommes aussi lancés sur des considérations générales à propos des religions du monde, de leurs motivations discutables, et des promesses de bonheur éternel, il ne t'a pas dit ?

–Non, je crois que c'est le côté… Disons charnel de

votre entretien qui l'a plus marqué, ou qu'il a voulu souligner, c'est juste Aaron, non ?

Aaron semblait contrarié, je crois même qu'il avait rougi. Il ne devait pas être habitué à parler aussi ouvertement, à froid ou presque. Pas vraiment par timidité, mais pas à l'aise non plus. À moins qu'il n'y ait autre chose.

– Possible, mais ce n'était pas tout, avança-t-il, plutôt laconique.

– Bon, où va-t-on, comme ça ?

Un être direct, Charlotte, encore une fois.

– Laissons la religion de côté, reprit Benjamin. Même si c'est dimanche, et même si cette journée n'a pas la même signification pour tous, ajouta-t-il en regardant Aaron en souriant, sans méchanceté, ni agressivité d'ailleurs.

De la gaieté pas chère, une plaisanterie qui ferait peut-être sauter une école ou un super marché à Tel Aviv, ou Jeddah si l'on avait parlé du sabbat ou du vendredi. Aaron, lui, sourit tout simplement, ne faisant heureusement pas partie de la race hybride des écorchés de la prière. Un ami, tout simplement, un ami pas trop susceptible, un ami avec qui l'on pouvait parler et qui écoutait comme un vrai ami devrait le faire, comme l'ami qu'il pouvait à la longue devenir, pensai-je.

– Le sexe est plus amusant, surtout le dimanche après-midi, après le repas, essaya-t-il, sans appuyer.

– … Un repas d'ailleurs tout à fait remarquable, ponctua Charlotte, sincère. – Benjamin, tu es vraiment un maître queux de première !

– Pardon ?

– J'ai simplement dit que tu étais un *excellent cuisinier*, tempéra Charlotte, que vas-tu donc chercher !

Commençant à la connaître un peu, je savais que l'ambiguïté de son langage n'était pas entièrement innocente et qu'elle avait fait exprès de s'exprimer de la sorte. Un peu de provocation sans conséquence, un peu de peps dans le dialogue. Benjamin ne fut pas dupe, lui non plus, il l'avait montré en relevant avec juste assez de délicatesse et de doigté pour ne pas tomber dans une grivoiserie sans finesse. Il reprit alors, poursuivant son idée :

– Je crois me rappeler, Virge, ce que tu avais dit l'autre soir, rapportant les paroles de ton ami Frank, des paroles sur nos mœurs, sauf erreur, et que j'ai trouvées amusantes sinon pleines de bon sens. Ou plutôt sur des manières inconvenantes, parce qu'elles sont, disons... Rattrapées au vol par la morale. Je crois qu'il disait quelque chose comme *lorsque l'on a un comportement strictement hétérosexuel, on passe statistiquement à côté du cinquante pour cent de nos semblables*. C'était bien ça, non ?

– C'est effectivement à peu près ce que j'ai dit, une boutade de sa part d'ailleurs, et alors ?

— Voilà qui devient intéressant. On commence à s'amuser !

C'était Charlotte, à nouveau, qui se redressa un peu dans son siège. Aaron ne disait toujours rien, attendant peut-être son heure.

– Avec tes commentaires, tu vas finir par le déconcentrer, Charlotte ! dis-je, le plus sérieusement possible. Laisse-le donc poursuivre !

– Tu as vanté à Aaron tes expériences homosexuelles, pas vrai ?

Elle avait lancé ça n'importe comment, sans se soucier de la réaction, comme on lance sa première ligne, à la pêche, juste pour voir comment.

–Ce n'est pas ce que j'ai dit, coupai-je. J'ai expliqué que chacun était libre de faire ce qu'il entendait. J'ai aussi ajouté que je n'étais pas lesbienne, c'est quand même assez différent, non ?

–C'est vrai, mais tu as quand même eu des relations homosexuelles, rajouta Benjamin.

–Oui, et alors, il faudrait encore que je te dise avec qui, peut-être !

–Il est vraiment très curieux, ce garçon ! musa Charlotte.

Je me demandai à ce stade pourquoi Aaron ne participait pas, se bornant à écouter d'un air presque embarrassé. Stratégie, gêne, inconvenance à ses yeux ? La discussion était libre, c'est vrai, mais nous étions quand même tous dans le même bain, alors... Y avait-il des éléments que j'ignorais sur ce qui le motivait ? Un rapport indirect quelconque, un rapport avec qui il aurait eu des rapports, ou avec qui il aurait aimé avoir des rapports ? Timidité pure ou, pire, aurait-il dépassé le stade du coup de froid dont je parlais plus haut, et sombré dans l'état amoureux où la douceur des sentiments le dispute à la niaiserie du comportement. Étrange situation. Tout était possible, mais dans certains cas, comme celui-ci, le silence devient une arme étrange, et empêche de cerner ce que l'on aimerait découvrir.

–Et ça t'a plu ?

Benjamin insistait, comme Aaron, hier soir. Je le regardai, puis je regardai Aaron, et répondis :

–Mais ma parole, c'est à croire que c'est votre seul fantasme ! Il vous faut absolument savoir si j'ai joui, et comment ça c'est passé ! Hein Aaron ?

–Essaie de comprendre les mâles, avança-t-il, timidement, reprenant un peu de poil de la bête.

–Vos manières de mâles sont diablement à sens unique, coupa Charlotte, il vous faut tout demander, tout savoir sur nous, et vous, vous n'êtes là que pour nous écouter répondre à votre questionnaire. On imaginerait presque une pièce sans fenêtres, avec une table, trois chaises en métal, et une caméra en dessus de la porte !

–Et toi Charlotte ?

Ignorant la dernière remarque, Aaron s'était enhardi.

–Tu y tiens, ma parole... ! Oui, une fois, et c'était super, ça vous va ?

Ricanement gêné de la part des deux compères, surpris de cette franchise. Charlotte reprenait :

– Et vous deux, alors ? Virginie et moi on est sur la sellette depuis un quart d'heure, et vous évitez soigneusement de vous exprimer sur vous-mêmes. Toi Benjamin, par exemple, puisqu'on en parlait, tu serais plutôt du style du Chevalier de Mirvel, de Dolmancé, ou d'un autre personnage correspondant aux cinquante pour cent plus classiques de la population, le pourcentage dont on parlait plus tôt.

–C'est qui, ces gens ? s'enquit Aaron.

– Les personnages de la *Philosophie dans le Boudoir*, de Sade, répondis-je, le Chevalier de Mirvel, c'est un cent pour cent, voile et vapeur, Dolmancé, c'est du cinquante pour cent, mais inversé, plutôt pédé, quant aux autres on s'est déjà expliqué… ça te change de la *Torath-hayim* !

Aaron sourit à nouveau, gentiment, sans se fâcher. Vraiment un chic type, décidai-je, un garçon qui méritait d'être connu. Cela faisait un moment qu'on lui lançait des vannes sur sa religion, des vannes pas vraiment méchantes, il est vrai, mais assez pour faire bondir n'importe quel individu sensibilisé par deux mille ans de dénigrements inutiles, souvent racistes et d'une affligeante imbécillité.

Mais qu'est-ce qui me prenait, maintenant ? Voilà que je me surprenais à m'attendrir sur sa personnalité, ses manières affables et naturelles, un peu de ces éléments qui mis ensemble rendent un homme attirant, parfois même sexy. Ce n'était pourtant pas l'heure, du moins pas encore. Et avant de penser à autre chose, je voulais faire avancer mon idée sans la perdre de vue. Benjamin reprit, ne se soustrayant plus aux questions :

– Si je devais me comparer à l'un de ces personnages, c'est avec le Chevalier que j'aurais le plus d'affinités, mais vous aviez compris, je pense, risqua Benjamin.

– Sans en être absolument sûre, j'en étais à peu près convaincue, commenta Charlotte, j'y pensais, et j'en avais catalogué l'éventualité dans les choses envisageable, ajouta-t-elle avec le plus grand sérieux.

– Tu es choquée, reprit Benjamin.

– Quelle idée ! pourquoi donc !… Et connaissant un

peu Virginie, je ne crois pas qu'elle le soit non plus, hein Virge ?

Je souris en guise de réponse, tandis que Benjamin reprenait sans honte, et sans arrière-pensée, enfin rassuré :

– C'est correct, j'aime les deux côtés de la médaille, j'aime le choix, mais ne m'exprime pas volontiers sur le sujet, parce que je trouve rarement des gens qui acceptent des manières pas encore bien tolérées…

– Allez, Benjamin, un grand garçon comme toi devrait savoir que notre monde n'est pas celui de la tolérance ! ajouta Charlotte, un peu paternaliste.

S'il avait voulu se faire plaindre, Benjamin, c'était raté. Charlotte planait sur la mêlée, plutôt disposée à rire qu'à être sérieuse, mais sans snober non plus. Je la trouvai presque parfaite dans son comportement et le contexte qui nous intéressait. Je finissais par croire que nous nous complétions joliment.

– … De toute façon, reprit-elle, tu peux prendre les problèmes comme tu veux, tu auras peine à faire l'unanimité… Surtout pas sur ces sujets-là, frappés d'interdits par la morale populaire. Regarde Virginie, par exemple, tu crois vraiment qu'elle aurait sa place ici à parler de fesses sans retenue si elle était restée dans son giron familial et religieux ?… Et toi, Aaron ? On ne t'entend pas beaucoup cet après-midi ! Et si l'on poursuit dans ces demi-teintes, tu fais ça comment ? Quelles sont tes tares inavouables ? Où est la faille enfouie dans les tréfonds de ton enfance ? As-tu une mère abusive comme beaucoup de tes semblables baptisés au sécateur, une mère parlant toujours de toi en termes dithyrambiques, une mère qui t'adore mais prend beaucoup trop de place, qui complique tout en te considérant comme un dieu, ou carrément pour Dieu lui-même – une très vieille tradition chez vous – et qui te court aussi toujours après avec un mouchoir au cas où tu serais en train d'attraper un rhume... Un rhume que tu attraperas d'ailleurs, ne serait-ce que pour lui faire plaisir. Elle pourra s'occuper encore plus de toi, comme ça, et puis, surtout, cela lui donnera raison...

Aaron éclata de rire de bon cœur, il avança même son poing fermé en pointant son pouce vers le haut en signe d'admiration. Et c'est lui qui reprit :

– Super, Charlotte, il faudra que j'en parle à maman, elle se demandera quelle sorte de personne sans cœur tu peux bien être à parler de la sorte d'une pauvre mère juive qui n'a jamais eu que ses enfants dans sa triste vie toujours mise au service de tout le monde... Enfin, de tout son petit monde, s'entend, celui qui a traversé presque à la nage l'Atlantique il y a bien des années, fuyant les Russes et la famine, ou les deux...

La réponse montrait encore une fois la non susceptibilité d'Aaron. Charlotte revint à la charge, ne perdant pas le fil de la démarche :

– Pendant qu'on y est, Aaron, vous faites comment, dans la famille, dans le noir et les volets fermés, les deux à la fois, ou dans la joie de la découverte mutuelle, en essayant de se soutenir le moral entre hommes et femmes dans un monde fadasse de guerres familiales, villageoises et mondiales ?

– C'est vrai que la fornication n'était pas un sujet habituel, autour de la viande fumée et des concombres.

Il avait avoué cela en toute modestie, c'était gentil et presque attendrissant. Puis il releva le défi, là où personne ne l'attendait :

– Parce que chez vous, vous parliez de cul autour du bifteck ?

La question ne demandait pas de réponse, bien sûr, passée la surprise, elle fut ponctuée d'un joyeux éclat de rire de la part de chacun de nous. Et de finir :

– Ceci dit, Charlotte, nous ne faisons pas partie des bouclés, si c'est ce que tu veux dire…

– Un bon point ! Quant à toi Benjamin, quand il s'agit du commerce de la chair, tu ne… méprises donc personne, si l'on peut dire, c'est bien ça !

– Personne. Et comme ton ami Frank, je n'ai aucun préjugé, et il m'est difficile de dire si je préfère l'un ou l'autre des deux sexes, cela dépend des circonstances.

Je sentais Aaron à nouveau légèrement mal à l'aise, et n'étais pas sûre de pouvoir en exprimer la raison. Cela méritait encore quelques efforts, apparemment. Benjamin semblait dans son élément, puisqu'il avait enfin la possibilité de s'exprimer comme bon lui semblait :

– Sans être aussi catégorique que Mirvel à propos des femmes, je ne partage pas davantage les idées apparemment sans appel de Dolmancé sur la question…

– Et c'est quoi, leurs points de vue ?

– Pour éviter d'affabuler, mieux vaut citer plutôt qu'improviser. Le livre est à côté de toi sur le guéridon, Virge, tu peux me le passer, s'il te plaît…Merci. Voilà, c'est le Chevalier qui parle, et je cite :…. *Je me prête à tout ce qu'on veut, mais par goût, je n'aime vraiment dans les femmes que l'autel qu'indiqua la nature pour leur rendre hommage.* Ça, c'est l'un des points de vue restrictifs. Celui de Dolmancé, également limitatif, l'est dans l'autre sens, quand il vante ses préférences pour le côté pile, mais chez les hommes exclusivement : *Eh bien! mais c'est le cul! Jamais la nature... n'indiqua d'autres autels à notre hommage que le trou du derrière ; elle permet le reste, mais elle ordonne celui-ci. Ah! sacredieu! si son intention n'était pas que nous foutions des culs, aurait-elle aussi justement proportionné leur orifice à nos membres ? Cet orifice n'est-il pas rond comme eux ? Quel être assez ennemi du bon sens peut imaginer qu'un trou ovale puisse avoir été créé par la nature pour des membres ronds !....*

Charlotte se mit à siffloter un air de l'Arlésienne, support d'une chanson grivoise connue dont les paroles évoquaient différentes formes envisagées dudit fondement. Je l'interrompis en souriant :

–La littérature permet des incartades à l'évidence anatomiques et de faire comme si l'on avait mal regardé, ou d'avoir vraiment mal regardé et d'affirmer ce que l'on veut !.... Mais passons, l'argumentation a le mérite d'être amusante, sinon honnêtement vérifiée ! Ce n'est pas le plus important, surtout pour les gens aux tendances exclusives, ajoutai-je. Mais en fait, tu voulais dire quoi, au juste ?

–...Que les variations, en toute chose, empêchent la monotonie... Et que par la même occasion, je ne vois pas d'arguments positifs en faveur de la détermination de Dolmancé, à part, bien sûr, pour le cinquante pour cent inversé avec rage !

– Tu es un vrai esthète, Benjamin ! ponctua Charlotte avec un sourire de coin.

Puis, se tournant vers Aaron :
– Et toi, dans l'histoire, qu'en penses-tu ?

La petite Charlotte abattait vraiment un travail admirable, du vrai professionnalisme. Aaron ne semblait pas encore tout à fait à l'aise. J'essayai tant bien que mal de lui tendre une perche salutaire, pour l'aider à se sortir d'un ruisseau où il avait été un peu lâchement poussé par-derrière :
– Aaron, serais-tu le seul d'entre nous à ne t'être jamais écarté des sentiers balisés ? D'après ce que j'ai compris, ce serait plutôt Benjamin qui en ferait une habitude, alors que toi ou Charlotte, n'avez qu'effleuré la question.

Aaron détournait le sujet, encore une fois.
– *Ce n'est pas parce qu'on se fait enculer une ou deux fois que l'on devient nécessairement pédéraste*, intervint son comparse.
– J'ai déjà lu ça quelque part, dis-je en me tournant, tout sourire, vers notre hôte. La remarque a du vrai, mais entre le dire et le faire, il y a l'océan des goûts personnels et les abîmes de l'éducation.
– Jean d'Ormesson, le *Rapport Gabriel*, précisa Benjamin.

Nous parlâmes à bâtons rompus, fouillant la question sur le même sujet pendant encore une demi-heure, en finissant café et mignardises. Vers quatre heures, je me levai et dis à Benjamin que je voulais rentrer. Charlotte, comme nous l'avions convenu, ne fit pas mine de m'accompagner, et Aaron se proposa pour le faire, quand elle le désirerait, exactement comme nous l'avions prévu. Tout marchait comme nous le désirions, Charlotte et moi, ou presque.

Sur le départ, je dis encore à Benjamin tout le bien que je pensais de sa cuisine. Nous avions passé un excellent moment tous les quatre, et l'on se rendait compte que l'on s'entendait fort bien ensemble, même si nos avis divergeaient quelque peu sur le fond... Sinon sur la manière.

Benjamin me raccompagna à la porte et je m'éclipsai.

Chapitre XV

Dimanche soir, veille de la reprise

De retour chez moi, j'allumai la télévision, m'étendis sur le canapé, et m'endormis en quelques minutes devant *Un Monde Parfait*, un film que j'avais déjà vu une bonne dizaine de fois et que je connaissais à peu près par cœur. Quand je me réveillai, la nuit était tombée et j'eus envie d'un petit en-cas, quelque chose de simple après le repas somptueux de midi. J'avais déjà le nez dans le frigo, quand la sonnerie du téléphone retentit dans l'entrée. C'était Charlotte, encore dans sa voiture, après qu'Aaron l'eut raccompagnée chez elle. Elle allait passer d'ici quelques minutes.

– Tu veux grignoter quelque chose avec moi, j'étais justement en train de découvrir ce qui me restait d'acceptable pour une petite collation, ça te va ?

– Ce sera pas pire !

Elle arriva quelques minutes plus tard, douchée, dégageant une odeur fraîche et agréablement parfumée. Elle en avait profité pour changer sa tenue de l'ouest contre un T-shirt moulant, et je pensai qu'en rentrant chez elle, ce soir, le sobre manteau rouge qui la drapait pudiquement lui serait utile pour ne pas finir sur un tuyau de cheminée ou le manche quelconque d'un inconnu, peut-être pas même propre : elle avait vraiment le chic pour se mettre en valeur, pensai-je sans le lui dire car il n'était pas utile de flatter outre mesure la vanité des gens.

Avant son arrivée, j'avais trouvé dans l'armoire frigorifique de quoi nous sustenter légèrement : du saucisson froid, un salami de montagne, de la salade de pommes de terre à laquelle je rajoutai une cuillère de vinaigre, deux d'huile de noisette et une râpée de muscade. J'avais aussi une belle miche de pain de campagne au levain cuite au feu de bois, que j'avais achetée la veille en faisant les courses du côté de Ville-Marie. On s'installa autour de la petite table sur les fauteuils, et but de l'eau minérale. J'étais prête à écouter Charlotte :

– Avec Benjamin, c'est assez simple. Il n'y a pas de souci à se faire de ce côté. En ce qui concerne Aaron, c'est un petit peu plus compliqué, mais en cerclant bien le paquet, avec un peu d'efforts, on devrait pouvoir y arriver. Ça dépend de toi, maintenant.

– Possible, mais tu as vu comment il est devenu en trois jours, tout ça parce que l'on s'est rencontré à la piscine. Je n'ai pourtant pas tes avantages, Charlotte !

Je regrettai immédiatement ce que je venais de dire, et que je n'aurais pas voulu dire. Charlotte sourit en me regardant, flattée, et reprit, plus modeste :

– N'exagère pas, il a dû voir ton arrière-train, ça remplace largement le reste, et d'ailleurs pour le reste, à mon av…

– Laissons cela pour l'instant, Charlotte !

Sans agressivité mon ton n'encourageait cependant pas la réplique, et elle n'insista pas.

–Parlons peu mais parlons bien. Qu'est-ce que tu suggères, maintenant ?

–En le quittant, il m'a dit qu'il allait te téléphoner. Il ne m'a pas dit quand, mais m'est avis qu'il ne tardera pas. Ce soir peut-être pas, mais demain sûrement. Là ce sera à toi de jouer… Serré si possible !

Elle n'avait pas besoin de me faire un dessin. La cochonnaille passa bien, la salade aussi. Vers dix heures, Charlotte se retira en bâillant. Elle tombait de sommeil, comme moi. Elle remit son grand manteau rouge, et je lui promis de l'appeler dès que j'aurais reçu un téléphone d'Aaron et que j'aurais pu arranger notre affaire, si tant est que je puisse. Elle sourit et me fit un clin d'œil entendu.

Après avoir rapidement rangé les couverts dans le lave-vaisselle, je me déshabillai et passai à la salle de bain. Je pensai soudain que demain soir, j'avais rendez-vous chez Victoria, pour une séance d'un autre genre. Cela aurait le mérite de détourner mon attention sur un sujet différent ou, du moins, une variation sur le même grand sujet inépuisable des fantasmes qui font courir le monde dans tous les sens, en se cherchant des excuses pour se persuader du contraire.

Sortie de la douche, je m'examinai et me dis que mon abondante fourrure, même taillée, me vaudrait probablement les foudres de Victoria. Tant pis, j'étais fatiguée et je voulais dormir. De toute façon avec Victoria, la feinte de la désobéissance involontaire faisait partie du jeu. Je me rappelai aussi un jour un autre ami, Philippe, au sens de l'humour toujours très à propos, qui m'avait dit à brûle-pourpoint:

– La fessée ?.... pourquoi pas, du moment que je peux choisir quand on me la donnera !

Je souris en plongeant ma main dans l'épais buisson et me dis que demain, j'avais déjà opté pour une correction sévère en ne m'occupant pas assez de mes mèches rebelles, comme elle me l'avait expressément suggéré. Car ce qu'elle voulait, Victoria, c'était un ventre complètement lisse. Anticipant cette prochaine soirée, je me dis qu'après la séance qui promettait d'être rude par consentement mutuel, il faudrait peut-être que je me trouve des mains douces et compatissantes pour me faire masser les fesses et oindre en profondeur, si possible avec tendresse et douceur. Tout un autre programme…

Quelques gouttes de *Numéro Cinq*, un T-shirt atteignant tout juste mon nombril, *Courrier Sud*, et j'étais en route pour quelques instants de rêve au-dessus de la pampa argentine, des gauchos, de l'odeur des chevaux, mais aussi de celle du kérosène et du bruit à peine audible de la radio de bord à cause du vent qui siffle et fait trembler la carlingue. Je m'endormis bien avant l'arrivée prévue à Buenos Aires.

CHAPITRE XVII

Lundi, 8 :30h, la reprise.

La matinée au bureau se déroula comme un lundi. Les gens souriaient à peine, Sophie avait une mine renfrognée, le préposé à l'économat tournait comme une hélice, sans piper mot, le patron avait déjà de grandes auréoles sous les bras à croire qu'il n'avait pas changé de chemise depuis la veille, et les croissants avaient l'air moins dodus que vendredi.

Ah, vendredi !... Je me demandai en passant si Charles avait eu pendant la fin de semaine ces hauts et bas boursiers dont il avait parlé avec cette verve poétique particulière qui sied à la délicate question financière, la chose de loin la plus digne et valorisante du monde pour beaucoup, riches et pauvres confondus, les uns courant après ce qu'ils aiment, les autres après ce qu'ils ont peu de chance de ne jamais avoir.

Je fis un passage rapide à midi à mon club de mise en forme, soucieuse de me détendre autant que faire se pouvait. Je vis Aaron, qui changea de couleur en me voyant, mais je n'avais ni le temps ni l'envie de lui parler, surtout en me rendant compte que depuis hier il avait carrément adopté un air bêta affligeant, pas vraiment sexy.

Vous allez me dire que je ne suis pas sympa, que je ne suis pas bonne fille, et que je profite de la situation, mais c'est comme ça : si l'on ne tombe pas amoureux à peu près au même moment que l'autre, chacun sait que cela peut vite devenir une catastrophe insupportable, une purge aussi alléchante que le *süssstroming* des Suédois. Si, si ! ne dites pas non, on est à peu près tous pareils. Mais n'ayez crainte, si vous ne me trouvez pas très gentille, je ne suis pas méchante non plus. Je souris, à Aaron, sincèrement. Il me dit avoir l'intention de me téléphoner et je lui répondis que je serais heureuse de lui répondre, ce soir peut-être s'il voulait, mais pas avant neuf heures et demie dix heures. Est-ce que je vous ai rassurés ?

C'est vrai en plus, je reconnais que j'étais un peu tendue en pensant à la perspective de ma fin de journée, et je savais qu'il me serait plus facile de me concentrer après ma visite chez Victoria. Je ne pouvais m'empêcher d'être assaillie par les mêmes questions : qu'est-ce qui pouvait bien me prendre d'avoir des idées pareilles ? N'avais-je donc pas assez de choix dans mon entourage ?

À commencer par Aaron, lui qui ne demandait que ça, et que je trouve somme toute agréable. Et puis Honoré, aussi. Étais-je finalement différente des autres ? Avais-je une âme damnée, ou la perversité aurait-elle pris chez moi le pas sur des capacités de raisonnement classique, celles que l'on nous avait apprises depuis notre enfance ? Au lieu de ça, je me transformais maintenant en une obsédée au sexe insatiable, mais aux apparences extérieures de fille de bonne, voire très bonne famille, quelconque somme toute, mais toujours à la recherche d'aventures sordides aux alentours de ports aux eaux glauques ?

Mon état d'esprit n'était pas non plus étranger au fait que personne ne m'avait touchée depuis samedi matin à l'aube, cas un peu inhabituel pour moi, entre autres motivé par la petite affaire que nous avions décidé de monter ensemble, Charlotte et moi. Cette affaire avait subrepticement pris de l'importance, et m'occupait l'esprit plus que ce que j'avais imaginé. N'importe, si je n'ai pas ma ration, mon humeur se détériore proportionnellement avec mon sentiment de frustration physique.

En me rhabillant, je vis la brune à l'arrière-train d'enfer finir de se mettre nue, et je me surpris à imaginer ce que donneraient son cul et sa voix, si elle se faisait fesser, comme j'étais sur le point de l'être dans quelques petites heures.

En sortant du club, ma nervosité, montée d'un cran, avait chamboulé mon horaire de manière inattendue. J'étais largement en avance, ce qui n'est d'habitude pas ma spécialité. Un coup d'œil sur ma montre me confirma que j'avais le temps d'aller prendre un sandwich dans un café à deux rues du bureau. Je n'étais pas assise depuis une minute qu'une voix que ma mémoire identifia vaguement m'interpella d'une table voisine, à quelques pas de la mienne :

– Virge, ça alors, quelle surprise !

Me retournant, je reconnus Jeanne, ma blonde amie d'école devenue depuis l'actrice épisodique et involontaire de mes réveils lascifs extravagants. Mais l'image du coup se racornit, car elle avait épaissi, ma camarade, entourée de sa bruyante progéniture, deux trousse-pets de quatre à cinq ans, pleins de morve, les joues rouges et les ongles noirs, le pourtour de la bouche constellé de sucre et de miettes des escargots aux raisins qu'ils grignotaient salement. Quant au chocolat chaud que chaque garnement avait devant soi, c'était à se demander pourquoi on le leur avait servi dans des tasses, le liquide étant réparti avec beaucoup plus de parcimonie dans les récipients que sur la table. Quant à Jeanne, elle n'avait plus l'air aguicheur et sexy de son adolescence, loin s'en fallait. Elle semblait fatiguée de devoir garder à journée faite un œil déjà terne mais le plus souvent les deux sur ses galopins espiègles, à essayer de deviner les frasques qu'ils étaient constamment en train de fomenter de l'aube au crépuscule pour mettre maman sur les nerfs.

Lorsqu'elle eut enlevé son manteau, je vis que la poitrine dont elle était jadis si fière, la poitrine dont j'étais jalouse, eh bien, elle avait encore pris de l'ampleur surtout vers le bas et les côtés et, pour dire vrai, s'était franchement avachie. À sa décharge, c'était pourtant un phénomène normal après deux maternités ; pas tout à fait encore l'allure des mamelles considérables de Tante Georgette, mais on était sur la bonne voie. Dommage pour elle, songeai-je avec un brin de tristesse sans pouvoir le lui dire. Et pour moi aussi qui ne pouvais lui avouer que mes fantaisies solitaires seraient définitivement affectées par cette vision de déclin. Tant pis ! Je remplacerais cette inspiration de jeunesse par quelque chose d'autre à piocher quelque part dans la mer de mon subconscient, assez profond et inventif comme vous le savez. De son côté, je la sentis me détailler d'un regard vif, fugitif et vite avorté qui me rassura.

Nous nous embrassâmes, contentes de nous revoir. Je fis un petit signe à Constantin et Théodose, les deux mouflets diaboliques qui m'ignorèrent superbement, malgré les patientes injonctions de leur mère à qui ils répondirent en renversant un peu plus de chocolat sur la table. Ah, les enfants ! C'est pourtant d'eux que nous viennent les plus grandes joies…

Passé le temps des couches et des petits refroidissements de la marmaille, et qui font de suite imaginer le pire, elle était désabusée, ma camarade d'école. Elle me confia voir sa vie engagée dans une voie de garage dont elle ne pourrait se dérober qu'en détruisant, si tant est qu'elle le désirât, ce qu'elle avait construit avec moult patience. Elle ne le disait pas, bien sûr, mais il ne fallait pas être devin pour reconnaître dans ce regard las frisant l'indifférence, tout le drame d'une vie rangée et insipide, aux côtés d'un mari qui courait les bois, surtout le soir à l'heure de l'apéro.

Elle me demanda des nouvelles d'Albéric, et trouva qu'il avait bien de la chance quand je lui répondis qu'il était ingénieur forestier, et avait trouvé depuis quelques mois une place au Département des Eaux et Forêts où il analysait avec son équipe l'impact des barrages sur la faune et la végétation du nord Québec, dans la région de *La Grande* et de la *Baie James*. Une brusque lueur effleura même son regard quand je lui dis qu'il n'était pas marié, mais plus intéressé par les merveilles de la Grande Nature que par celles que l'on trouve tous les soirs à la même place, sur l'oreiller voisin. Elle acquiesça à ce commentaire que les couples classiques vérifient souvent par une pratique régulière et quotidienne.

Nous papotâmes encore pendant un moment, mais le temps passait, et je la quittai avant que mon avance ne se transforme en un retard trop flagrant.

17

Lundi, cinq heures quinze.

L'après-midi s'étira en longueur, ennuyeuse, exaspérante au possible, à la limite du supportable. Je regardais ma montre toutes les cinq minutes, pensant d'un coup d'œil à l'autre qu'une bonne demi-heure devait s'être écoulée. Et puis, brusquement absorbée par un dossier ne souffrant aucune attente, je me rendis compte en levant les yeux qu'il était cinq heures et quart à la pendule, et que presque tout le monde était loin. Il ne manquait plus que j'arrive en retard à mon rendez-vous !

Je passai rapidement aux toilettes pour me rafraîchir l'oignon et la meurtrière, changeai de slip et rajustai mon maquillage. Vingt minutes plus tard j'étais dans la circulation, hâtant les roues de mon coursier vers le domicile de Victoria. Me faufilant un passage dans la foule d'une densité particulière à l'approche de Noël, j'arrivai enfin à destination, huit minutes avant l'heure fixée. La voiture parquée, je me retrouvai à l'heure dite, sonnant à la porte à l'enseigne d'une plaque de cuivre simplement gravée d'un V. Les deux jambes de la lettre, inclinées de quarante-cinq degrés, ressemblaient déjà à un coup de cravache rageur.

Un homme encore assez jeune mais à l'air étrange me fit entrer. Il était simplement mis d'une veste de livrée blanche sur une chemise de même couleur fermée par un nœud papillon noir. Les jambes très musclées étaient gainées de collants, noirs eux aussi, moulant l'autre nœud qui n'avait rien d'un papillon, et que l'on imaginait assez volumineux sous le fin tissu. Une vilaine cicatrice brunâtre barrait sa joue gauche jusqu'au menton. Sa lèvre supérieure était piquée d'une petite moustache à la Clarke Gable, très nette et très noire. Il avait un œil torve et l'autre qui partait aux fraises, un visage blafard surmonté d'une chevelure aussi noire que le reste. L'allure générale était lugubre à souhait, une pie muette, surprise dans la grisaille venteuse d'un matin d'automne sur un fil télégraphique. Probablement l'effet recherché.

Il ne prononça pas un mot, s'effaça pour me laisser entrer sans me demander mon nom, et me précéda sans bruit dans le couloir étroit pour me faire pénétrer dans une pièce genre salle d'attente, qu'il referma derrière moi. J'attendis une bonne vingtaine de minutes, enregistrant le passage pendant cet intervalle de deux paires de pas, celle du valet, à peine audible, suivie d'une paire de souliers à hauts talons, plus marquée.

La porte se rouvrit enfin sur l'oiseau de mauvais augure qui m'intima d'un geste à le suivre. Il m'introduisit dans un salon aux tentures bordeaux, et me fit comprendre qu'il me fallait attendre là, debout, sans trop me manifester. La pièce était faiblement éclairée, et je mis quelques secondes à remarquer qu'une femme s'y trouvait déjà, elle aussi droite et silencieuse. Je ne pouvais distinguer son visage dans la pénombre, mais j'estimai qu'elle devait être à peu près de ma grandeur, assez mince, la chevelure très blonde, presque blanche sous la pâle lumière. Comme je tentai de la dévisager, elle se déroba, détournant la tête imperceptiblement. Haussant les épaules je n'insistai pas, et reportai sans conviction mon intérêt sur la pièce où nous nous trouvions. Je fus surprise de remarquer sur la moitié d'un pan de paroi, que la tenture rouge était interrompue. À la place, une pièce de plastique clair la couvrait avec, à mi-hauteur, un étrange lavabo antique avec un tout petit robinet en fer, qui gouttait avec régularité, comme pour marquer la fuite du temps. J'étais en train de me demander à quoi cet attirail de cabinet médical bon marché pouvait bien servir, quand Victoria entra, précédée du sombre laquais qui alluma au passage les lumières du salon depuis la commande centrale.

Avec un semblant de chaleur très inattendue de sa part, elle s'approcha de nous à tour de rôle et nous salua d'un sourire qu'elle sembla arracher du bout des lèvres, avant de nous faire prendre place à ses côtés. La blonde ne chercha plus à se détourner, et me sourit sans émotion. J'eus la vague impression d'avoir déjà vu cette tête quelque part, mais je n'aurais pu dire où, ni quand ; le mois dernier, la semaine dernière ou plus récemment, impossible à préciser. Et j'eus soudain la sensation qu'elle me reconnaissait. Mon esprit fit tilt lorsque Victoria nous présenta l'une à l'autre : c'était Kiara, mais c'était aussi la sculpturale personne que j'avais vue aujourd'hui pour la seconde fois à la piscine, la brune dont j'avais déjà détaillé le côté pile à deux reprises, au vestiaire et à la sauna ! À cause de cette perruque blonde qui la protégeait de son identité habituelle, il m'avait fallu quelques instants de plus pour la reconnaître, alors qu'elle n'avait eu guère de peine à me remettre.

Le sbire indéchiffrable revint déposer un plateau sur lequel se trouvaient une bouteille de porto, trois verres et une assiettée d'entremets chauds qui sentaient fort bon, l'heure du thé étant passée. Puis il s'éclipsa, sans bruit.

–Et comment se portait Madame votre grand-mère ?

Me demanda Victoria en guise de préambule, la couleur de son œil retombée dans le plomb glacé des eaux de l'océan Arctique. Je mis sur le compte de ma nervosité exacerbée le fait de ne pas comprendre de suite ce qu'elle voulait dire, et répondis sans réfléchir, étonnée :

– Plaît-il ?

–C'est définitivement une manie, chez vous !.... C'est bien votre grand-mère, *souffrante*, que vous êtes allée voir, pendant cette fin de semaine, ou je me trompe ?

Je sentis le vent du boulet. Elle avait insisté sur le qualificatif *souffrante*, voulant peut-être me faire comprendre qu'elle n'avait pas été dupe. J'avais certes entendu la question mais dus faire un effort pour me rappeler le plus vite possible l'excuse que j'avais inventée mercredi. La lumière me revint juste avant de commettre un impair, ma grand-mère que j'adorais étant décédée depuis cinq ans et demi déjà.

– Excusez-moi, répliquai-je précipitamment, et je repensai aux médicaments que j'allais chercher pour mon aïeule quelques années auparavant, le dimanche. À 25 kilomètres du centre ville, c'était à l'époque toute une histoire pour trouver une pharmacie ouverte en fin de semaine. J'inventai donc, rétrospectivement, et Victoria semblait s'amuser. J'essayai de ne pas tenir compte de son regard appuyé, et poursuivis crânement mon mensonge :

– Mais je vous remercie de vous inquiéter de sa santé, elle allait effectivement déjà beaucoup mieux lorsque je l'ai quittée, hier, dans la soirée... J'étais rassurée !

Ajoutai-je avec sincérité, pensant avec plaisir et soulagement que là où elle était, à part si elle était réincarnée dans une quelconque bête à cornes comme aux Indes, plus aucune souffrance, physique ou morale, ne pourrait jamais atteindre ma grand-mère.

– À la bonne heure ! je suis soulagée d'apprendre ces nouvelles réconfortantes ! lança Victoria, sur un ton jovial surprenant. Je me faisais un peu de souci.

Là, elle en faisait juste un peu trop. Une manœuvre ? Cet enthousiasme soudain ressemblait à une ruse préparée d'avance pour précipiter les événements, ou pour détourner l'attention dans le but de surprendre et de mieux frapper, lorsqu'elle en aurait envie. Victoria ne devait pas toujours savoir où cela devait l'amener mais une lueur de joyeuse malice brillait maintenant sur son austère personnalité. Sûre d'elle, elle savait qu'un éclat quelconque et incongru aurait bientôt toute chance de provoquer quelque chose. Et ce soir ne fit pas exception, ce devait être écrit quelque part, pensai-je, c'était diabolique : Kiara qui tenait son verre dans sa main gauche s'apprêtait à mordre dans une appétissante tartelette au fromage. Surprise comme moi probablement par le ton badin, elle mordit trop vite dans la pâte un peu molle et le contact de sa langue avec la pâtisserie trop chaude lui arracha un petit cri de douleur, vite étouffé, qui n'échappa cependant pas à notre hôtesse. Elle eut un mouvement inconsidéré de sa main qui tenait le verre, et trois gouttes de porto décrivirent une élégante arabesque avant d'aller s'abîmer sans bruit sur le somptueux tapis iranien. Kiara, confuse, s'empressa de s'excuser et Victoria sous un air contrarié parfaitement feint, jubilait. L'occasion était trop belle, c'était flagrant, le fantasme parfait de la petite fille prise en faute. Même s'il ne s'agissait plus d'une petite fille, même si nous étions là pour jouer, pour feinter, sans savoir comment les joutes allaient être ouvertes par l'initiatrice de nos tourments,

–Qu'est-ce qui vous prend, Kiara, vous ne vous sentez pas bien ?

–Je suis navrée, mais je crois que le petit-four au fromage était un tout petit peu trop chaud, et je me suis brûlé la langue en voulant la croquer, répondit-elle avec humilité, l'œil bas…

–J'entends bien, coupa sèchement Victoria, mais est-ce une raison pour nous interrompre de la sorte, et arroser tout le tapis ?

– Trois gouttes à peine…

–Il suffit !

–Je suis vraiment désolée, mais je ne crois pas avoir fait trop de bruit…

–Ce n'est certes pas à vous que l'on demandera d'en juger !

Victoria, comme la semaine dernière, continuait à puiser dans le registre de l'allégorie avec avidité, elle creusait avec volupté dans la métaphore ultraclassique, s'inspirant sans vergogne de La Fontaine qu'elle semblait bien maîtriser, en ce qui concernait ses pages les plus célèbres et les plus connues au moins… Un peu comme tout le monde, quoi !

Et nous, nous courions à la suite de notre tortionnaire, acceptant un jeu dont elle avait elle-même établi les règles, des règles variables selon son bon vouloir. Nous nous complaisions à nous faire humilier dans ce préliminaire, un dialogue de sourds où chacun devait se réjouir de trouver son compte au gré de son improvisation.

– Et comment pensez-vous vous tirer de ce fâcheux intermède, Kiara ?

– Je m'en remets à vous, répondit humblement cette dernière, le regard modeste, les épaules vaincues.

– Je crois entendre là les paroles de la raison… Tout à fait admirable pour une petite fille qui devrait probablement déjà être au lit !

Là, elle poussait un peu le bouchon notre redoutable maîtresse, mais cela devait faire partie de sa personnalité, celle d'un être déchiré, voire révolté contre une part de sa vie. Elle avait probablement quelque chose à résoudre qui venait de son enfance, d'une famille pas tout à fait au centre de la plaque, d'une famille où l'on battait les enfants, par exemple, pour un oui ou pour non, avec un père buveur qui réveillait toute la maisonnée quand il rentrait à point d'heure, fait comme une olive. Il faisait faire à sa femme le tour du salon à quatre pattes en aboyant, et en lui ordonnant de faire attention de ne pas éteindre la bougie qu'il lui avait plantée dans le fion pour figurer la queue du chien. Et la petite Victoria, la pauvre enfant réveillée en croyant que son cher compagnon de jeux était enfermé dehors, sortait en chemise de nuit en se frottant les yeux, ses longues nattes emmêlées lui masquant en partie la vue de l'arrière-train broussailleux de sa mère, lapant dans l'écuelle de Rex, pendant que son père, la trogne allumée, cassait les assiettes sales.

Se mettant à pleurer devant cette scène de mauvaise fiction, elle reçoit deux claques de maman qui la renvoie au lit en essayant avec maladresse de lui masquer la vue de son barbu. Avant de refermer la porte de la chambre, la petite avait juste eu le temps d'apercevoir son père, fou de rage, donnant le fouet à sa mère qui avait malencontreusement éteint le candélabre en manipulant sa fille alors que le chien, croyant à un jeu, jappait comme un malade.

Elle avait peut-être été marquée de la sorte ou par autre chose, Victoria, que sais-je, elle avait pu vivre des épisodes traumatisants dans son enfance ou sa jeunesse, tout était possible... Quand je pense à ce que l'on me racontait, petite, à moi et à d'autres, il n'y a pas de limites non plus aux fantasmes spirituels, aux inventions de l'esprit dispensées parfois au nom d'une divinité que l'on nous ordonnait d'abord d'aimer par dessus tout et de respecter sous peine des pires sévices. Le terrain de nos esprits fragiles rendu plus malléable était alors plus facile à sarcler, puis à planter selon des préceptes souvent éculés. Et la violence, pour nous, c'était l'interdiction du choix. Moins perceptible sur le moment, elle était plus sournoise, elle se gravait profondément dans la mémoire et le subconscient, marquant pour la vie les esprits dociles que nous étions prêts à emplir de belles choses, nous, les futurs citoyens et citoyennes de notre honorable société.

Alors pour les âmes naïves, pour les simples d'esprits, pour le gros de la troupe, pour tout le monde quoi, qu'est-ce qui est plus grave, être forcée de faire le tour du salon avec une chandelle fichée dans le couloir en aboyant, ou être vouée au feu éternel et aux tourments du diable parce que l'on discute une parole réputée indiscutable, nos choix d'alors ? Entre les deux cependant, il devait bien exister une parcelle de raison.

Et Kiara, la jolie Kiara qui venait se faire tanner le cul comme moi pour se donner des sensations autres que celles de la vie de tous les jours, est-ce que par hasard elle aurait torturé des petits oiseaux quand elle était petite fille ? Un souvenir dont elle n'aurait pu se séparer, malgré des traitements psychologiques au cours desquels, trop honteuse, elle n'aurait jamais osé raconter les horreurs qu'elle faisait subir après l'école à ces jeunes vies sans défense. Elle s'amusait peut-être à supplicier ces frêles créatures, ou à les rendre infirmes par cruauté enfantine malsaine, comme le garçon de ferme sale et benêt raccourcissant chaque jour la corde du vieux bourrin qu'il est chargé de nourrir[1], observant la pauvre bête dépérir de son air buté et vicieux.

Aujourd'hui finalement, Kiara vient offrir son pétard en pénitence, toute seule, sans qu'on le lui demande, en prenant un plaisir trouble à sa veule contrition verbale, prélude à la douleur physique d'une discipline qu'elle se réjouit par avance de recevoir devant témoins. Et chaque fois qu'elle repensera à ces petits oiseaux qui piaillaient à se décrocher le bec, et qu'elle donnait à moitié morts au chat qui jouait encore avec un moment avant de les achever sans les manger – une sale bête aussi, celui-là – elle téléphonera à Victoria qui, elle, lui remettra joyeusement une tournée en mouillant sa culotte et en pensant à son père.

–Fort bien, Kiara, trêve de plaisanteries, levez-vous, retirez souliers, bas, dessous et jupe, tout ce qui nous entrave la vue de vos fesses. Et remettez le tout à Virginie qui les donnera à Ambroise. Il s'en occupera...

Après une très courte pause, elle ajouta, :
–Pendant que vous n'en aurez pas besoin !

Pince sans rire, la dame... Sans que personne ne l'ait vu entrer, comme un percnoptère au bec humide perché sur sa plus haute branche, l'inquiétant acolyte de la princesse des débauches était revenu, vautour malsain d'un repas dont il allait récolter les miettes.

Et moi alors, que faisais-je dans cette mise en scène de pacotille ? Mon rôle se limiterait-il ce soir à servir de soubrette à cette pisseuse dont le cul maintenant nu et violemment éclairé, me prouvait ce que j'avais appréhendé du premier coup d'œil au sauna, à savoir qu'il n'avait rien de particulier ?

Certes, je devais admettre que j'avais choisi d'être là pour jouer ma partition, celle d'obéir. Je remis donc sans broncher les quelques frusques tièdes qui sentaient les pieds, l'entrejambe de fin de journée et le parfum en train de tourner et d'autres relents indéterminés à l'espèce de croque-mort d'opérette en attente, les bras tendus. Puis je retournai vers mon siège et me rassis, sentant le regard de Victoria désagréablement posé sur moi.

–Qui vous a dit de vous rasseoir ?

–Personne... mais... Je...

–Ici, une seule personne dit *je*, c'est moi, est-ce clair ?

1.Maupassant, *Contes et Nouvelles*

– Oui, Victoria, murmurai-je
– Oui, *Madame* !

– Oui Madame, répétai-je, docilement.

– À mon avis, vous ne méritez guère mieux que votre collègue, qu'en pensez-vous, Virginie ?

Le ton était suffisant, supérieur, moqueur et désagréable à l'oreille. Je baissai les yeux, jugeant ma réponse inutile. Attendant avec couardise mon entrée en scène. Ce soir, je tombais bas.

– Qui ne dit mot consent, à ce qu'il paraît ! je vous suggère donc de vous mettre dans la même tenue que votre camarade d'infortune... Mais plus rapidement que la semaine dernière, sans quoi Ambroise se chargera de vous apprendre quelques exercices de rapidité de son cru... À ce propos, même si vous aimez les secousses, je ne vous recommanderais pas forcément les manières de cet idiot. Vous ne l'avez pas encore entendu prononcer une seule syllabe et cela ne risque pas de se passer : le pauvre garçon a reçu un choc psychologique dans son enfance, un choc dont je vous épargnerai les détails, par pure bonté d'âme mais depuis, il n'a jamais plus prononcé un mot... Bref, passons, s'il est muet, il n'est par contre pas sourd, et ne se fait jamais prier pour s'occuper de mes élèves jugées particulièrement indisciplinées, si je lui en donne l'ordre. Je suis cependant contrainte dans ce cas de le surveiller avec attention, et de m'assurer les services du chien du voisin, un doberman de la taille d'un berger des Pyrénées, qui me mange dans la main, prêt à tout faire, seulement pour moi. Voyez-vous, Virginie, le problème d'Ambroise quand on lui lâche la bride, c'est qu'il ne sait pas s'arrêter, et ce brave toutou est alors là pour éviter *in extremis* sur un simple geste de ma part, que le jeu ne prenne des proportions fâcheuses, d'où la seyante cicatrice que vous voyez ornant sa joue gauche, suite à une demi-seconde d'inattention de ma part… Bref, Ambroise, contre toute attente pour un personnage au mental déchaîné du loup-garou un soir de pleine lune, a peur des chiens !… Curieux, non ?… Il faut dire aussi que celui-là ! Lorsque cette punition prend fin, une punition un peu violente je l'admets c'est pour cela que je n'y ai recours que dans les cas d'extrême insubordination, la jeune personne est déjà dans un état pitoyable. J'imagine donc que vous n'allez pas mettre trop de temps à vous exécuter. Je crois de plus que chacune d'entre nous n'a pas que cela à faire, ce soir, à l'approche des fêtes : une lettre à écrire, un cadeau à emballer, une grand-mère à voir, que sais-je,… et je vois l'heure commencer à tourner à une vitesse vertigineuse…

Victoria se moquait de nous, purement et simplement, en nous expliquant dans les grandes longueurs que nous n'avions pas beaucoup de temps. Elle avait parlé sur un ton monocorde et ennuyé, indifférente, en tenant son verre de porto de la main droite, le petit doigt relevé comme si elle avait voulu souligner la délicatesse d'un propos qu'elle savait oiseux.

Je jetai un coup d'œil au sinistre volatile qui me gratifia d'un sourire me rappelant les masques d'épouvante des danseurs indonésiens. Je détournai la tête me demandant tout à coup ce qui avait bien pu me prendre de monter dans une pareille galère. Mais l'heure n'était plus aux palabres, et je me déshabillai rapidement. Mes fantasmes avaient des bornes, et je ne souhaitais pour rien au monde passer ne serait-ce que dix secondes entre les serres immondes de cet épouvantail de salon. En moins de deux je me trouvai dans la même tenue que Kiara, exhibant mon fessier rebondi et mon rosier fleuri. Nous nous regardâmes toutes les deux et tentâmes par instinct de survie de nous adresser réciproquement ce qui aurait dû ressembler à un sourire de connivence devant l'adversité mais qui, ce soir, devait plus tenir d'un rictus, piètre et artificiel.

– Bien ! conclut Victoria sur un ton implacable. Kiara, vous allez vous mettre à genoux sur ce petit fauteuil, et prendre appui avec vos bras sur son dossier. Vous vous cambrerez le plus possible, on veut vous voir, ou plutôt on veut *tout* voir… Pas votre tête, évidemment, ce sont vos reins et vos lucarnes qui nous intéressent… Voilà, c'est cela, oui !…. Ambroise, tu peux t'approcher maintenant, mais tu ne touches à rien, c'est bien compris ?

Un gargouillement caverneux fit écho à cette indispensable recommandation, tandis que le satyre boucané se dirigeait vers nous par-devant le fauteuil, afin que chacun puisse bien le voir. Il s'était tenu jusqu'à présent dans la pénombre, et c'est seulement lorsqu'il en sortit que nous découvrîmes non sans dégoût qu'il avait aussi retiré ce qui le recouvrait, du nombril aux pieds. Il était à cul nu, l'infâme, juste couvert de sa chemise courte, de son plastron blanc et de son nœud pap noir. Je fus remplie soudain d'effroi par l'effarante épaisseur, la longueur et l'obscénité animale de son gourdin qui tenait de la batte de baseball pour les dimensions et de la confiture de groseilles pour la couleur. Son aspect impudique et repoussant était souligné par deux grosses roupettes mangées par les poils, et qui semblaient tomber de sommeil. Elles étaient d'aspect franchement hideux et incongru, surtout sur un article de sport. Ces deux balustrines de la taille d'œufs de canard frôlaient ses cuisses à chacun de ses pas, réveillant en moi le triste souvenir d'Oswaldo, de sa paire de cornes, de son regard creux, de son coupe-cigares et de ses grelots sales.

Quant à l'érection en cours de raidissement de la queue de l'hippogriffe en cravate noueuse, on assista aux derniers paliers de son ascension, jusqu'à ce que le gland ait atteint la dimension d'un gros citron et les nuances délicates d'un pruneau trop mûr sous la pluie de septembre. Quand il passa devant nous, avec son affreux sourire, j'eus l'impression que le méat de sa trique me lançait, lui aussi, un sourire abject. J'en eus froid dans le dos et la gorge sèche, et réalisai alors que ma source essentielle, elle aussi, s'était plutôt tarie à l'audition et à la vue de toutes ces exécrations, comme un ruisseau de haute montagne en plein été sous un chaud soleil.

Ambroise s'était maintenant arrêté derrière moi, et je sentais son monstrueux asticot à quelques pouces de mes fesses. Je fis en sorte de ne pas avoir à me retourner, afin d'éviter le regard de ce cyclope bavant et sans pupille. C'est Victoria qui redonna vie à ce plaisant congrès :

– Virginie, vous serez ce soir notre première officiante : j'ai remarqué que vous n'avez que médiocrement suivi mes injonctions en ce qui vous concernait, dit-elle en jetant un regard dédaigneux sur mon basventre... Nous verrons ça plus tard si nous avons le temps, ajouta-t-elle, détachée. C'est maintenant le tour de Kiara de nous faire les honneurs de ses charmes, à première vue très discutables.

Une sorte de ricanement cynique, une éructation inhumaine émanant du cloporte interrompit Victoria qui ne cacha pas sa réprobation :

– Ambroise !

Le miaulement cessa de suite.

– Virginie, placez-vous du côté gauche de Kiara, séparez-lui les fesses afin que nous puissions examiner l'état des ouvertures. Je dois avouer ne pas avoir de pressentiment positif… Mais bon, les surprises existent, parfois, elles sont rares, certes…

Elle ajouta, dans une prise d'humour ambigu, comme son sourire qui n'en était pas vraiment un :

– Et puis, et puis nous sommes au temps de la Nativité, le temps des miracles, non !

Cette dernière remarque avait été lancée dans l'unique but de se rendre désagréable. Elle l'était, assurément, et elle ajoutait à l'humiliation.

Lorsque je fus à la hauteur des hanches de Kiara je me retournai, me sachant à distance de sécurité du missile du monstre. Je saisis fermement chacun de ses globes durs, les décollai l'un de l'autre, laissant apparaître un abricot mûr, de forme oblongue, un peu caramélisé par les récents éclats verbaux de notre prêtresse, mais surtout ponctué en son sommet par une rosette étrangement enflée aux hémorroïdes rougeâtres et proéminentes, violacée par endroits, probablement récemment malmenée. Le cœur du trou n'était d'ailleurs pas hermétiquement clos, comme on aurait pu s'y attendre, il était entrouvert, apportant de manière flagrante des preuves irréfutables de multiples et récentes effractions.

Dans une affaire à caractère délictueux, un enquêteur froid et consciencieux, style *FBI special agent*, un individu formaliste et pointilleux, aurait certainement lui aussi mis en évidence dans cet anus violenté, l'intromission sporadique d'objets artificiels de dimensions variables, adjuvants récriés par la morale d'une sexualité jamais satisfaite. Ce policier compétent, fin matou des forces de l'ordre social suprême, aurait alors débusqué la vérité, grâce à une perspicacité sans cesse en éveil, marque incontestable du vrai professionnel qui n'hésite pas une seconde dans son héroïque enquête à rechercher la vérité là où l'on n'imaginerait jamais devoir la trouver.

Pour moi, Kiara devait être simplement une vraie jouisseuse ayant retenu et joyeusement adopté les théories libérales de Madame de Saint-Ange[1], elle s'était fait récemment enculer, apparemment par un paf surdimensionné. Pas grand-chose d'autre à dire sur le reste de la fente, si ce n'est qu'elle était bien dégagée du poil, celui-ci n'apparaissant qu'au-dessus de son clitoris. Kiara prouvait si c'était encore nécessaire qu'elle avait soin de préparer une voie royale et soyeuse à ses amis adeptes des spécialités les plus variées.

Victoria s'était levée, et s'approchait de Kiara, vers l'autel de la vie, l'œil critique, le front plissé :

1.Madame de Saint-Ange, personnage mythique né de la plume du Marquis de Sade, grande débauchée adepte de toutes les turpitudes, et surtout de l'amour à l'envers.

– Hum, c'est bien ce que je pensais, les surprises c'est pour Noël, et Noël, ce n'est que dans quinze jours !

Le bruit de gorge reprit, derrière moi, comme celui d'une hyène apercevant une charogne de buffle, éventrée et noire de mouches. Le bruit me figea d'effroi en hérissant la peau de mes fesses. Le grondement cessa cependant tout de suite, comme par magie, en même temps que je sentis un mouvement léger et furtif dans l'ombre, suivi d'un bruit caractéristique de soufflet. Victoria reprenait, imperturbable :

– On voit une jeune femme à l'air angélique venir se faire guérir d'on ne sait quel problème peut-être lié à une enfance difficile ou à une adolescence tumultueuse, et voilà que l'on se trouve en face d'une femme qui s'utilise de tous les côtés, sans vergogne... À la bonne heure ! persifla Victoria qui démontrait une certaine identité de pensée avec l'habile justicier. – Il n'y a donc pas de raison de se gêner avec une pastille éclatée comme un vulgaire verre de sécurité, qu'en pensez-vous Kiara ?

– Mais je n'ai rien fait de mal, Madame !....

– Ah, ça, j'espère bien que non, il ne manquerait plus que ça ! Je suppute même que ce samedi et ce dimanche ont plutôt dû être agréables, autrement je ne vois vraiment pas où pourrait bien résider le plaisir de se faire forer l'œillet, à l'origine peut-être pas plus vilain qu'un autre, pour le transformer dans la douleur et sans raison, en un chrysanthème flétri sur une tombe quelques jours après la fête des morts ! ajouta notre hôtesse qui, cette fois, ne cacha pas sa gaieté.

Le sarcasme n'était pas triste, en effet, presque drôle, sauf pour Kiara qui, puisque je n'avais pas reçu l'ordre de relâcher ma position, nous offrait toujours la vue d'un trou de balle ressemblant davantage à l'impact explosé d'un obus de cent vingt-cinq, plutôt qu'au choc net et ponctuel d'un calibre de neuf millimètres.

– Lâchez donc ces quatre livres et demie de graisse, Virginie, je gage que vous aurez quelque chose de plus appétissant pour votre souper ! persifla Victoria, méprisante… Mais soyons sérieuses, je n'ai pas que ça à faire, ce soir. Kiara, vous allez recevoir la fessée que vous êtes venue quémander. Ça tombe à pic, puisque vous avez tout fait pour la mériter ! Vingt-cinq coups administrés à la main par Ambroise… Non, n'ayez pas peur, rien de plus de sa part, je veille, et quand il y a d'autres spectateurs, il serait plutôt timide. Je ne dirai pas qu'il ne vous frappera pas fort, certes non, mais il en restera là, je vous en donne ma parole. Après cela, c'est moi qui vous donnerai les vingt-cinq autres coups, à la cravache cette fois. Honnêtement, ajouta-t-elle, cynique, je ne saurais vous conseiller laquelle des deux sanctions aborder avec le plus de plaisir, ou d'appréhension, ricana-t-elle.

Puis à l'adresse de son infâme larron :

– Tu es prêt, Ambroise ?

L'affreux lycaon glapit un ricanement, bref et glacial en guise d'acquiescement. Je m'écartai prudemment alors qu'il se rapprochait du fessier rond de la suppliciée. Victoria se tint à côté de lui, prête à faire valoir la promesse qu'elle venait de faire à Kiara.

Les coups s'abattirent alors, aussi durs que réguliers, avec une pause de deux ou trois secondes entre chaque bourrade de son battoir large comme une mitaine de hockeyeur, et qui faisait trembler les chairs. Ils étaient violents, ses coups, c'est le moins que l'on puisse dire, et le cul de la belle prenait à chaque secousse une teinte plus soutenue, ayant passé du rose pâle de l'aube, au rouge foncé du couchant en une minute à peine. Quant au baobab de la hyène, il semblait durcir encore, si faire se pouvait, me faisant soudain penser par son épaisseur et sa dureté au mât d'artimon de la caravelle de Magellan cinglant toutes voiles dehors sur l'océan Pacifique… La pauvre enfant était agitée de soubresauts incoercibles, tressaillant à chaque rouste, ses fesses se serrant et se desserrant dans des réflexes de défense dérisoire. La sueur perlait à son front, collant ses cheveux, la douleur se lisait sur son visage crispé, mais pas un son ne sortait de sa gorge. Des reins au haut des cuisses, tout était rouge, tout fumait, pour peu on se serait cru dans une cuisine de restaurant à l'heure du coup de feu.

Au vingt-cinquième coup, Ambroise relevait encore sa main pour continuer, n'ayant de l'arithmétique qu'une notion rudimentaire mais Victoria, qui veillait, l'arrêta en l'interpellant avec fermeté :

– Ambroise !

La main s'arrêta en plein vol, redescendit lentement et se fit oublier. On n'entendait plus maintenant que les sanglots réflexes secouant le haut du corps de Kiara.

– Retire-toi, Ambroise, c'est bientôt fini pour toi, lui dit Victoria sur un ton étrangement doux qui me fit tourner la tête vers elle.

Celui-ci n'avait pas bougé le regard rivé sur les deux tomates mûres, fasciné. Le faciès avait aussi gardé une apparence impénétrable et hiératique. Puis il empoigna sa flamberge qui ressemblait à une marmite à pression, et commença un mouvement de va-et-vient, lent, tendre et langoureux le long de l'énorme sarment noueux, qui allait vraisemblablement entraîner la courge mauve terminale vers une explosion inévitable qui promettait d'être particulièrement écœurante, si rien n'était tenté pour y mettre un frein.

– Ambroise, que t'ai-je dit ! s'exclama Victoria.

Avec une étonnante rapidité, elle s'était saisie d'une cravache sur un petit meuble où il s'en trouvaient de tous calibres, et en asséna une gifle très sèche sur le membre et la main d'Ambroise qui, saisi de stupeur, n'avait pas eu le temps de se protéger. Il poussa le glapissement de douleur de la hyène inattentive surprise le museau dans les entrailles du buffle, et mordue au jarret par le lion qui a encore un petit creux.

– *Bientôt* ce n'est pas *maintenant !* Que je ne t'y reprenne pas, guinea pig[1], si tu ne veux pas être forcé de dormir sur le ventre pendant une semaine !

Une promesse à considérer avec tout le sérieux contenu dans le ton sans réplique. Ambroise se retira dans un coin de la pièce, en pleurnichant, se tenant la queue à pleine main, comme s'il avait peur de la perdre, mais surtout, je crois, pour la protéger de l'ire vengeresse de la princesse. Enchaînant les actes comme marée en carême, Victoria s'adressa à Kiara :

– Êtes-vous prête pour la suite ?

1.Guinea Pig : les nostalgiques des bandes dessinées des années cinquante auront reconnu la célèbre *Marque Jaune* d'E.-P. Jacobs, qui terrorisa la ville de Londres, avant d'être maîtrisée par deux fins limiers du Yard, Francis Blake et le Professeur Mortimer.

–J'ai mal, lui répondit une toute petite voix.

–Le contraire serait étonnant! Encore un mauvais moment à passer, ma chère. D'un autre genre, la douleur sera cette fois plus ponctuelle… Mais, puisque c'est pour votre plaisir, on va essayer d'en avoir en vous regardant souffrir!

Sans aucune pitié pour Kiara, malgré son cul déjà martyrisé, sa peau éclatée et sanguinolente par endroits, et ses jambes tremblantes, Victoria se remit à la fesser d'importance. La jeune femme devait effectivement avoir assez mal, mais ce n'était pas assez pour remuer Victoria. Il ne manquait plus en effet qu'elle décidât, dans son imagination de débauchée de lui cravacher la plante des pieds à l'instar des sbires de Pol Pot. À genoux sur le petit canapé, la jeune femme exposait en effet ses deux extrémités inférieures sans défenses. Victoria s'en tint cependant à sa promesse. Elle s'était placée à côté de Kiara et, la main droite fermement appuyée à plat sur la base du dos, exécuta le deuxième service en lâchant sa cravache comme des slapshoots à la Mario Lemieux.

Kiara, cette fois, ne put se retenir, et hurla, sans aucune pudeur; elle pleurait, son fessier dansait, et je crus même voir quelques gouttes d'urine et de sécrétions diverses se répandre sur le bord du petit canapé qui devait en avoir vu d'autres. Victoria n'y prêta nulle attention, sachant vraisemblablement par expérience que les décharges intimes incontrôlées laissent moins de traces sur un tapis de soie que le porto. Il n'en était pas de même des coups de badine, chacun imprimant une profonde zébrure mauve foncé ou vermillon sur le postérieur torturé Malgré la situation cauchemardesque, je plongeai discrètement la main dans mes boucles et y dénichai mon clitoris qui avait déjà copieusement arrosé le gazon alentour. La peur de me donner en spectacle avant l'heure me retint de le pincer ce qui m'aurait fait jouir, mais aussi hurler sur-le-champ à l'unisson de la suppliciée. Pendant ce temps, au fond de la pièce, le quadrumane gloussait comme un chimpanzé, dévoilant sa dentition gothique et maniant avec violence son tromblon congestionné.

En tentant d'éviter une comparaison trop prétentieuse face au génie d'un grand peintre, je crois que nous formions tout de même là une sorte de toile à la Breughel un peu singulière : Une jeune femme à genoux, le cul nul et rouge, qui pleure, une autre entièrement vêtue de noir, qui la fouette, une troisième qui se caresse, un satyre, pas clair, qui se secoue dans l'ombre une biroute de dimensions hors normes… il ne manquait au premier plan pour achever le tableau, que trois ou quatre servantes aux pommettes rouges et luisantes, tout en mamelles, distribuant à la cantonade force chopes de bière débordantes, un mirliton au tablier maculé de taches douteuses, pissant dans le lavabo en mâchant une bratwurst, et un chien en train de faire sa grosse sur les pieds d'un convive saoul et endormi qui, lui, se serait déjà répandu dans sa culotte.

Lorsque cet effarant manège prit fin, j'entendis Kiara, entre deux hoquets mêlés de pleurs, lancer une longue plainte, un soupir d'un tout autre genre qui m'arracha un sourire. Victoria qui avait reposé son instrument fit comme si elle n'entendait rien, et s'adressa à l'hécatonchire qui bandait de plus en plus fort :

– C'est bon, Ambroise, tu peux y aller !

Je compris enfin l'utilité du lavabo, lorsque je vis le gnome y galoper, saucisse en main, s'arrêter à deux mètres du petit bassin et se la manipuler avec une stupéfiante énergie qui me fit presque peur pour elle. Dix secondes plus tard à peine, la pine furieuse poussant une braillée lugubre et angoissée, émettait un liquide d'une consistance et d'une couleur écœurantes. Vu l'état mental apparent de son producteur, la coulée semblait trouver idéalement sa place contre le plastique de la petite fontaine d'agrément, plutôt que dans un utérus prêt à nidifier. Cela dura quinze secondes, quinze bonnes secondes d'un jet jaunâtre comme une hollandaise un peu épaisse, en train de tourner, qui s'éclaboussait contre la paroi de protection avant de s'écouler sur le robinet, verticalement, lentement, à cause de la densité de la mixture.

Quand ce fut fini, le bipède à tête de mort, immonde et repu, se retourna, l'air abattu, le paquet luisant, recroquevillé et inexistant. Peut-être que le choc avait été trop grand, toujours est-il que, la tête basse, le visage trempé et hagard, Ambroise se dirigea sans plus regarder personne d'un pas mécanique vers le fond de la pièce. Tout à fait *guinea pig*, me dis-je ! Il sortit, et referma doucement la porte derrière lui, sans que Victoria ne fasse mine de le retenir.

La fête était terminée, les restes de toutes sortes jonchant le sol, la cloison abominablement souillée, les instruments de la torture reposés sur le guéridon.

– Relevez-vous, Kiara, et allez vous rafraîchir le siège dans la salle d'eau, c'est cette porte-là, indiqua Victoria d'une voix soudain empreinte de lassitude. Si vous avez besoin d'aide pour vous rhabiller, vous n'aurez qu'à demander.

Elle se retourna vers moi :

–Quant à vous Virginie, on a pris du retard, et j'en ai assez pour ce soir, j'ai envie d'être seule. Rhabillez-vous aussi, et allez-vous-en, je vous appellerai un de ces jours pour vous dire quand il faudra venir me voir. On demandera à Kiara de se joindre à nous, et on inversera les rôles... Mais on essaiera surtout de trouver un jour où vous n'aurez pas besoin d'aller visiter toute votre famille ! ironisa-t-elle, subtile, pour terminer.

–Comptez sur moi, Madame, m'entendis-je répondre tout en pensant qu'elle pouvait aller se brosser ; d'ici à ce que je remette les pieds chez cette espèce de cinglée affublée de son canidé psychopathe, quelques litres d'eau allaient couler sous les ponts du Saint-Laurent.

Prête à partir, je songeai une seconde attendre Kiara, et voir si elle avait besoin d'un coup de main. J'y renonçai, décidant qu'elle était assez grande pour se débrouiller toute seule. À mon avis, elle ne devait pas en être à sa première séance chez Victoria, et devait prendre un réel plaisir à venir se faire corriger ses fesses et son intimité, à moins que le souvenir des petits oiseaux ne hante ses nuits en permanence. Je la verrais probablement un de ces jours à la piscine, mais peut-être pas avant la semaine prochaine, lorsque son cul aurait repris un aspect anonyme plus présentable.

Il était huit heures et demie, je me sentais vidée par ces deux heures et quelques de brimade... Frustrée en même temps de ne pas avoir reçu le même traitement que Kiara, même si ma place dans l'instant était plus envieuse que la sienne. Si j'avais pu en avoir un petit bout, malgré tout, j'aurais au moins su ce que cela voulait dire vraiment, et j'aurais compris par moi-même si Sade avait vraiment eu raison de vanter les vertus ésotériques des sévices corporels pratiqués sur des personnes consentantes, prêtes à essayer cette forme particulière du plaisir.

Victoria, cette harpie, le savait et l'avait interprété à sa manière. Ce soir *son* humiliation, encore une fois, c'était *pas* d'humiliation. Elle a voulu faire croire qu'elle était fatiguée, mais elle avait probablement envie d'être seule avec son monstre qui devait être, à l'heure qu'il est, en train de la perforer avec le tronc de son séquoia, tout en hurlant de joie à la pensée qu'elle m'avait gâché la soirée, que j'avais été spoliée, et que mon humeur commençait à s'en ressentir.

Je ne voulais voir plus personne, j'allais rentrer à la maison, prendre une douche, me verser un verre de rouge, du bon si possible – ça serait possible, je n'ai que ça – ouvrir ce camembert que j'avais acheté samedi au marché. Et puis je m'allongerais en peignoir sur mon canapé, avec mon verre de rouge, avec mon fromage, avec mon pain et la deuxième tarte aux pommes que j'avais confectionnée dimanche en même temps que je préparais celle de Benjamin. Et là, il ne me resterait plus qu'à m'envoler sur la pampa avec Saint-Ex.

Qu'est-ce que je voulais de mieux ?

Une demi-heure plus tard, j'étais à la maison et à neuf heures vingt, tout était prêt, moi y compris. Je me reversai un deuxième verre de rouge, un *croze-hermitage* sombre comme mon début de soirée mais revigorant comme mon décollage dans la nuit sud-américaine et qui, en plus de remettre d'excellente humeur et de me combler les papilles, allait me faire dormir superbement bien. Le fromage était parfait, lui aussi, et j'étais finalement très contente de ne pas être forcée de lire sur le ventre.

Et le téléphone sonna…

CHAPITRE XVIII

Lundi soir, 20:00 Heures.

C'était Aaron, bien sûr, il ne manquait vraiment plus que lui. Il n'avait pas laissé passer l'heure, tout juste cinq petites minutes pour me faire croire qu'il n'était pas impatient; c'est moi qui l'avais complètement oublié, et voilà l'illustration de ce que j'avançais il y a quelques jours: quand ils nous courent après, les hommes sont parfois pitoyables dans leurs méthodes, sans même s'en rendre compte, persuadés d'être la personne que nous attendons depuis bien longtemps. Additionnant maladresses sur faux pas avec une affligeante régularité, ils nous offrent sans complexe la panoplie de tout ce que l'on n'a pas envie d'entendre ni de voir dans ces circonstances. Un jour ces pauvres garçons comprennent finalement qu'ils font fausse route, et que de nous considérer comme les insensibles broyeuses de leurs cœurs éperdus et aimants ne sert finalement à rien pour nous attendrir, bien au contraire:

–*Mais comment, qu'ai-je donc fait pour tomber sur une âme d'une pareille insensibilité. Que faut-il que j'invente!*

Mais, eh bien, mais c'est tout simple, il faut faire di-ffé-rem-ment, Il faut nous épater, il faut nous faire rêver, il ne faut surtout pas nous donner l'impression que leur érection est visible comme le nez au milieu de la figure, est-ce si difficile ? Alors, mais seulement alors, le désir s'éveillera peut-être, tranquillement, sans d'ailleurs que cela soit acquis.

Si c'était le cas, pourtant, tout serait magique. Ce serait accompagné du chant des oiseaux de paradis dans la forêt indonésienne, ou de celui du plongeon, au crépuscule, au bord du Grand Lac de l'Ours. Ce serait le bond d'une gazelle dans la savane du Seregenti, sur fond de Kilimandjaro enneigé, la floraison des cerisiers au pied du Mont Fuji. Voilà, il faut simplement nous faire fondre, il faut nous montrer le ciel étoilé à midi, une aurore boréale qui coure dans la nuit polaire, il faut nous offrir des pâquerettes à Noël, un bonhomme de neige au mois de juillet, faire briller un soleil de printemps à deux heures du matin, nous montrer un récif corallien en montagne que sais-je, c'est pourtant pas si compliqué que ça, ou bien !

Ce soir, en répondant à Aaron, j'étais loin d'être dans la savane ou le Grand Nord, j'étais à des milliers de kilomètres d'être à l'affût. Au moment de la sonnerie, j'avais dû prendre la décision de continuer sur Buenos Aires malgré l'orage, pour ne pas retarder le courrier qui allait prendre le relais pour traverser l'Atlantique. Le danger était palpable. Et soudain la voix fébrile de Aaron, qui me fit tomber de Charybde en Scylla :

– Bonsoir, Virge, je ne te dérange pas, j'espère !

– Bonsoir Aaron, mais non, pas du tout, bien au

contraire, j'attendais ton coup de fil ! lui assurai-je.

Il fallait quand même pas trop en faire, pour éviter le malentendu grossier. Je l'ai dit, ce soir je souhaitais la paix, et cette paix passait par la solitude, avec mon verre de rouge, mon camembert et mon avion se frayant un chemin au-dessus des vastes plaines argentines se couvrant de nuages, et de la Cordillère des Andes éclairée par la lune. Je voulais encore rêver que j'allais m'en sortir, que j'allais peut-être trouver un aéroport de dégagement si la situation ne s'améliorait pas :

– As-tu passé une bonne soirée ?

– Alors là, répliquai-je le plus sérieusement du monde, c'était pas pire ! mais c'est encore bien mieux maintenant !

– Ah, bon…

Déçu Aaron, un ton déjà légèrement renfrogné, chargé d'un petit reproche, le ton de celui qui est déjà persuadé que l'autre ne peut que s'ennuyer, sans lui qui ne pense qu'à elle, et qui ne peut comprendre qu'il puisse encore exister un bonheur l'un sans l'autre. Il reprenait :

– Et que fais-tu de si bien, maintenant ?

– Mais… Je suis chez moi, je mange du fromage, je bois du rouge, du bon, et je lis…

– Toute seule ?

J'allais lui demander ce que cela pouvait bien lui faire, mais optai pour un semblant de gentillesse, ou de correction inutile devant cette question indiscrète :

– Toute seule, et c'est justement là que c'est super…

Lourd silence dans lequel je ne voulais pas m'embarquer à deux.

– Écoute Aaron, je suis un peu sur les genoux, ce soir, repris-je sur un ton que je m'efforçai de rendre enjoué et badin. Si tu veux, on peut se rencontrer demain pour dîner ensemble. Tu m'appelles dans la journée pour convenir de l'endroit, et de l'heure, ça te va comme ça ? À moins que tu m'aies appelée pour autre chose ?

– Euh… !

Là je devais à nouveau faire attention à mon langage, si je voulais essayer mon projet jusqu'au bout mais, à dire vrai, il avait une petite tendance à me gonfler l'ami Aaron. Je lui avais tendu la perche, certes, mais les hommes n'aiment pas forcément ces manières, des manières qui leur indiquent qu'on a déjà lu leur jeu.

– Tu es sûre que je ne peux rien faire pour toi ce soir, Virge, tu as l'air bizarre ?

Et voilà le résultat de ma franchise, c'était bien la peine, mais avec un semblant de psychologie de ma part, j'aurais pu prévoir, et éviter.

– Rien du tout, merci, Aaron, ça va super bien, je te l'ai dit, et si ma proposition te sourit, je serais très contente de te voir demain.

Il eut l'élégance de ne pas pousser davantage, et je lui en fus reconnaissant.

– Je t'appellerai au bureau, dans la journée. Bonne nuit, Virge !

Je complétai mon verre de *syrah* dont les premières

gorgées m'avaient remise d'appoint sans arrière-pensée, et restai songeuse quelques instants assise sur le coin de la table. Je jetai un coup d'œil à ma montre et décidai qu'il n'était pas trop tard pour appeler Charlotte.

Ne lui ayant pas encore fait l'inventaire de toutes mes tendances, surtout des plus délicates à avouer, je ne lui parlai pas de mon début de soirée, contente maintenant à l'idée que je n'aurais pas à marcher demain comme un canard, essuyant des regards curieux et devant inventer des réponses fumeuses à des questions désagréablement insinuantes, surtout de la part d'autres femmes.

Je lui racontai simplement mon téléphone avec Aaron, comme je le lui avais promis, et lui fis partager mon impression générale qui semblait correspondre à la sienne.

– C'est clair, Virge, c'est le moment, une plus longue attente va casser le fil, et on n'aura plus qu'à oublier ton projet, ce serait dommage, je me suis bien faite à l'idée. Tu l'entreprends demain soir. Avec Binge, comme je t'ai dit, l'affaire est déjà dans le sac, si j'ose dire ! Lance-moi un coup de fil demain soir, quand tu seras de retour, je suis impatiente de savoir ! Et fais attention sur la route si tu prends ta voiture, la neige est prévue dès quatre heures, avec un coup de froid supplémentaire en fin de journée. Ça risque de glisser pas mal à partir de midi…

Avant de raccrocher, je l'assurai que je serais prudente, et que je l'appellerai le soir, dès mon retour, à n'importe quelle heure. Je finis mon verre, mais me sentis soudain très lasse, et décidai de ne me remettre aux commandes qu'une fois au lit.

Chapitre xix

Mardi, le jour J

Joli spectacle cette neige qui tombait sans tomber, voletait puis semblait remonter dans les nuages, folâtrait, pas pressée de se poser et de faire fondre son rêve en tache humide, la terre n'étant pas assez gelée. Comme il faisait autour de moins deux à moins cinq degrés, elle formait quand même au-dessus du sol une sorte de nuage poudreux qui semblait couper les jambes de la vie en mouvement, donnant un air de gaieté à ces premières extravagances hivernales en retard sur l'horaire, cette année. Ce matin surtout, la grisaille, la froidure humide, la neige glaçante et glissante, c'était enfin la parure extérieure du temps de l'Avent, des marchés de Noël devant la cathédrale, de Saint Nicolas descendu tout droit de *Rovaniemi*[1] sur son traîneau tiré par des rennes en tenue d'apparat, accueilli par des enfants tout timides, aux joues toutes rouges et aux regards tout brillants.

La voiture resterait au garage, j'éviterai ainsi d'avoir peur toute la journée que quelqu'un me rentre

1.Rovaniemi, par 67*30' Lat. N., Cercle Polaire Arctique, Laponie finlandaise, c'est traditionnellement le domicile légal officie admis l du Père Noël.

dedans. Dans ces conditions atmosphériques que beaucoup ont peine à maîtriser, les transports publics, déjà pas forcément idiots en temps normal, prennent leur pleine valeur. Je n'étais pas la seule à le penser, ils étaient bondés.

J'arrivai donc au bureau avec… Mais je ne vais pas commencer à vous raconter à nouveau ma journée de travail ! Je l'ai fait vendredi, et ne prendrai pas le biais fastidieux d'une répétition pour le plaisir de noircir du papier, une répétition qui ressemblerait à celle de vendredi matin, à quelques détails près.

Le début en effet ne s'est pas passé comme l'autre jour, lundi oblige, je ne suis pas arrivée au milieu d'un joyeux prologue pour servir du thé ou du café à des collègues, différents parce que ce serait plus excitant, des collègues qui se seraient eux aussi envoy& en l'air dans des positions inédites pour se donner du cœur à l'ouvrage.

Pour ne pas prendre des libertés avec la vérité, je ne vous rapporterai donc pas par exemple les aventures de notre directeur qui, la bedaine fièrement arborée comme un saint sacrement, aurait été surpris sous le prétexte fallacieux du temps de Noël, dans quelque oaristys égrillarde avec l'un des membres féminins du personnel du bureau où, par jeu, il se serait mis en tête de contrôler lui-même les plus belles boules à accrocher à l'arbre. Je vous le dis tout net, ce n'est pas son genre.

Rien de tout cela ne s'est donc produit, et rien d'autre d'ailleurs outre la routine, je le saurais et ne vous aurais pas fait manquer l'épisode. Je mentirais même si je vous disais que mes collègues étaient moins jolies que moi. Mis à part Sophie en effet que vous connaissez déjà un peu, toutes les filles du bureau font, je crois, plaisir à regarder : jolies, voire belles, sexy, drôles ou parfois les trois qualités réunies en une seule personne, elles sont probablement l'une des raisons de la mine toujours enjouée de notre directeur, cet homme pourtant réservé dans le sens chrétien que l'on pourrait donner aujourd'hui à ce terme !

Au risque de vous décevoir, notre directeur est un homme d'une correction à toute épreuve, de celle en tout cas que les braves gens considèrent comme telle, et ce malgré toute cette féminité avantageuse qui arpente chaque jour dans tous les sens les couloirs du bureau dans des crissements de nylon et des claquements de talons qui n'échappent à aucun mâle, à lui y compris.

Sa femme Boubette passe régulièrement au bureau pour dire un petit bonjour à son époux, et apporter quelques gâteaux ou autres gourmandises bienvenues à toute l'équipe. Ce n'est plus un mannequin, Boubette, loin s'en faut, mais c'est une femme attentionnée, comme son mari, avec qui elle a maintenu toute sa vie une entente presque parfaite, l'une de ces lunes de miel privilégiées qui n'a jamais existé que dans les contes de fées et chez mes grands-parents.

Boubette ce n'est pas l'emmerdeuse classique qui *lirait du Claudel à la fornication*[1], comme disait Brassens, ce n'est pas davantage ce cageot encombrant dont on ne sait comment se défaire, la femme du chef type voyant toutes les employées de son mari en pécores écervelées qui n'ont cesse de montrer leurs culs pour exciter un vilain époux qui ne saurait plus où donner de la tête, et surtout du gland. Ce n'est également pas cette mégère les pieds toujours chaussés de

1. Georges Brassens : *Misogynie À part*

grosses charentaises, celles à l'intérieur desquelles on se sent bien, mais avec lesquelles on n'oserait jamais sortir. Boubette n'est pas non plus de celles qui voient toutes les filles souriantes en rivales, ce en quoi elles n'ont généralement pas tort, et qui le ferait sentir, ce qui serait moins défendable et faciliterait bien sûr le passage de l'une d'elles à l'état de maîtresse, même occasionnelle. Boubette, ce n'est finalement pas elle qui fait la pluie et le beau temps à la maison, surtout la pluie, menant une vie impossible à tout le monde, et d'abord à son conjoint.

Non, Boubette, c'est une Barbara Bush, si vous vous souvenez de cette adorable *First Lady*, l'antithèse de sa bru. Vous savez, la mère de celui qui fait aujourd'hui justice sur toute la planète pour défendre l'or noir, pour achever le travail que père avait entrepris mais n'avait pas eu le temps de mener à son terme avant le sien. Barbara Bush, c'était le dernier sourire féminin et chaleureux à la Maison Blanche. C'est un peu l'impression que donne Boubette, comme Mamie Bush, parce qu'elle a atteint l'âge d'or des femmes, celui où, selon mon ami le juge, les femmes deviennent enfin généreuses.

Il n'y a ainsi rien de trouble, rien de salace ni d'illégal à raconter sur notre directeur, si ce n'est son entente, légendaire pour nous, avec Boubette. C'est une entente qui n'a pas Noël ou sa proximité pour cause, ce n'est pas davantage une trêve spirituelle, ni un cessez-le-feu de circonstance. Ils font tout simplement plaisir à voir ensemble, ils font la paire et, dans mes moments de mélancolie assez rares, je me demande si ce ne serait pas ça, le plus croustillant de la vie… Mais bon, ce genre de choses, à raconter, n'intéresse pas grand monde, je crois.

Car passé le temps de l'école et des études, passé le temps des découvertes de l'adolescence et des mirages de la jeunesse, les journées du monde sont rythmées pour beaucoup d'entre nous par des activités professionnelles parfois d'une désespérante monotonie, seulement séparées par les poses, de dix heures, de midi et celle du thé ou du café, vers trois heures. À quelques minutes près, en changeant quelques détails, ce sont là les temps forts classiques de la journée de travail d'une grande métropole, tous les jours de toute l'année, à peu près partout sur la planète. Seules changent les habitudes alimentaires et l'époque variable des vacances, ou de leur absence traditionnelle selon les latitudes.

Du banal, pour le monde entier qui se lève le matin aux mêmes heures, envoie les enfants à l'école, à l'Ouest, ou sur le trottoir, à l'Est, refait le lit, range ou pas la cuisine avant de partir, et s'en va travailler avec encore quelques rêves dans la tête, pour les poètes attardés.

Deux ou trois illusions peut-être, qui ne simplifient pas la vie, et voilà le bus, la voiture, l'usage des deux pieds ou de la bicyclette. Le monde est maintenant parti gagner les deniers de son morne labeur dont les trois quarts seront dépensés le premier du mois en loyer, assurances, provisions d'impôts, traites, dettes de jeu et frais divers souvent très divers, qui feront de lui un citoyen responsable, un pion vivant pas forcément utile, plutôt inutile même, mais qui occupera la place qui lui a été dévolue pour sa quarantaine d'années de vie active dans la société.

Puis un autre monde, plus jeune, remplacera ce monde vieillissant, devenu du jour au lendemain légalement inutile, un luxe exorbitant grâce aux progrès de la médecine et de l'action sociale qui exigent des efforts de plus en plus grands de la part de la masse laborieuse, et monte joyeusement les gens les uns contre les autres. La société moyenne ne s'en sort plus et, fait nouveau, en a presque pris l'habitude.

Car à moins d'être chargé de recherche à l'Institut Max Plank, à Berkeley ou au MIT, postier de montage dans une vallée difficile d'accès et qui n'ouvre ses guichets que trois fois par semaine, à moins encore d'être astrophysicien le nez perdu dans les étoiles à l'observatoire de Mauna Kea, cantonnier sur les routes de campagne, moine bouddhiste dans un monastère accroché aux pentes des Himalayas, biologiste perdu dans la forêt du nord ou préposé à l'économat, la vie des citoyens du monde se ressemble, minable et sans relief, du Cap Horn à la Baie d'Hudson, du Mont-Royal au Mont Fuji, de l'Ile de la Madeleine à la Mer d'Aral.

Pour certains cependant, pour ceux qui auront su garder l'épi de blé à la bouche ou la fleur accrochée au cœur, il y aura l'enchantement d'une fantaisie fugace, le sourire carnassier et enjôleur d'un cadre qui mange son sandwich à midi au même bar nous faisant courir un frisson sur l'échine et même plus bas, ou alors les bas fumés de l'opticienne tout de blanc vêtue, qui vient d'ajuster la nouvelle paire de lunettes du fondé de pouvoir qui ne souriait plus depuis longtemps, et qui fait soudain couler feux et flots inavouables dans ses tuyaux fatigués… Là aussi cependant, lorsque la cible involontaire est une personne rangée, honnête et bien pensante, il ne s'agira que d'ajouter des composantes hasardeuses à une existence déjà pas très simple.

Mais fi donc de ces pensées neurasthéniques ! et

carpe diem à tous ceux qui peuvent encore écouter la truite qui saute de l'onde pendant qu'il est encore temps, comme je le disais à Aaron, la semaine dernière. Et pour les autres, eh bien, qu'ils apprennent vite, avant qu'il ne soit trop tard !

Et quand on parle du loup, c'est à dix heures trente qu'il m'appela, Aaron, de son portable. Je souris avant de répondre, me demandant si nous allions vraiment pouvoir nous amuser encore une fois avant Noël. Pourrions-nous encore engranger quelques souvenirs inédits pour les longues veillées au coin du feu, avant les bulles du champagne le plus triste de l'année, celles du trente et un, que cotillons et chapeaux pointus n'arriveront à dérider qu'artificiellement ? Pourrions-nous donc nous faire ce petit cadeau pas trop cher, encore que son prix ne devait certes pas avoir la même valeur pour chacun !

– Bonjour Aaron, comment vas-tu ce matin ? lui dis-je de ma voix la plus enjouée, soucieuse de dissiper d'avance toute arrière-pensée négative, et de lui montrer mes excellentes dispositions à son égard.

– Ça me fait plaisir de t'entendre si gaie, je vais bien, je te remercie, et toi ?

– Super ! Je n'ai malheureusement pas trop de temps ce matin pour discuter, le bureau est dans tous ses états pour tenir ses délais avant les vacances, mentis-je, mais on se voit toujours ce soir, disons vers huit heures ?

– Avec plaisir, répondit-il, apparemment incrédule devant tant de bonne volonté, – Que dirais-tu du Café de la Poste ? J'ai passé devant ce matin, ils étaient fiers d'annoncer qu'ils avaient du chapon, truffé par leurs soins… Et surtout avant les autres !

– C'est pas pire, à tantôt !

Pour lui répondre, j'avais quitté notre petite cuisine faisant aussi office de coin pour la pause, ce petit coin confortable dont je vous parlais vendredi, théâtre occasionnel des mœurs un brin dissolues de notre fine équipe. Je me hâtai d'y retourner, et de me remettre avec le reste de la troupe dans la discussion animée de la soirée de Noël de l'entreprise. À part le repas qui serait à la hauteur de l'événement, les réjouissances et autres distractions avancées par chacun semblaient promettre de ne pas être tristes non plus. Surtout qu'elles étaient orchestrées par un Charles à la mèche plus conquérante que jamais, le cerveau bouillonnant d'idées inattendues et immodérées, dont les extravagances auraient fait rougir une patronne de bobinard.

Entre midi et deux heures, je me rendis au club, où je notai sans surprise l'absence de Kiara et de ses fesses encore insortables aujourd'hui. À cinq heures, comme j'étais en bus, je décidai de profiter de refaire quelques courses, et de me replonger dans cette atmosphère d'allègres célébrations, d'autant plus fébrile à mesure que l'on s'approchait du vingt-quatre.

Là, je ne sais ce qui me prit, mais passant devant un magasin présentant un choix original de cravates, j'en achetai une pour Aaron, un geste prématuré, sinon déplacé. En sortant du magasin, je me demandai si mon subconscient ne m'avait pas forcé la main, me poussant à faire des excuses anticipées. J'étais de moins en moins convaincue de la petite entreprise d'apparence anodine que nous avions imaginée, Charlotte et moi. L'échéancc approchant, il faudrait bien que je me dévoile, et je ne savais toujours pas comment j'allais m'y prendre.

Je rentrai vers six heures trente déposer mes paquets et prendre une douche, J'avais grand faim en ressortant, et frissonnai sous la morsure du froid, relevant que la météo donnait raison à Charlotte. La neige avait tenu depuis le milieu de la journée, le ciel s'était dégagé vers cinq heures et offrait maintenant un coup d'œil sur la voûte étoilée et le levé somptueux de la plus belle constellation du ciel septentrional, Orion. Son silence enveloppé de mystères impénétrables depuis notre petit caillou cache des cataclysmes inimaginables qui m'ont toujours fascinée, et me rappelle ces mots simples de Kawabata :

la Voie Lactée est une arche de paix sur la mer déchaînée[1]...

Le Café de la Poste est l'un des meilleurs restaurants de notre ville. On y déguste tout ce qui engendre simples plaisirs et francs sourires comme ceux qui se peignent sur les visages comblés des convives à l'avance de la soirée, et que la rumeur de la salle se fait plus dense. C'était bondé, ce soir comme chaque soir et, en avançant entre les tables contiguës engoncé dans des tenues hivernales, on balayait invariablement les dos ou les bras de tous ceux qui étaient déjà installés.

Quand j'aperçus Aaron, je me faufilai entre les dernières tables qui me séparaient de lui. En enlevant mon manteau avant de m'asseoir, je fus consciente comme n'importe quelle femme, de mes deux fesses rondes que je faisais passer, malgré moi mais sans

1. Kawabata Yasunari, *Pays de Neige*

déplaisir avec les hypocrites excuses d'usage, au nez des clients soudain attentifs. Ce soir c'était un monsieur d'un certain âge, assis à la table voisine, qui vit passer à quelques petits centimètres de son visage mes globes impeccablement moulés sous ma jupe étroite laissant deviner la forme exacte et minuscule de mon slip. Cet homme distingué me gratifia d'un sourire qui me rassura sur moi-même une fois que j'eus pris place, tandis que son aimable moitié, assise en face de lui, me toisait sans complaisance avant de lui lancer une œillade assassine.

Nous étions venus pour le chapon, et nous eûmes du chapon, avec des lamelles de truffes de la taille des médailles olympiques officielles, et servi avec un remarquable gratin de cardon, des pommes sautées et du mesclun parfumé à l'huile de noisette. Arrosé d'un étourdissant *pernand île-des-Vergelesses*[1], il n'y avait vraiment rien à redire à cette partie de la soirée qui fut un régal. Nous festoyâmes, en silence ou presque.

Pour ne pas donner une importance démesurée au cadeau que j'avais apporté pour Aaron, je le lui donnai après le repas, en passant, faisant mine de le trouver par hasard en extirpant de mon sac le crayon que j'étais allée y pêcher, et dont je n'avais nul besoin :

– Ah ! À propos, Aaron, je magasinais en ville cet après-midi, et j'ai trouvé cette petite chose qui m'a fait penser à toi. J'avais remarqué que tu aimais bien les tons dans les bleus. Peut-être qu'elle te plaira pour aller à la banque, un de ces jours…

Cette petite chose portait quand même une griffe prestigieuse. Je crois cependant que si je lui avais

1. Pernand Vergelesses, *Ile-des-Vergelesses*, premier grand crû de la Côte de Beaune, en Bourgogne

apporté sans m'annoncer, un matin, à la banque, le chèque de mon gain du gros lot au 6-49 pour qu'il le place, je ne lui aurais pas fait plus plaisir. Son visage s'éclaira, son sourire s'élargit, il fit mine de l'essayer, il la tourna et la retourna, incrédule, espérant peut-être par instinct y trouver caché ce chèque de la victoire !... Mais non, mais non ! c'est une blague, mauvaise d'ailleurs, je m'abaisse à nouveau à de viles plaisanteries, et suis en train de prêter sans raison aucune à cet ami, des pensées qu'il ne devait certes pas avoir, en tout cas pas dans l'instant présent. Aaron est un gentil garçon qui avait simplement envie de moi, tout le problème était là.

Et je tiens de plus à ajouter que la plupart de ceux qui considèrent les juifs près de leurs sous pêchent bien souvent par ignorance coupable, et je pense aussi qu'ils ne se sont jamais rendus en Asie du Sud-Est. Ce défaut que l'on prête injustement au peuple élu est, sous les cocotiers par comparaison, une caricature sans finesse du personnage d'*Harpagon* !

Sous les Tropiques asiatiques en effet, c'est un penchant profondément enraciné dans les gènes, une habitude aussi normale que celle de boire et de manger. Là-bas, on ne donne rien, on ne prête rien, même pas son portable à sa sœur ou à ses amis pour envoyer un sms local à trois cents... Et l'on considère tout ce qui n'est pas jaune pour ce que nous qualifierions, nous, de juif, radin, écossais, pisse-vinaigre, ou serrure. Cela n'a rien avoir avec l'argent, la ladrerie est un trait de caractère qui n'a jamais qualifié les états financiers de quiconque.

–Tu ne peux pas savoir le plaisir que ça me fait,

finit-il par dire… Un plaisir qui me gêne d'autant plus que je n'ai rien pour toi, ce soir !

– C'est sans importance, Aaron, et c'est même beaucoup mieux ainsi. Les cadeaux que je fais n'attendent jamais rien en retour, sinon ce ne sont pas des cadeaux, mais des achats. Le plaisir c'est d'offrir, et en voyant ta mine, j'en ai beaucoup…

Je réalisai à nouveau que j'en disais trop. Je ne voulais toujours pas qu'il se méprenne sur mon attitude, et sans réfléchir à temps, je venais de lui en donner le loisir.

– Mais quand même, Virge…

Aaron commanda des crêpes flambées pour le dessert alors que le couple à l'air fatigué et qui n'avait rien eu à se dire de toute la soirée, se préparait à partir. Après s'être entourée trois fois la hure d'une écharpe en castor toute râpée et sans doute pour nous montrer qu'elle en avait aussi un, la respectable bedoume s'extrait de son banc en nous présentant à son tour un pousse-matières large comme la table qui nous passa juste sous le nez. Le monsieur nous adressa un sourire mi-fataliste, mi-désolé qu'il assortit d'un clin d'œil complice, alors que sa femme s'éloignait avec dignité sans daigner s'excuser de nous avoir mis ses affaires encombrantes et passées de mode dans la figure.

Le maître d'hôtel arriva à ce moment-là avec sa minuscule cuisine ambulante sur roulettes, un réchaud, une lèchefrite, le sucre, les jus de fruits, les entremets roulés et les flacons entamés des différents alcools, rhums, armagnacs et autres calvados, le tout joliment arrangé sur le petit chariot. Cinq minutes plus tard nous avions chacun devant nous une assiette fumante où quelques flammes léchaient encore tendrement des crêpes bien dorées.

Alors que je ne m'y attendais pas le moins du monde et que je ne savais moi-même pas comment m'y prendre, Aaron relança le débat de dimanche après-midi. Quand il commença, je me demandai où il voulait en venir, car il parla tout d'abord de Benjamin. L'aubaine était cependant inespérée, et je la saisis au vol :

– Je ne connaissais pas Benjamin sous cet angle-là, il m'a quand même un peu surpris je dois dire ! commençai-je alors.

– Surpris ou choqué, ce n'est pas tout à fait pareil.

– Étonnée, plutôt, et amusée, aussi, dirais-je.

Les crêpes étaient excellentes. J'avais interrompu notre dialogue le temps de déguster, et ne voulant pas lui donner trop d'importance. Le sujet avait cependant été relancé et nous n'allions de toute façon pas le relâcher.

– La sauce au calvados convient bien à ce dessert. C'est différent du rhum, mais à mon avis ça va mieux avec le temps qu'il fait. Et puis, on voyage un peu, comme ça, on se croirait au cœur de la Normandie.

Pour toute réponse, Aaron, aux petits soins, intercepta discrètement un des garçons et lui dit quelque chose que je ne pus saisir à cause du brouhaha de la salle. Deux minutes plus tard, celui-ci était de retour avec deux gros verres ballons et une bouteille du même alcool, profondément ambré celui-là, attestant par sa couleur que nos parents commençaient à peine l'école primaire quand ces pommes étaient arrivées à maturité. La confirmation de cet âge était d'ailleurs inscrite sur l'étiquette. Impressionnant. Le serveur nous versa deux généreuses rations, avec un gentil sourire. Nous bûmes en silence ce grand moment.

– Mais je t'ai interrompu, Aaron, excuse-moi ! Tu parlais de Benjamin, je crois… Ou de l'effet de ses paroles plutôt libres, ou libérales, c'est bien ça ?

– C'est juste, il m'a intrigué, mais de là à passer à l'acte…

Il termina avec un haussement d'épaules fataliste :

– Enfin !

– T'aurait-il fait peur ? risquai-je, presque timidement.

– Pas vraiment, Virge, mais ce n'est pas ma tasse de thé.

La réponse était nette. Je tentai une question subsidiaire, et regrettai immédiatement mes paroles comme j'aurais dû le prévoir, car Aaron sauta sur l'occasion :

– Ma tasse de thé, Virge, au cas où tu n'aurais pas encore bien compris, c'est toi !

Malgré le bruit de fond continu, soutenu dans les décibels, ce n'est pas un ange qui passa, mais j'en dénombrai trois, parmi lesquels Michel et Gabriel. Je ne pus reconnaître le troisième qui avait sorti un grand mouchoir pour s'essuyer le nez, bruyamment. Ils n'avaient pas l'air fier avec leurs ailes emberlificotées, saupoudrées de neige, et moi non plus. Le pavé était tombé dans la mare à moitié gelée à cette époque de l'année, et avait éclaboussé un peu notre table. Il fallait que je me tire rapidement de cette mauvaise posture, et que je la mette à profit autant que faire se pourrait bref, il fallait que je me lance enfin à l'eau, ou que je renonce et me voue pendant quelques semaines à tous les feux du diable pour ne pas avoir eu le courage d'aller jusqu'au bout. Je risquai la feinte, encore une fois, malgré moi, parlant avec douceur :

– Écoute, Aaron, en quelques jours, j'ai appris à te connaître. Pas encore à fond, mais un petit peu. Je te trouve bien, et tu es intéressant. J'aime discuter avec toi, je trouve en plus que tu as une qualité rare qui fait défaut de plus en plus à quantité de gens, jeunes ou pas qui se prennent au sérieux, qui aiment s'entretenir de sujets dont ils maîtrisent à peine le titre, qui donnent leur avis sur tout, et en sont fiers : tu as le sens de l'humour, à commencer par celui que les autres exercent sur toi. Dimanche je t'ai admiré, on t'a tous envoyé des vannes grosses comme ça, et tu n'as pas une seule fois piqué la mouche. En prime, tu écoutes les autres, et n'as jamais de réaction agressive. J'avais une idée, mais je n'en suis plus trop convaincue, et je ne suis pas sûre d'être la femme qui te convienne, que ce soit pour un bout de chemin, ou une plus longue route.

– Qu'est-ce qui te fait croire ça ? commença-t-il, déçu.

Je pris mon temps pour lui répondre, le regardant bien dans les yeux, sans rire :

– Ce qui m'y fait croire, c'est ce dont j'ai envie, pour l'instant, une idée pas vraiment conventionnelle, mais que j'aimerais voir se réaliser. Et si je te la fais partager, maintenant, il y a un risque que tu changes complètement d'idée sur moi. Il y a quelques jours ça m'aurait été complètement égal, mais aujourd'hui j'en suis moins persuadée. On serait presque sur la bonne voie !

Une lueur d'espoir traversa ses yeux à ce dernier commentaire. Ce soir cependant, Aaron avait dû décider qu'il se contrôlerait, car cette lumière, furtive, disparut tout aussi vite qu'elle était apparue :

– Actuellement, Virge, tu peux à peu près tout me dire, rien ne me vexera.

– Je n'en mettrais pas ma main à couper, Aaron, tu viens d'ailleurs d'émettre une restriction qui prouve que tu pourrais ne pas souscrire à toutes mes idées, ce que je comprendrais aisément... Et j'ajouterais d'ailleurs que je crois ne connaître à peu près personne qui y accéderait !

– Et en quoi consiste cette idée, si je ne suis pas trop indiscret ?

Je sentis une pointe d'énervement dans sa voix, un agacement qu'il s'efforçait de refouler, un ton où perçait un peu de jalousie. Il fallait cependant que je me lance, pas plus tard que sur-le-champ ! Le fixant toujours avec attention, pour guetter sa réaction à froid, je lançai :

– L'homosexualité.

– Encore !

– Tu vois, je viens de dire que tu risquerais de ne pas apprécier, et je ne me suis pas trompée...

– Excuse-moi, je me suis laissé aller, continue, si ce n'est pas fini.

– Ce n'est effectivement pas terminé. Et à ce stade, je n'en ai certainement pas dit assez pour que tu comprennes ce que je veux dire par là. Il manque encore l'essentiel, mais c'est probablement pire...

J'étais calme, soudain, soulagée d'avoir enfin sorti l'idée du sac, même si elle était encore incomplète pour qu'il saisisse ce que j'avais envie d'en faire. Il semblait cependant un peu plus nerveux qu'avant. Je ne pouvais pas lui en vouloir, mais je ne pouvais rien pour lui non plus.

– Parce qu'il y a une suite ! Je croyais t'avoir entendu dire que tu n'étais pas lesbienne, et que même si l'essai avait été concluant, tu ne risquais pas d'en faire une habitude ?

– C'est vrai, je ne veux pas en faire une habitude, mais j'imagine que cela pourrait se reproduire selon l'humeur. Si tu te rappelles bien, j'ai dit que j'étais avant tout motivée par l'envie de faire ce qui me plaisait, tant que cela ne faisait de mal à personne. J'entends m'y tenir pour l'instant, sans devoir me poser la question si je peux ou pas, si j'ai le droit ou si c'est interdit, si l'on va me porter aux nues ou me vouer aux feux éternels.

J'aime la liberté, celle de faire ce que bon me semble, seule ou avec les gens qui auront les mêmes idées que moi. Benjamin se sent emprunté d'exprimer ses désirs ou sa nature parce que, selon lui, ce n'est pas admis. Il a probablement raison. Je suis obligée de faire de même mais pour moi, c'est encore plus compliqué parce que je suis une femme, avec tout ce que notre morale a inclus de tabous autour de ce sexe fendu qui ne se dresse pas pour dire *moi je*.

– Tu ne crois pas que tu exagères, un tout petit peu sur le manque de libertés des femmes ?

– Peut-être, mais à peine. On ne va pas refaire le monde, bien sûr, mais rappelle-toi ce que l'on disait sur la – ou plutôt sur *les* – religions. Elles sont intransigeantes, elles dictent traditionnellement la conduite de l'humanité qui souscrit à ses règles. Au Moyen

Age, on brûlait les hérétiques, dans l'Angleterre victorienne on condamnait à mort le mari qui sodomisait sa femme, en Arabie on la lapide si elle est infidèle. Tu trouves mes associations peut-être vulgaires et simplistes, mais la finalité demeure, c'est celle de protéger la servitude morale de la société en lui apprenant qu'il est convenable de penser et d'agir comme tout le monde. La comparaison méprise-t-elle par irrespect l'intégrité morale foncière des braves gens ? La contrainte sous n'importe quelle forme procède du même état d'esprit. La vérité que l'on tronque, le naturel que l'on refoule, on doit vivre avec en se persuadant que c'est juste. Je veux quelque chose d'autre, Aaron, mais sans vouloir le clamer partout. Je ne fais pas la révolution, je ne fais pas de politique –comme disait François Mitterand, *c'est un-mé-tier!*–, je ne manifeste pas, et je m'efforce de ne pas critiquer ouvertement des idées et des manières qui ne sont pas les miennes. Je n'aime pas davantage que l'on m'en impose, surtout pas au nom d'une morale qui donne l'impression que l'on est tous assis sur des parapluies.

–Eh ben dis, donc ! dit-il en contemplant son verre de calvados, avant d'en boire en silence une gorgée en fermant les yeux.

–Je sais, je sais, tu vas trouver ça réactionnaire, probablement pas tout à fait le genre de ta famille… Ce n'était pas celui de la mienne non plus, comme tu l'avais deviné.

Je tournais autour du pot, et je m'en voulais un peu de ne pouvoir m'en empêcher, mais j'avais aussi envie que mon point de vue soit tout à fait clair. Et même chez les proches ou les amis, rares sont les gens qui saisissent du premier coup les idées personnelles que l'on développe.

– Tu ne m'as toujours pas dit la suite ?

Le plus dur restait à faire, et je m'en voulais d'avoir utilisé cette longue diversion avant de me lancer. Je bus aussi une gorgée du liquide d'or, il me fit du bien.

– J'y arrive. Je te parlais d'homosexualité. En ce qui me concerne, j'ai vu, j'ai essayé, ce n'est pas désagréable, mais je répète que ce n'est pas quelque chose d'ancré en moi. C'est probablement difficile à expliquer parce que je crois que c'est très différent du point de vue d'une femme, ou du point de vue d'un homme… Disons que dans l'immédiat ce qui m'intéresse d'explorer est différent, c'est l'homosexualité chez les autres. J'aimerais voir ce que ça leur fait…

Aaron me coupa la parole, le front plissé :

– Es-tu bien sérieuse, Virge ?

– Tout à fait ! Un fantasme de voyeuse, si tu veux, un côté pervers. Je ne recherche rien de définitif, je ne cherche pas à pervertir durablement, non, juste une histoire ponctuelle, le but reste le même, m'amuser et satisfaire mes fantaisies…

– Attends, attends, coupa-t-il, je ne suis pas encore persuadé de bien saisir. Tu veux de l'homosexualité, mais pas pour toi parce que tu as déjà essayé, mais chez les autres. Est-ce que tu aimerais que toutes les femmes se mettent à quatre pattes les unes derrière les autres, et que tous les hommes jouent au train, une journée, qu'ils se regardent tous à la besogne, et puis fini, ou quoi ? Explique-toi, plutôt que de m'inventer des demi-mystères !

– C'est difficile à dire, et c'est tout simple. Tu as envie de sortir avec moi, et j'ai senti à partir de quand.

C'est je crois une supériorité que nous, femmes, on a sur vous, les hommes, l'intuition, qui, pour les femmes trompe assez rarement. Tu ne m'es pas indifférent, mais je reconnais ne pas avoir tout à fait des sentiments comparables à ton égard. À partir de ce moment, celui où j'ai compris que tu changeais, j'ai eu une idée, une fantaisie a germé en moi, et je n'y puis rien, même si ce n'est pas charitable. Ne me demande pas pourquoi ni comment, je ne saurais te répondre. C'est une fantaisie pure, comme j'en ai pas mal depuis quelque temps. Et si elle te choque, excuse-moi et essaie de ne pas m'en vouloir, je n'aime pas les disputes, même si j'en crée parfois le contexte…

– Tu ne voudrais pas arrêter tes mystères Virge, je suis en train de retourner dans le préau et jouer à la *bague d'or*!…. Si tu me dis finalement de quoi il s'agit, je te jure que je me tiendrai !

C'était le moment de vérité :

– Sûr ?

– Juré !

– Avant toute autre chose, j'aimerais que tu te fasses sodomiser par Benjamin, une seule fois, et j'aimerais y assister, avec Charlotte… Voilà, maintenant tu sais tout.

Au moment où je prononçais ces paroles, Aaron, prêt peut-être au pire ou voulant se donner une contenance, avait levé son verre et pris une gorgée de liquide. Il ne s'attendait probablement quand même pas à ça.

Le verre n'était donc pas une bonne idée, mais il ne se rattrapa pas trop mal, je dois dire. Il n'arrosa pas toute la table dans un phénomène de rejet dû à la surprise la plus totale mais, plaçant son verre en bouclier, il le remplit presque complètement de la rasade qu'il s'apprêtait à avaler. Quelques gouttes, incontrôlables, glissèrent de la commissure de ses lèvres, et vinrent s'écraser sur sa cravate. Il toussa discrètement, s'excusa et s'épousseta avec sa serviette. Une bonne raison pour étrenner demain celle que je lui avais offerte ce soir, pensai-je, pratique, attendant sa réaction. Celle-ci me surprit d'ailleurs par sa douceur, il est vrai que nous nous trouvions dans un établissement public que nous avions l'un et l'autre l'habitude de fréquenter :

– Es-tu bien sérieuse, Virge ?
– On ne peut plus !

Il s'était quand même rembruni un peu, ce qui était ma foi assez légitime. Après une pause, il reprit :
– Comment peux-tu me demander une chose pareille ?
– Je t'ai averti, Aaron, je crois être honnête, je te donne le fond de ma pensée en t'expliquant par la même occasion où, ou plutôt comment je te vois, et où je me situe par rapport à toi. Quant à mon fantasme, je t'ai dit que je n'y pouvais rien. Mais je reconnais ne rien faire pour le repousser ni le refouler de mon subconscient qui m'en voudrait, et me le ferait sentir : si je n'aime pas les conflits avec les autres, avec mes amis s'entend, je les déteste avec mon subconscient, une personne assommante qui ne me laisse jamais tranquille quand je n'accède pas à la majorité de ses pulsions, surtout les plus inavouables. J'arrive parfois à le raisonner, mais ici, je ne prendrais même pas le risque d'essayer. Dans le cas présent, il ne m'aban-

donnera que si c'est toi qui renonces. Par faute de combattants !

–Combattant, ou con battu ?

Si Aaron faisait déjà de l'esprit à ce stade, vous pouvez imaginer d'ici la jubilation de mon subconscient, et de la mienne également ! J'essayais cependant de ne pas l'extérioriser, et de garder un semblant de sérieux dans une affaire qui ne l'était pas de prime abord. Il reprenait :

–Et qu'est-ce qui te fait croire que je suis la personne qu'il te faut pour ce jeu de débauchés ?

–Pervers conviendrait mieux, rectifiai-je, c'est plus gentil…

–Pervers, si tu veux, reprit-il, alors ?

–Je te l'ai dit, continuai-je doucement, plus détendue, pas grand-chose, aucune explication rationnelle, si ce n'est que l'idée m'est venue petit à petit, en quelques jours, sans raison. Et elle s'est précisée. *Parce que c'était lui, parce que c'était moi*[1], disait Montaigne… Dans des circonstances un peu différentes, il est vrai. Que veux-tu que je te dise d'autre ? Mais ne te méprends pas, je ne te considère pas comme un cobaye pour faire une expérience d'enfant gâtée, ou par mépris, ou pour toute autre motivation peu racontable, au contraire, la meilleure preuve c'est que les trois autres personnes impliquées ont déjà essayé, même si leurs motivations divergeaient. La recherche et la connaissance de l'inconnu tabou restaient cependant la toile de fond de leur intérêt. Ça me tente, et c'est toi que j'ai choisi, parce que tu étais là quand cette idée s'est imposée à moi, c'est pas plus compliqué que ça. Mais tu as bien sûr parfaitement le

1. Montaigne, *Les Essays, de l'amitié*

loisir de dire non, et je ne t'en voudrais certainement pas.

La partie n'était pas jouée, loin s'en fallait, et ne m'étant jamais trouvée en train de faire une telle proposition à qui que ce soit, j'étais un peu empruntée. Pas vraiment à court d'arguments, mais *sans* plus d'arguments. Il me fallait dire quelque chose, être doucement sinon tendrement persuasive. Mon cerveau tournait à cent à l'heure à la recherche d'éléments susceptibles d'accrocher Aaron d'une manière ou d'une autre. Mais plus je retournais le problème, maintenant que j'en avais clairement fait l'énoncé, moins je savais que dire. Imaginez donc : comment pousser un homme à accepter de se faire enculer par un de ses copains, devant deux femmes qui vont suivre la scène avec attention, du début à la fin ! Pas vraiment évident ! Aaron rompit le silence très relatif de la salle de restaurant. Il était quand même plus tendu, peut-être même moins bien disposé à mon égard, mais je pouvais difficilement lui en vouloir :

– En somme, ce que tu me proposes, c'est rien de moins qu'une partouze, mais une partouze d'un genre un peu particulier, puisque ce sera une partouze d'homosexuels, en face deux amies féminines plutôt bandantes, juste ?

J'appréciai le dernier commentaire qui me réchauffa agréablement, flatta ma vanité et creusa étrangement mon intimité. À part ça, il était inutile de jouer au plus fin, il voyait juste, mais il était toujours possible de minimiser la portée de l'acte :

– N'allons pas trop loin, dis-je, il ne s'agit pas vraiment d'homosexualité au sens strict, mais, disons…

D'un intermède d'un genre particulier !

– … On peut en effet tempérer par cette litote, approuva-t-il un semblant de sourire aux lèvres, pas dupe du stratagème de ma rhétorique, – il n'en reste pas moins qu'il s'agira de deux amis qui s'enculeront, pour appeler un chat un chat !

L'utilisation du futur plutôt que du conditionnel ne m'échappa pas. Était-ce voulu de sa part, était-ce inconscient, je n'aurais pu encore le dire, mais Aaron avait changé de concordance des temps. Ceci dit, il n'avait pas encore signé le contrat.

– Jean d'Ormesson rapporte dans un de ses livres, qu'une connaissance lui fait une proposition pédérastique qu'il décline, et son interlocuteur lui réplique *: Bah, ce n'est pas parce que je t'enculerai une ou deux fois que tu deviendras pédéraste !* [1]

– Joliment dit, et la fin de l'histoire, c'est comment ? Se fait-il effectivement enculer ? ajouta Aaron avec un petit sourire.

– Je ne sais pas au juste, mentis-je, il faudrait demander à l'intéressé…

– Ça va, j'ai compris… Mais dans son cas particulier, il n'y avait pas ce jour-là l'espérance d'une femme à la clé, le personnage en question n'avait tout simplement pas envie, voilà tout !

Aaron se détendait, il sourit, et ce n'était peut-être pas étranger non plus au fait que nous n'avions pas alourdi outre mesure la situation, sans davantage l'aplanir vraiment non plus, il est vrai. J'essayais le registre en demi-teintes, presque léger, une espèce de marivaudage badin, sans importance, dont la finalité

1. Voir note 1, page 53

restait le sexe, dans une interprétation un peu singulière. Chacun savait de quoi il en retournait, et chacun savait qu'il n'était pas opportun d'en trop parler, d'appeler un chat un chat, justement.

–Et pourquoi Benjamin ?

–La discussion de dimanche après-midi en faisait le partenaire possible idéal, qu'en penses-tu ?

–Et c'est dimanche que vous vous êtes décidées ?… Parce que c'est bien toi et Charlotte qui avez imaginé cette… pantalonnade ?

–C'est nous, oui, ou plutôt, c'est moi à l'origine, mais j'en ai parlé à Charlotte qui m'a dit avoir déjà eu parfois cette idée mais n'avoir jamais osé aller plus loin. On a alors décidé de coordonner nos forces, si l'on peut dire.

–Eh bien, bravo !

–Dimanche, on a fait en sorte d'avoir la preuve que Benjamin pourrait faire partie du trio, avant de tenter le quatuor.

–Je saisis mieux le sens de la discussion de l'autre jour ! Il était donc au courant ?

–Non, pas à ce moment. Mais maintenant il l'est.

Aaron marqua un temps d'arrêt avant de poursuivre, à tous petits pas cette fois :

– Et ?…

–Et il n'est pas contre.

–Il n'est pas contre, répéta-t-il, songeur.

Avec une bouteille d'eau, c'est moi qui demandai l'addition. Quelle que fût l'issue de la soirée et des jours suivants, je devais bien ça à Aaron. Il insista cependant pour que je lui laisse quand même la régler. Ne voulant pas être plus royaliste que le roi, je la lui rendis, et nous parlâmes de tout autre chose, du passage en ville d'une exposition itinérante de peinture hollandaise du XVIe siècle, et je crois que nous nous surprîmes réciproquement de notre intérêt pour les maîtres flamands de la Renaissance. Malgré cette incursion dans le domaine artistique, ni l'un ni l'autre n'avait perdu de vue la discussion principale et son enjeu. L'idée devait être en train de faire son chemin, sans que je puisse prétendre savoir dans quel sens.

Nous n'étions pas exactement sur la même longueur d'onde en ce qui concernait le futur de notre relation, mais je crois qu'il avait compris que s'il voulait arriver à quelque chose avec moi, il fallait qu'il passe par mes volontés. Cela vous paraît sordide, mais cela mérite une toute petite réflexion.

Dans cette proposition indécente, pour reprendre le titre d'un film qui l'était plus, l'argent n'est pas en cause. Il n'y a aucun chantage, et la liberté du choix est totale. Il ne s'agit que d'un jeu, un jeu certes trouble, mais un jeu quand même, un jeu auquel personne n'est forcé de participer et Aaron, ce soir, semblait l'avoir parfaitement compris.

Le froid nous surprit, lorsque nous quittâmes le confort de la grande brasserie, les étoiles ressemblaient à des diamants piqués sur le velours sombre du ciel, et la neige étincelait sous les réverbères. Aaron me raccompagna gentiment jusque chez moi, et ne fit pas mine de vouloir prendre le dernier verre, que je ne lui proposai d'ailleurs pas. Nous nous quittâmes en nous faisant la bise, tous les deux enchantés au moins de cet excellent repas.

Au moment de nous séparer, il me dit qu'il m'appellerait demain, ou après-demain. Je vis aussi que son regard n'était plus le même, et je me demandai si ce n'était qu'une impression. Si elle devait se confirmer, je pensais que c'était mieux ainsi.

Une fois au lit, je composai le numéro de Charlotte, pour lui raconter notre soirée comme je lui avais promis de le faire. Elle répondit à la deuxième sonnerie :

– Alors, comment ça s'est passé ?

Je lui racontai notre repas avec force détails, essayant de ne rien oublier. Elle posa des tas de questions, et me dit avoir parlé à Benjamin depuis hier. Lui aussi avait été amusé et intéressé par notre petit projet, mais pour lui la motivation n'était évidemment pas pareille. Il était d'avance acquis à l'idée de sodomiser son grand ami Aaron. Il avait semble-t-il beaucoup manifesté sa reconnaissance, il était apparemment fou de joie mais promit de faire tout son possible de ne pas le montrer. Je le soupçonnai mentalement d'avoir été séduit un jour par le cul joliment poilu de son ami, probablement un jour au vestiaire de la piscine.

Pour finir, tout semblait s'emboîter parfaitement de ce côté, si j'ose dire !

CHAPITRE XX

Mercredi, 09:30 heures.

L'ambiance des fêtes qui planait sur Montréal depuis quelques semaines, avait fini par mettre le feu à nos bureaux. Les secrétaires ne tenaient plus en place, les arpètes n'avaient plus le temps de s'asseoir ni de bayer aux corneilles comme d'habitude, et les employés redoublaient d'activités, surtout à la salle de pause où les tasses à café rapidement rincées par leurs utilisateurs, avaient à peine le temps de s'égoutter et sécher entre les tournées.

Pour le repas d'entreprise, la prochaine échéance majeure de toute l'équipe, les cadres se concertaient gravement sur le choix du saumon et de sa provenance. Il y avait ceux qui penchaient pour celui du Pacifique, selon eux le meilleur rapport qualité prix, et il y avait les autres, les inconditionnels du poisson de l'Atlantique, les esthètes qui l'accompagnaient de pain de seigle légèrement grillé, et d'un *pessac-léognan,* du style *Domaine de Chevalier* ou *Smith Haut Lafitte*. Le problème était que la commande quelle qu'elle soit devait être impérativement passée d'ici la fin de la journée si l'on ne voulait pas, le jour prévu, manger en entrée des sardines en boîte avec de la mayonnaise en tube.

Boubette avait promis de confectionner trois gâteaux au chocolat pour l'occasion. Elle serait bien sûr de la soirée et, comme d'habitude, s'éclipserait avec son mari après le dessert, avant la deuxième partie des festivités, *réservée aux jeunes* comme elle le disait gentiment à son mari, qui ponctuait la remarque de sa femme d'un clin d'œil entendu.

Débordée, je n'avais pas participé ce matin à ces importants préparatifs, et je ne pris pas tout de suite garde à la sonnerie insistante de l'interphone qui crépitait maintenant avec insistance. J'appuyai sur le bouton :

– Oui ?

– Virge ! c'était la voix à l'accent chantant de Sophie, il y a quelque chose qui vient d'arriver pour toi, à la réception.

– J'arrive !

Finissant un dossier important, je me rendis à l'entrée quinze minutes plus tard. Sophie m'indiqua dans un coin un superbe bouquet de roses orange, emballé sous cellophane. En arrachant l'enveloppe agrafée sur le coin gauche du papier, je lui demandai de le faire mettre dans un vase par l'apprentie, et de me le faire apporter à mon bureau. De retour à ma place, j'ouvris l'enveloppe de format carte de visite et y trouvai un petit carton de la banque Kopfelstein & Cie, avec ces mots d'Aaron, calligraphiés à la plume à réservoir, en une jolie écriture déliée :

Merci de m'avoir ouvert les yeux sur une face du monde qui ne m'est pas trop familière. Je te rappellerai tantôt.

Rien de plus, et c'était signé Aaron, qui n'avait pas oublié de biffer son nom de famille et ses attributions professionnelles au sein de l'entreprise familiale. Quand les roses arrivèrent, j'en dénombrai deux douzaines, bien fraîches, perchées sur leurs longues tiges vertes. Le petit mot me laissa songeuse, pas trop sûre d'en saisir le sens exact. Que voulait-il dire par là: était-ce une fin de non recevoir, envoyée avec les usages voulus, ou le prélude à une réponse affirmative.

À la pause de midi, un casse-croûte avait été organisé au bureau, l'occasion pour Charles et ses hormones toujours à l'affût d'impressionner la toute nouvelle apprentie, une jolie brune de dix-neuf ans, affublée d'une stupéfiante poitrine qu'elle avait grand peine à dissimuler quand elle arrivait le matin engoncée dans son gros manteau d'hiver. Entre deux verres de bière, l'œil brillant, le préposé lui promit de lui montrer avant les vacances, un soir si possible, toutes les subtilités de la gestion de l'économat.

–La vie de l'entreprise passe par là, à chaque minute, ma poule, on a pensé à tout, il y a même du savon et des linges pour les urgences! avait-il expliqué avec beaucoup de finesse à la belle enfant qui, arrivée depuis tout juste une semaine, ne voulait pas commettre d'impair avec le chef de l'économat que la mèche fascinait. Elle par contre, y reconnaissait plutôt Michael Jackson.

Charlotte m'appela, dans l'après-midi, et me demanda si j'avais eu des nouvelles d'Aaron. Je lui répondis qu'il s'était manifesté avec une gerbe de fleurs qui avait dû lui coûter une fortune à cette saison, mais que je n'avais rien entendu d'autre.

–C'est bon signe, dit-elle l'air enjoué! Benjamin

me téléphone toutes les demi-heures, il est excité comme une puce, la vraie pédale en rut, mais il n'ose pas appeler son ami. Je n'avais jamais trouvé à ce point chez lui ce côté grande folle, vraiment très drôle !

L'évolution de la situation avait l'air de beaucoup amuser Charlotte. Elle était toute remontée, et son optimisme était communicatif. Rien ne la déroutait. Dans notre vie quotidienne où les mêmes problèmes se répétaient chaque jour avec la régularité d'un métronome, elle avait le chic de trouver la faille positive dans la plupart d'entre eux.

Ce fut ensuite au tour de Benjamin de me lancer un coup de fil. Décidément, chacun se donnait le mot, songeai-je. Il était régulièrement informé de la situation. Pour peu on se serait cru traverser une grande crise internationale, de celles où des chefs d'États apparemment très concernés sont tenus au courant minute par minute de l'évolution de la situation, comme si cela allait changer quelque chose. Et les médias de préciser alors cette information capitale : *le chef de l'État se fait tenir au courant minute par minute de la situation.* Ah ! alors là ça va tout à coup beaucoup mieux, puisque le président lui-même est averti de l'évolution, et en plus à chaque minute ! On est rassuré, le drame s'amplifie, mais le chef de l'État est averti… Des fois qu'on ne lui aurait rien dit pour ne pas l'ennuyer dans sa partie de golf.

J'hésitai à contacter Aaron en premier, en prenant pour prétexte de le remercier pour ses fleurs. Je n'en fis rien, concluant que ce n'était pas une bonne idée. Tout le monde avait reçu son formulaire d'inscription personnalisé : Benjamin était prêt, il avait déjà retourné le sien dimanche après-midi, il attendait les résultats, outils en main. Charlotte avait fort adroitement mis les points sur les « i », excellente dans son rôle de contremaître indispensable à l'avance des travaux ; elle aussi, elle était dans l'expectative des résultats du scrutin. Et moi l'instigatrice du projet, j'avais signé la résolution, et je guettais le verdict qui pouvait ou non être favorable à toute l'équipe. Quant à Aaron, c'était maintenant à lui de décider de l'ouverture des travaux.

Il me téléphona après l'heure du thé. Sans en faire une maladie, je m'attendais au pire, mais je fus étonnée par sa réaction. Il avait un ton enjoué, et me dit qu'il avait réfléchi et aurait bien aimé me rencontrer ce soir, un petit moment, peut-être même à l'heure de l'apéritif, si cela me convenait. Cela me convenait, et l'on décida de se retrouver vers dix-huit heures au Koivu's, l'un des pubs à la mode du Centre Ville.

Le temps était toujours au beau et sec, et c'était revigorant de se balader bien emmitouflée sur les quais du grand fleuve qui allait commencer à geler, le long des rues blanches et venteuses. Cette impression particulière unique quand les premiers vrais jours d'hiver s'installent de respirer un air nouveau, vivifiant, et surtout différent de celui dans lequel on était confiné toute la journée au bureau. Le temps de passer la porte du rez-de-chaussée de l'immeuble, c'était comme si un grand coup de balai venu du ciel d'un bleu profond venait pousser les pensées négatives et les vicissitudes futiles de la journée.

Aaron était déjà là lorsque j'arrivai au pub. On s'embrassa comme de vieilles connaissances. Il avait mis la cravate que je lui avais offerte ; je n'en fus pas autrement étonnée, mais je reconnais que cela me fit plaisir. Je crois que je commençais même à le trouver beau. Je le remerciai pour ses fleurs somptueuses, il sourit gentiment en retour. Nous prîmes place au bar, et commandâmes les consommations. Il m'apparut différent, avec quelque chose de nouveau sur le visage que je n'arrivai pas à cerner immédiatement, mais toujours plein d'attentions pour moi ce qui rassurait confortablement le pouvoir de ma féminité. En le regardant bien, en y réfléchissant, je découvrais de la résolution dans ses yeux, une résolution que je ne situais pas encore vraiment dans le contexte, de l'indéfinissable qui pouvait vouloir dire beaucoup de choses, il n'y avait qu'à attendre.

– J'ai pas mal gambergé comme tu peux l'imaginer, Virge, passé l'étonnement de tes idées, disons progressistes et libérales, pour se cantonner dans la métaphore délicate. Tout ça est nouveau pour moi, je te l'ai dit, surprenant, pour le moins, même. D'un autre côté, j'ai encore peine à changer pour l'instant mes impressions présentes, alors…

– Qu'entends-tu par *impressions présentes* ?

– Virge, un petit effort, veux-tu ? Tu as parfaitement compris, épargne-moi les questions inutiles et embarrassantes !

Il y avait une légère pointe d'agacement dans sa réponse, je le compris au voile de tristesse qui passa furtivement dans ses yeux et me gardai de poursuivre.

– En ce qui concerne Benjamin, reprit-il, je ne le connais pas depuis très longtemps, et ce serait plutôt un avantage dans le contexte. Si c'était un ami de longue date, le problème se poserait probablement d'une manière plus subtile, d'autres implications liées à notre relation et au passé risqueraient de rendre l'idée caduque. L'autre côté, tu le connais, et je viens de t'en parler à demi-mot…

Il avait un esprit délicat, Aaron, et son langage était empreint de cette bonne éducation qui rend les fréquentations acceptables.

– Alors ?

– La nouveauté dans *ce* domaine n'est pas quelque chose qui me tente.

C'était à son tour de tourner autour du pot, d'éviter le sujet, de contourner le problème. J'aurais été malvenue de lui en tenir rigueur, et surtout de le lui montrer.

– Qu'est-ce qui te gêne ? risquai-je.

– Très franchement, un peu tout, toi, mais surtout toi…

Que pouvais-je répondre à ce nouvel aveu gênant ?

– Je comprends, mais d'un autre côté…

– …*D'un autre côté* quoi ?

Je le dévisageai quelques instants, sans rien dire, et repris :

– Non rien, je crois.

Et, après un temps d'arrêt, la réflexion, sa réflexion, qui ressemblait à une réponse :

– … Une fois seulement, hein, Virge ?

– Je n'ai pas pour habitude de revenir sur ce que j'ai dit ou proposé… Et ce n'est pas aujourd'hui que je commencerais !

– Qui va contacter Benjamin ?

Le marché était donc virtuellement conclu, nous en étions d'un coup dans les problèmes d'intendance. Je soupirai d'aise, discrètement. Encore un peu de tact et de pudeur, et l'affaire serait dans le sac, si j'ose employer cette expression qui n'en a guère.

– Je vais le faire, si tu n'y vois pas d'inconvénients, ce sera peut-être plus facile pour toi.

– D'accord.

De retour chez moi, j'appelai Charlotte qui proposa avant que je ne lui demande de prendre contact avec Benjamin. Elle me rappellerait plus tard. Je restais chez moi ce soir, avec l'envie de pas grand-chose. Une légère déprime qui ne me ressemblait pas, et que je ne voulus pas approfondir. Je grignotai sans appétit, regardai les actualités à la télévision sans les voir, en pensant à je ne sais quoi, et tentai de faire redémarrer l'avion sur la Cordillère des Andes. Les commandes ne répondaient pas. Un sursis avant la tempête néantisante, songeai-je, désabusée. Et puis, de toute façon, on connaît tous la suite, et surtout la fin… Défaitiste, j'étais défaitiste, ce soir.

Je m'étais assoupie lorsque le téléphone crépita, me faisant sursauter. Charlotte me dit qu'elle avait parlé à Benjamin, qu'il était aux anges, et qu'elle avait tout arrangé, même un repas les quatre ensemble, pour vendredi soir.

– Ce sera une sorte de repas d'intronisation, avant l'intromission, Virge ! commenta-t-elle avec son sens du calembour qu'elle assortit d'une pointe de triomphe léger et amusé dans la voix. Si elle n'était pas directement à l'origine du projet, on pouvait dire sans beaucoup se tromper qu'elle en avait presque fait son enfant, en en anticipant ses moindres détails, ne laissant rien au hasard pour que ce petit commerce peu conventionnel soit une réussite. Quelque part, c'était rassurant, surtout au moment où moi, rassurée, je l'étais de moins en moins.

Mais quand le vin est tiré…

CHAPITRE XXI

Vendredi soir, 20:30 heures, La soirée S.

Au restaurant, la bonne humeur était de mise. Nous étions quatre, dont trois avaient déjà essayé ce qui nous réunissait. Aaron ne disait pas grand-chose alors que Benjamin n'arrêtait pas de parler, comme si le temps allait passer plus vite en meublant le repas d'un débit ininterrompu, en parlant de tout et de rien, de choses anodines et sans grande importance pour ne pas dire sans aucun intérêt. Nous faisions cependant tous comme si.

Pendant ce babillage sans objet, il me revint à l'esprit la réflexion de Charlotte sur le côté grande folle de Benjamin et je souris intérieurement, me faisant une image plus précise ce soir de ce qu'elle avait voulu dire. Un aspect caché de sa personnalité qui transpirait néanmoins, infime et discret, presque imperceptible mais qui ne trompait pas sous le verni. Charlotte était détendue, à l'aise sans exagération, séduisante comme toujours, riant volontiers à la gestuelle un brin affectée de notre journaliste et à ses réflexions parfois surprenantes. Il y avait certes de quoi rire.

Dans un flot verbeux, il faut trier mais ce soir, chacun aurait convenu que c'était ce dont nous avions tous besoin, une grande salade de mots, pêle-mêle, assaisonnée ou pas, une manœuvre de diversion évoquant n'importe quoi, se penchant sur tout, sauf sur ce que chacun avait à l'esprit. Aaron buvait nettement plus que d'habitude tandis que Benjamin ne touchait presque pas à son verre, désireux peut-être de nous laisser deviner sans détour la répartition des rôles que nous avions déjà appréhendée, lorsque viendrait l'heure de l'oblation initiatique.

Il ne fut plus question du marquis de Sade, dans nos discussions, plus besoin de lui pour nous justifier, on n'évoqua pas davantage les grandes cités bibliques maudites, et on ne parla pas de la couleur de la terre autour du lac Natron[1]. On mangea une côte de bœuf goûteuse accompagnée d'un *montagne-saint-émilion* au fruit délicat, un vin *féminin* qui sembla séduire Aaron. Une mousse au chocolat amer et un petit pot de crème à la mandarine ponctuèrent ce repas très agréable.

Aaron maintenant intarissable insista pour un armagnac. Charlotte et moi échangeâmes un clin d'œil, imaginant probablement sans nous tromper que le pauvre devait en avoir besoin en prévision de la suite. Je fus traversée d'un remords, fugitif. – *Cela nous réchaufferait le cœur et le corps par les temps qui courent*, dit-il, l'air vaillant. Il se détendait petit à petit, et fut le seul à en recommander un deuxième. Benjamin déclina, ce qui ne nous étonna pas. Mais c'est Aaron qui déconcerta la tablée au moment de prendre la décision de l'après-dîner, ne s'adressant à personne en particulier :

1. Lac situé à l'ouest du Mt. Kilimandjaro, au Kenya, réputé pour son sol à très haute concentration en soufre qui donne une couleur caractéristique à son sol.

–Bon, ce n'est pas le tout mais qu'est-ce qu'on fait ? On va chez Benjamin ou chez Virginie ?

On en resta bouche bée, on se regarda de coin, chacun pensant tout bas, *nous y voilà !* Aaron, maintenant, avait un petit verre dans le nez. Charlotte, ne perdant pas le sens du texte, prit encore une fois au bon moment la situation en main :

–On va chez moi, si personne n'y voit d'inconvénients ?

–Je n'y avais pas pensé, répondit-il, mais c'est une bonne idée, sûr ! répondit-il en me regardant droit dans les yeux.

Nous nous ralliâmes à la proposition, et quittâmes le restaurant après que j'eus réglé l'addition. Aaron aurait voulu payer, mais je lui dis en évitant les sous-entendus que je lui devais bien ça et, cette fois, j'insistai. Il me rendit un sourire, un petit, indécis, et n'insista pas.

L'appartement de Charlotte était confortable. Une fois installés, elle prépara du thé, qu'elle nous servit dans de la porcelaine japonaise ultra fine et presque transparente, figurant des motifs rouges de feuilles en automne au bord d'un lac. Côté musique, elle choisit du vieux jazz, un mélange de morceaux de Louis Armstrong et Fats Domino.

Quelque chose devait se passer, maintenant, et je pensais sur le moment à Victoria qui aurait parfaitement été à son aise, ici, dans le rôle de Monsieur Loyal, réglant la situation scabreuse en deux temps trois mouvements. Le plus difficile restant à faire, nous avions besoin d'assurance et de fermeté, pas d'à-peu-près, deux des acteurs de cet étrange commerce devant se mettre au moins cul nu, et dont l'un, chevalier de l'anneau à ses heures, allait faire goûter à l'autre les pratiques de l'inversion des rôles devant deux femmes aux penchants immoraux, instigatrices perverses de cet adoubement sibyllin.

Il s'agissait de faire aller cette équipée soudain trop silencieuse. J'avais le sentiment, erroné peut-être, que lorsque les mâles se présenteraient devant nous dans le plus simple appareil, l'atmosphère se déchargerait un peu, si j'ose dire. Mais Victoria, prêtresse de l'ineffable n'était pas là pour nous donner ce coup de main salutaire. Cette harpie était de toute façon plutôt branchée pêches, déculottées, taloches et peignées. Pas racontable au cours de notre délicat synode, et certainement pas à l'ordre de ce jour. Charlotte me surprit encore lorsqu'elle reprit la parole et la direction des opérations avec une détermination qui fit plaisir à entendre :

–Bien messieurs, je crois que c'est à vous de jouer. L'heure avance, ne tergiversons plus, nous vous attendons pour la suite…

Le sourire de Benjamin s'élargit et il se colora, celui d'Aaron s'effaça et il pâlit, dernière réticence instinctive avant le sacrifice. L'intervention à point nommé de notre camarade généra un bref temps mort que je mis à profit pour aller chercher mon sac, dont je n'avais nul besoin. Benjamin profita de la digression pour se lever, et demanda à Charlotte où se trouvait la salle de bains, s'exclamant avec un bel aplomb sinon une assurance confirmée, presque emphatique :

–Quand il faut y aller, il faut y aller !

Il disparut dans le couloir et s'enferma dans les sentines, tandis qu'Aaron se trouva soudain un intérêt tout particulier à l'examen des photos de montagnes encadrées qui ornaient les murs. Nous feignîmes de les examiner avec lui avec attention et en silence, accompagnés du piano et de la voix monocorde de Fats Domino… *I found my thrill, on Blueberry Hill…*

Quelques bruits d'eau plus tard, Benjamin réapparaissait, encore un peu mouillé, les reins juste ceints d'une des serviettes-éponge que Charlotte avait disposées à leur attention, à côté du lave-mains. Pas mal bâti, il avait une petite touffe de poils clairs et bouclés qui ornaient le milieu de sa poitrine. Il se forçait à sourire, un peu gauchement et laissait entrevoir sur le devant de son linge, la bosse d'un début d'érection encore assez timide.

Armstrong parlait maintenant d'un monde merveilleux, quand Aaron se leva à son tour et commença à se déshabiller devant nous apparemment sans complexe, sans doute par défi. Nous le regardâmes quitter sans hâte particulière ses vêtements, un à un, avec détermination. Il ne s'arrêta pas au slip et le retira comme le reste, au moment où Louis, très convaincant, affirmait une dernière fois de sa voix inimitable que le monde était merveilleux.

Aaron était musclé, comme je l'avais remarqué à la piscine, poilu mais pas trop. Comme il fallait s'y attendre il ne bandait pas, et son sexe ressemblait à une virgule triste posée sur deux gros points de suspension, en partie masqués par une pilosité abondante. La peau toute plissée du gland élégamment circoncis, indiquait sans équivoque qu'il n'était pas en train de prendre son pied. Il me regarda avec un drôle d'air, et je ne sus pas s'il fallait que je lui sourie pour l'encourager, ou que je me retienne de le faire pour ne pas l'embarrasser. Optant pour un compromis, je détournai le regard, mon attention soudain attirée par un bruit imaginaire.

Benjamin avait maintenant l'œil fixé sur le derrière de son camarade. Lorsqu'il laissa choir la serviette, la verge libérée monta de deux crans, par paliers successifs au rythme de ses battements de cœur, évoquant une voiture soulevée par un cric manuel. L'organe était consistant mais pas trop, plutôt long qu'épais, incliné à présent à angle droit par rapport au reste de son corps, et je pensai qu'avec cet engin pointu plutôt qu'ossu, la rondelle d'Aaron devrait s'en sortir sans trop de dégâts. Et je me fis la réflexion que son cul de mâle, fort joliment tourné, était bien engageant. Dur et légèrement rebondi, il avait une concentration de poils qui convergeait en une jolie rivière, calme et régulière, en un duvet assez distingué dans la raie culière encore hermétique. La dague de Benjamin grimpa encore de quelques degrés, tout naturellement, l'angle se fit plus aigu. Derrière Aaron, sans un mot mais le regard brillant, il posa avec délicatesse son membre entre les fesses d'Aaron qui tressaillit à la nouvelle sensation. Puis, d'une légère poussée, sans brusquerie mais avec autorité, il fit avancer son camarade vers le canapé, en face de celui sur lequel nous avions pris place, Charlotte et moi, les yeux rivés à la scène.

Benjamin se retourna vers nous, et arborait maintenant un chibre fier et parfaitement dressé, à première vue assez dur pour l'exercice d'une pénétration anale qui, comme chacun sait, ne tolère pas la bandaison molle. Ses deux animelles s'étaient solidairement ramassées dans le sac pour ne pas faire mentir le vieil adage qui dit que *l'union fait la force*, alors que la cerise terminale, très pourpre, se préparait à l'assaut :

– Charlotte, tu n'aurais pas une crème quelconque, quelque chose de lubrifiant, que je puisse m'enduire le bout ? demanda Benjamin sur un ton détaché.

– Mais, tu vas faire ça sans préliminaire ?

– Virge, s'il te plaît, coupa Aaron, tu ne trouves pas que ça va comme ça ? Tu veux que je me fasse enc. sodomiser, soit. Mais laisse-le faire son affaire à sa guise, il n'en est pas à son coup d'essai à ce que je sache, et qu'on en finisse une fois pour toutes !

– Je vais voir ce que je trouve, reprit Charlotte sans relever la remarque, et elle se dirigea vers la salle de bain.

– Mais je crois que j'ai malheureusement fini toutes mes crèmes hydratantes, de jour comme de nuit, et j'ai oublié d'en racheter aujourd'hui.

Tandis qu'on l'entendait farfouiller dans son armoire remplie de flacons et de tubes qui devaient, d'après le bruit être vides pour la plupart, Benjamin pendant ce temps entretenait sa turgescence en se polluant d'une main absente mais ferme, flattant au passage les courbes fessières d'Aaron. Celui-ci en avait pris son parti et, résigné, se laissait faire sans ciller. Agenouillé de trois quarts, il avait pris la position cambrée classique de l'enculade comme la lui avait indiquée Benjamin, les coudes appuyés sur le dossier, le chantier offert avec complaisance à son aléseur.

Charlotte revint les mains vides, en s'excusant, dans un geste d'impuissance :

– Je suis navrée, je n'ai plus rien en fait de crèmes. J'ai bien du beurre, mais il est au frigo, et avec cette température, il mettra un temps fou à être acceptable pour l'usage.

Comme si elle conseillait à une cliente l'achat d'un produit de beauté plutôt qu'un autre ! Elle avait prononcé cette dernière phrase avec le plus grand sérieux quant à moi, j'eus peine à retenir le mien. Et de rajouter :

– Tout ce que j'ai à te proposer, Benjamin, c'est du miel, du miel de sapin. Il est tout frais, pas encore cristallisé.

Au lieu de *frais*, je la connaissais maintenant juste assez pour savoir qu'elle avait voulu dire *coulant.* Elle s'était cependant retenue in extremis, évitant de s'embourber dans des termes dont l'utilisation ambiguë aurait pu alourdir inutilement une situation déjà assez délicate.

– Va pour le miel ! dit Benjamin, la main toujours en mouvement sur l'échalas.

Charlotte rapporta le pot à Benjamin avec une cuillère, et se proposa gentiment de l'aider. Il accepta sans problème – pouvait-il y en avoir un, à ce stade ?– et se fit oindre la canule, en silence et sans bouger. Sur sa lancée, celle-ci s'adressa à Aaron :

– Tu permets, Aaron, pendant que j'y suis, dit-elle en écartant avec autorité l'une des fesses de ce dernier pour lui enduire gentiment le trou à son tour, du reste de miel qu'elle avait sur le médius, – ça sera plus agréable pour toi aussi !

Au point où il en était, Aaron continua à se laisser faire, sans rien dire. Un semblant d'érection apparut à la manipulation douce de Charlotte, indiquant qu'il avait peut-être des goûts directs. La besogne achevée Charlotte, au lieu de se sucer les doigts, alla se les rincer et vint se rasseoir à côté de moi. Et à voix basse pour que les autres ne puissent entendre :

– Je me serais bien léché les doigts, mais je craignais que mon geste ne soit mal interprété !

Puis, sur le même ton :

– J'espère que j'ai bien fermé la porte d'entrée, parce que malgré la saison, il y a toujours un danger potentiel…

Je l'interrogeai du regard, me préparant à entendre le pire :

– Un ours insomniaque… Le miel ! Bien sûr, et alors là, rien ne l'arrêtera ! Imagine seulement qu'il ait alors l'idée de promener son museau à la hauteur des fesses d'Aaron !

J'eus peine à me retenir. Et elle conclut :

– À propos, tu en voudrais une petite tartine, pendant le spectacle ? Il est franchement délicieux, je l'ai juste goûté à la cuisine.

Incorrigible ! N'ayant pas entendu la fine plaisanterie qui aurait peut-être tout gâché, les deux compères avaient commencé leur commerce intime, le gland du fouteur s'abouchant enfin au dé d'Aaron :

– Si vous nous aidiez, vous deux, dit-il doucement, ça serait peut-être plus facile. Charlotte ! demanda-t-il, écarte-lui les fesses, ça ira mieux, je ne lui badigeonnerais pas toute la vallée de sucre.

Incroyable ! Et il avait dit ça avec le plus grand

sérieux, ce qui me fit penser qu'il devait parfois utiliser cette gelée royale pour faciliter ses performances.

– Et là ce serait les mouches, lui murmurai-je.

– Oui mais seulement en été, ajouta-t-elle, sentencieuse, avant de se lever et de prêter une main secourable à Benjamin pour séparer les meules d'Aaron.

Je me rapprochai pour ne rien manquer de ce congrès d'un genre nouveau pour moi et, pour ne pas rester seule sur le quai, je plongeai sans arrière-pensée mes doigts dans le sadinet détrempé, me disant qu'il n'y avait pas de raison que je ne profite pas moi aussi de la représentation. Je croisai le regard de Charlotte, qui me lança un petit coup d'œil complice ; de sa main libre ma blonde amie avait retroussé sa robe mi-longue et baissé son slip sur les genoux. Et elle s'activait fébrilement dans son crapaud lisse et rose. Chacun à sa manière, nous nous élancions joyeusement sur les sentiers tortueux du plaisir.

Uniformément lubrifiée par le liquide doux et épais, la cornemuse brillante de Benjamin s'était déjà à moitié engagée dans le trèfle d'Aaron, encore un peu crispé pour l'opération, mais bien reluisant lui aussi. Charlotte encourageait gentiment notre ganymède à se détendre, tandis que Benjamin continuait à pousser tranquillement son fruit congestionné dans l'antre bordé de poils ; d'où je regardais, je réalisai qu'il en avait presque autant que moi dans la raie, ce qui n'était pas peu dire.

Centimètre après centimètre, la chair palpitante disparaissait dans les boyaux d'Aaron qui serrait les dents, sans souffler mot, une légère sueur aux tempes. Mis en confiance par l'attitude accommodante de son camarade et les encouragements vocaux de Louis Armstrong, Benjamin s'était maintenant emparé des hanches de son camarade avec autorité et, enfoncé jusqu'à la garde, avait entamé un va-et-vient efficace et régulier indiquant une longue pratique.

L'étroitesse du conduit anal du sodomisé, la nouveauté de ce bricolage intime pratiqué devant témoin, l'ambiance particulière, les circonstances bref, l'ensemble de ces éléments réunis durent dans une assez large mesure contribuer à l'émoi du sodomite, et à l'excitation des spectatrices attentives que nous étions. Ainsi Benjamin, après quelques courses autoritaires dans le rectum de son compagnon d'un soir, accéléra la cadence et lança le sprint plus tôt que l'on aurait espéré, à coups redoublés, nous forçant Charlotte et moi, à nous précipiter vers notre conclusion.

Le souffle court et les mains moites, les yeux révulsés, Benjamin poussa enfin un râle énergique qui n'était pas sans rappeler le brame du cerf sur la lande écossaise, en automne. Et il déchargea dans les entrailles d'Aaron qui avait ouvert des yeux grands comme des soucoupes, muet de stupeur en sentant le plaisir de son ami envahir par saccades son ampoule rectale. À peine plus discrètes, nous nous joignîmes à ce duo gaillard et entraînant.

Quand les lumignons s'éteignent, quand les dernières rumeurs s'éloignent, indésirables, la fête est passée. Un moment parfois difficile à gérer, inexplicablement mélancolique. Gêne et déprime peuvent aussi en faire partie, au moment de tout ranger. Ces quelques minutes avaient cependant leur importance, dans notre cas, pour la suite d'une relation dont

Aaron était devenu à son corps défendant le personnage central, sinon le plus vocal.

La position de Benjamin, ses tendances et ses aspirations avaient été clairement définies, de même que celle de Charlotte qui n'avait pas caché son ouverture d'esprit. La mienne, comparable à la sienne jusqu'à un certain point, était justement compliquée de cette composante Aaron. Mais j'avais été très claire avec lui, ne cachant rien de mes aspirations personnelles. Il ne pourrait rien me reprocher.

Benjamin laissa gentiment à Aaron le privilège d'utiliser la salle de bains le premier. Celui-ci s'y rendit sans rien dire, en emportant ses habits. Benj prit sa place quand il en sortit.

Sans attendre, sans rien ajouter, Aaron prit alors congé, nous faisant la bise à chacun. Il fut difficile pour Charlotte comme pour moi, de deviner ce qui se passait dans sa tête. Nous ne lui posâmes aucune question. Je lui promis simplement de l'appeler le lendemain, dans la journée. Il acquiesça, me sourit, sourit à Charlotte et s'esquiva, sans autre explication.

Benjamin était détendu, lorsqu'il ressortit tout pimpant des commodités. Il s'étonna du départ prématuré d'Aaron, et sembla en prendre un léger ombrage. Charlotte proposa une tasse de thé chaud. On babilla encore les trois ensemble, un peu soulagés comme après un examen. Mais il se faisait tard, dehors il faisait froid. Benjamin et moi nous retirâmes, et rentrâmes chacun chez nous.

Épilogue

Une matinée de dimanche habituelle, avec ses préoccupations dévotes, son cortège d'acteurs de circonstances, et son auditoire idolâtre servis par de beaux chants qui retiennent l'attention pendant les offices, interpellent et font parfois réfléchir, surtout à cette époque de l'année.

Dehors, le froid, le beau temps et la neige avaient tenu, une atmosphère de randonnées dans les bois, de feux de cheminée et de confort cossu, de quoi se donner une bonne mine et une solide faim pour les belles équipées gastronomiques de saison.

Hier, samedi, j'ai essayé à plusieurs reprises d'atteindre Aaron, mais c'est son répondeur qui à chaque fois me priait de laisser un message. En fin de journée, il n'avait toujours pas retourné mon appel. J'en pris mon parti, me disant qu'il avait peut-être dû se rendre à son bureau, ce qui était plausible en cette fin d'année. Je fus quand même un peu étonnée qu'il ne me contacte pas dans la soirée. Je tentai à nouveau ma chance vers neuf heures trente, puis laissai tomber, pas vraiment inquiète, mais légèrement contrariée.

Je n'avais rien de prévu, pour aujourd'hui, et je pensai qu'il faudrait bien organiser quelque chose plus tard. Nous étions le dix-huit décembre, les festivités étaient de saison et même si je goûtais parfois la solitude, ce n'était pas quelques jours avant d'allumer le sapin que j'allais rentrer en retraite.

J'appelai Charlotte qui ne répondit pas, je tentai Honoré dont le numéro était constamment occupé, et n'insistai pas davantage. Je reçus un coup de fil, un seul, de Victoria, qui tombait plutôt mal. J'inventai des complications à une bronchite imaginaire de ma grand-mère, sans prendre de gants particuliers. Je lui dis que je n'aurais probablement plus beaucoup de temps pour elle avant la nouvelle année. Au ton de ma voix elle dut comprendre que ce n'était pas le moment, et elle n'insista pas, adoptant un ton plus modeste que je ne lui connaissais pas. Et si c'était elle, aujourd'hui qui avait besoin d'une trifouillée ? L'idée m'effleura et me fit sourire au moment de raccrocher.

Je feuilletai distraitement le journal de vendredi que j'avais par hasard ramené du bureau, et tombai sur la liste des films de la semaine dans les différents théâtres de la ville. Rien que je n'avais déjà vu. Il était 13 heures, juste assez tôt pour le *Centre Molson*[1], où les Canadiens recevaient en matinée l'équipe de Boston. Les *Habs*[2], en forme cette saison, avaient à leur actif une succession de victoires contre cette autre équipe de légende, Boston. Pourquoi donc ne pas aller les encourager ? Je passai un bon moment de détente, notre équipe battant pour leur 7e joute consécutive de l'année les *Bruins* du Massachusetts.

De retour à la maison, je constatai que Benjamin

1.Centre Molson : stade de glace, home de l'équipe des Canadiens de Montréal

2. Habs : les *z'habitants*, surnom donné aux joueurs de cette équipe.

avait essayé de me joindre, et qu'il me demandait de le contacter, si d'aventure je rentrais dans des heures décentes, ce que je traduisis par *avant l'heure de l'apéritif.*

D'humeur enjouée au téléphone, il me demanda si j'avais quelque chose d'organisé pour ce soir. Il sembla enchanté de ma réponse négative, et me proposa de le retrouver au Café de la Gare pour un coq au vin, la spécialité de la place, tout en s'excusant d'avoir appelé à la dernière minute. Je trouvai au contraire l'idée excellente. Comme nous étions dimanche, il suggéra que nous ne nous rencontrions pas trop tard, vers dix-neuf heures si je n'y voyais pas d'inconvénients. Je lui assurai que je serais là à l'heure dite, me demandant pourquoi il m'invitait toute seule.

J'arrivai au Café de la Gare avec même pas cinq minutes de retard, ce qui me fit penser qu'il me tardait de mettre fin à ces deux jours un peu solitaires. Une bouffée de délicieuses senteurs m'enveloppa lorsque je poussai la porte de l'établissement, et me réchauffa d'un coup agréablement. Ce n'était pas une surprise, la réputation de ce restaurant ne s'étant jamais démentie dans son existence presque centenaire.

La surprise venait plutôt de la table de Benjamin, où avaient déjà pris place Aaron et Charlotte autour du pâté maison, du pain de campagne, de la grosse motte de beurre, et d'une bouteille de *corton-charlemagne*[1] déjà passablement hypothéquée. Je m'attendais à tout sauf à ça, mais fus vite sous le charme de ces agapes bienvenues après une journée spartiate.

Ce fut encore une soirée agréable emportée par notre franche convivialité. Nous étions aussi tous plus

1. Corton Charlemagne, célèbre vin blanc de Bourgogne de la Côte de

détendus que vendredi soir, une évidence explicable en repensant à nos derniers jours plutôt riches d'expériences nouvelles, insolites même. Je sentis tout de suite que Charlotte cherchait à me dire, ou plutôt à me faire comprendre quelque chose, mais je n'arrivais pas à saisir de quoi il s'agissait à travers des gestes qu'elle voulait les plus discrets possibles. J'essayai aussi à maintes reprises d'intercepter le regard d'Aaron, mais eus petit à petit le sentiment, puis presque la certitude qu'il se détournait. Étrange.

Puis je fus comme les autres absorbée par le luxe simple qui arrivait sur la table, les sens ravis par la simplicité des produits apprêtés avec bonheur. Le coq était somptueux, et s'il n'avait pas été préparé au *chambertin* comme cela se faisait jadis en Bourgogne, il n'en était pas moins remarquable, servi avec des nouilles et une salade mélangée, verte et de trévise.

Charlotte nous fit rire aux larmes en racontant avec humour ses aventures culinaires indiennes, les odeurs de transpiration et les minuscules goupillons des Asiatiques. Journaliste *free lance*, Benjamin nous relata son dernier voyage en Afrique Orientale pour la National Geographic Society. Je racontai les *highlights* du match, dont chacun connaissait déjà bien sûr le résultat. Quant à Aaron, fidèle à ses nouvelles habitudes, il était presque aussi taiseux que ces deux derniers jours.

Si les tables du Café de la Gare étaient recouvertes de nappes en papier les serviettes, elles, étaient de grandes pièces de coton blanches, bien amidonnées. Dépliées, elles donnaient cette petite touche de confort que les clients savaient apprécier à leur juste valeur. L'une des caractéristiques de ce type de serviettes en toile repassée avec de l'amidon, c'est qu'elles ont tendance à glisser, et à se retrouver souvent aux pieds du client qui, croyant alors utiliser son essuie-mains, frotte souvent ses doigts pleins de sauce sur ses pantalons ou sur sa jupe. J'avais senti la mienne tomber sur mes pieds et me baissai pour la ramasser avant de maculer mes jeans. Charlotte et moi étions installées côte à côte sous la grande glace murale, alors que Benjamin et Aaron nous faisaient face, assis sur des chaises, vis-à-vis de nous. C'est donc en jetant un œil sous la table pour reprendre ma pièce de tissu que la lumière se fit brusquement dans mon esprit, en un éclair : Benjamin, genou contre genou avec Aaron, caressait d'une main discrète la cuisse gauche de ce dernier qui ne semblait y voir aucune objection !

Lorsque je me relevai, Charlotte me lança une œillade interrogatrice, ponctuée d'un sourire de coin, le sourcil en accent circonflexe, cherchant à s'assurer que, cette fois, j'avais enfin compris ce qu'elle essayait de me dire depuis le début du repas !

Sans être choquée, je reconnais que c'était la deuxième surprise de la soirée, de taille celle-là, et qui me faisait mieux comprendre la première ! Tout s'éclairait d'un coup, maintenant, le silence téléphonique d'Aaron peut-être tout à son nouveau passe-temps avec Benjamin, les appels auxquels il avait préféré ne pas donner suite, ses regards fuyants, puis l'invitation inattendue, et la verve de Benjamin, plus brillante et déliée que d'habitude.

À partir de là, je vis mes camarades de table sous un autre angle. La donne avait changé et le jeu, celui que je pensais passager, se transformait en une autre réalité. La gêne d'Aaron, ou ce que j'avais vu comme telle, n'avait pas été une sodomie forcée ou presque, en présence d'une joueuse et d'une voyeuse, mais plutôt la découverte pour lui-même de penchants qu'il ne soupçonnait pas avoir. Était-il déjà en train de se justifier, en silence devant cette mère abusive dont j'avais parlé en plaisantant ? C'était peut-être ça, finalement, son problème, admettre à lui-même qu'il avait d'autres idées, et pouvoir regarder sa mère en face sans rien lui dire, faisant taire d'un geste autoritaire les questions qu'elle ne manquerait pas de lui poser si elle avait eu une raison quelconque d'avoir le plus petit des soupçons. Mais justement, ce geste d'apaisement autoritaire, on ne l'improvise pas après trente-cinq ans de tutelle familiale, après trente-cinq ans sous les ailes familiales dominatrices à qui on ne cache finalement rien.

Pour Benjamin, c'était différent. Esprit libre et discret par obligation professionnelle, comme il nous l'avait dit dimanche, il se moque de ce que les autres peuvent penser, mais n'en fait pas ouvertement état. Son travail indépendant, lui a donné une liberté d'esprit plus grande. Il vit dans les grands espaces, il s'organise tout seul, parfois à des milliers de kilomètres de chez lui, pendant plusieurs mois. Tantôt Don Juan et bourreau des cœurs, tantôt seigneur de la jaquette, il traverse la vie sans se torturer l'esprit, sans se culpabiliser non plus, passant d'un chapitre à l'autre au gré de ses humeurs. Et depuis la semaine dernière, ses aspirations avaient pris Aaron pour cible. Benjamin était de la fanfare, il marchait à voile et à vapeur, comme il ne s'en était pas caché.

Quant à Charlotte, si elle affichait sans complexe ses tendresses pour le mâle, elle ne dédaignait pas lorsque l'occasion se présentait de tenter une incursion passagère dans les plaisirs de Sapho. Comme pour moi pour qui ce n'était pas une nouvelle inclination définitive, mais bien une sexualité de passage, une manœuvre de diversion histoire de ne pas toujours faire comme les autres, tous les jours de l'année.

Au cours du repas, je jetai un œil plus perspicace sur les gens qui nous entouraient, et me demandai sans raison particulière ce qui pouvait bien se passer dans leurs têtes. J'imaginai un échantillonnage assez vaste de tendances de toutes sortes, de préoccupations indignes, de penchants versés dans la débauche ou la bigoterie. À deux tables de nous, par exemple, il y avait ce couple étrangement assorti, elle, tout entourée d'or et de brillants, pas franchement vieille, non, mais plus celle sur qui les mâles se retournent dans la rue. Elle était de celles qui voient chaque jour devant leur glace les dégâts du temps qui passe, laissant dans un éclat de rire muet sa marque impitoyable au fond d'une nouvelle ride qui se creuse davantage au coin des lèvres. C'est cet air dur et fermé de nombreux visages rencontrés le matin dans le bus, protégés en vain derrière le masque d'un maquillage de carnaval. Et lui, son voisin de table, une espèce de vieux beau qui s'accroche à la paroi lisse du temps qui court aussi pour lui, et qui voit dans les yeux brillants de sa partenaire, le désir qu'il n'a pas, le désir qu'il n'a plus, et qu'il dissimule ce soir derrière les apéritifs et le vin, pour être sûr, de retour à la maison, de s'endormir le premier.

Ou alors c'est peut-être tout autre chose, c'est peut-être un couple tendre sortant le dimanche soir après la kermesse de la paroisse, elle habillée de manière voyante parce qu'elle ne voulait pas être en reste derrière la responsable de la vente de gâteaux… comme moi l'autre jour, quand il ne fallait pas que je sois éclipsée par la mise de Charlotte, qui avait dû penser exactement à la même chose.

Dérision, vanité, combats inutiles. Nous perdrons tous le dernier, avec ou sans panache. Pendant que Benjamin me resservait, je me demandais combien de personnes auraient disparu, l'année prochaine, le même jour, à la même heure, combien de places seraient vides dans ce restaurant aujourd'hui plein de monde. La vieille couverte de verroterie, serait-elle en noir, seule ou accompagnée d'un jeune à l'air fat ? Ou alors sera-ce le personnage un peu triste, les cheveux teints et la chemise ouverte, qui papillonnera avec une oie sans cervelle dissimulant son intérêt pour l'argent derrière un cœur de glace enrobé de mépris, d'un savant maquillage et d'un sourire stéréotypé ? Baudelaire disait de la beauté qu'elle *était la panacée à toute la malhonnêteté…*

Ou encore les deux mêmes, plus laids que ce soir, avec des tas de rides de plus… Et finalement combien de convives passeraient la Saint Sylvestre dans le silence éternel, ayant été contraints d'abandonner, du jour au lendemain, soucis et angoisses à ceux qui leur auraient survécu… En une année, tant de choses allaient se passer. Ce soir cependant, on s'agitait, on se préparait pour une veillée spirituelle, ou un après-dîner charnel, pour noyer ses angoisses dans la prière ou le rire, pour les immerger dans l'alcool ou la fornication.

Le repas terminé, nous savions qu'il nous fallait conclure ces quelques jours qui nous avaient passablement vus ensemble, pour éviter la monotonie. Oh, rien de solennel, nous allions probablement nous revoir en janvier, pétris de ces nouvelles résolutions que l'on se sent obligés de prendre lorsque l'on passe d'une année à l'autre. Des conventions rituelles pour d'autres, une confession pour le futur que chacun s'empressera d'ailleurs de jeter aux oubliettes à la première occasion, à la première échéance, après la première jaunisse. Nous devions seulement faire une pause.

– Virge ! – c'était Aaron qui avait pris la parole – puisque nous avons pris l'habitude, périlleuse parfois je crois, de ne pas chercher de faux-fuyants entre nous, je te dois quelques explications que je reconnais ne pas avoir pu, ou osé te donner ces deux derniers jours. Je crois aujourd'hui que lorsque j'ai accepté ton marché, je commençais à entrevoir déjà des choses un peu différentes. Je n'en étais pas tout à fait convaincu encore, mais le profil se précisait. Et si j'ai finalement accepté cette mise en scène, c'est peut-être que paradoxalement c'était plus facile pour moi, me donnant encore l'illusion de ne pas le faire entièrement de mon propre chef. On a parfois besoin de se justifier pour oser se lancer. Voilà, c'est à peu près tout, ne m'en veux pas, je crois que je vais faire un bout de chemin avec Benjamin…

– Pas de problème, Aaron, j'aime la sincérité, je l'apprécie. J'avais aussi expliqué mes vues, et ce n'avait pas l'air d'être exactement les tiennes, mais tout le monde peut se tromper… !

Benjamin souriait, visiblement enchanté et Charlotte, dans son coin, n'avait pas non plus de raison d'être triste.

– Et moi, finalement, je crois avoir gagné quelques

amis avec qui je sais pouvoir parler… Et puis c'est vrai, *Taberouette*, on a quand même partagé deux ou trois choses assez amusantes, ensemble !

Aaron allait partir quelques jours dans la petite cabane que Benjamin possédait au bord d'un lac, à cinq cents kilomètres au nord. Pas de risque que maman vienne le surprendre, en bonne juive, en hiver, elle n'aimait que la Floride. Après les festivités familiales, Charlotte rejoindrait un ami qui avait une école de plongée à Saint Domingue. Il était beau comme un dieu, selon elle, ce que nous avons chacun traduit par solidement membré.

Quant à moi, à part Noël en famille qui serait l'occasion de passer quelques jours chastes et agréables, je n'avais pas davantage de projets.

Nous sous souhaitâmes de Joyeuses Fêtes, une heureuse année, et nous promîmes de nous contacter au début du mois de janvier, puis nous nous enfonçâmes dans la nuit glacée et somptueuse, chacun de notre côté.

Quand j'arrivai chez moi, il n'était pas encore onze heures, et je n'hésitai pas longtemps avant d'appeler Honoré. Il répondit presque tout de suite, et je sentis au ton de sa voix que quelque chose n'allait de nouveau pas :

–Qu'est-ce qui t'arrive, Honoré, tu as l'air tout bizarre ?

–Cette fois elle est *vraiment* partie !

–Cocotte, encore ! tu devrais faire attention, quand même !

Il finissait par me gonfler avec sa chienne.
–Non, cette fois, c'est Leonore.
–Ah !

Voilà enfin quelque chose de beaucoup plus intéressant, ce soir, pensai-je, carrément une bonne nouvelle, même !
–Mais elle va revenir, lui dis-je en prenant garde de ne mettre aucune conviction dans le ton de ma voix.
–Non, c'est sérieux, Virge, cette fois, on a eu une puissante dispute, je devrais dire *des* disputes, parce que ça n'allait pas tout seul depuis quelque temps, on s'envoyait un peu tout à la figure, sauf la vaisselle heureusement, parce que je n'en n'ai pas beaucoup…
–Mais qu'est-ce qu'elle te reprochait, ou plutôt qu'est-ce que vous vous reprochiez de si grave, tous les deux ?
–Oh, tu sais, les choses classiques, et mêmes celles dont on n'est responsables ni l'un ni l'autre.
–Vraiment rien de particulier donc, du tout banal, insistai-je.
–À part la famille.
–Mais encore… La famille, c'est pas tout, et en plus vous ne vivez pas ensemble, à ce que je sache, même pas dans la même ville, alors…

J'étais secrètement enchantée, mais je ne voulais évidemment pas le montrer. Je n'avais jamais pu sentir Léonore, une assez jolie fille toujours habillée comme un mannequin, et qui ne semblait penser qu'à mettre en valeur une paire de seins juste assez grosse pour que tout le monde la regarde. Et avec moi qui n'en n'avais pas elle ne se faisait pas faute en plus de me les brandir à la figure comme une oriflamme.

–Le sexe, dit-il un ton plus bas.

–Plaît-il ?

–Le sexe, reprit-il, elle aime pas trop, et chez elle son côté un peu exhibitionniste trompe son monde. On croit que c'est une bombe irrésistible à la forge, alors qu'elle s'endort la plupart du temps au milieu du premier paragraphe.

Là, je n'en revenais pas. Alors Léonore, celle que chacun prenait pour une nympho incontrôlable, une nympho sans cesse humide sous ses airs de pouliche en rut, Léonore dont les ongles laqués interminables bouleversaient Jacques, Léonore qui aurait fait défroquer le cistercien le plus sauvage, eh bien, Léonore, ce n'était pas une affaire au lit… Alors là, évidemment, connaissant Honoré, il devait y avait de sérieuses incompatibilités !

–Dans ce cas…

– Dans ce cas, quoi ?

–Rien, Honoré, rien de plus, qu'est-ce que tu veux que je te dise. Ce qui pouvait à la rigueur passer pour nos aïeuls pour de la dignité, de la décence, ou de l'élévation, aujourd'hui, cela ne fait plus recette.

Un silence lourd au bout du fil. L'avais-je déprimé plus qu'il ne l'était, mettant un doigt là où le bât blesse. On allait y passer la nuit, et j'étais fatiguée. Après quelques instants de silence, je me lançai :

–Allez, viens, Maudit, tu ne vas pas rester tout seul à la maison à broyer du noir !…. Moi j'aime, si tu as besoin que je mette les points sur les « i ». En plus ce soir, j'en ai bien envie, et avec toi je sais que le film sera de qualité… Ça tombe bien, non !

– …Euh, es-tu bien séricuse, Virge ?

– Allez, dépêche-toi, il est tard, et n'oublie pas Cocotte, tu ne vas pas la laisser seule juste avant Noël… À la Nativité, c'était plein d'animaux. Bon c'est vrai qu'il n'avait pas de chiens, à ce que l'on dit, mais de toute façon je n'ai pas de place pour un bœuf, alors… Cocotte fera bien l'affaire !

Sans attendre sa réponse, j'avais coupé la communication, me disant que s'il ne venait pas, je n'en ferais vraiment pas une maladie. Probablement par pudeur instinctive, je n'avais pas voulu être plus explicite, mais au fur et à mesure, je réalisai que cet excellent ami était disponible. Ne soyons pas plus royalistes que le roi, okay ?

En coupant la communication, je lui avais offert l'occasion de venir lui-même me dire bonsoir et, en tant que femme appartenant à la société de l'Homme, je ne pouvais décemment faire plus.

Une demi-heure plus tard j'entendis avec un plaisir qui frappa agréablement ma vanité les jappements excités de Cocotte qui se ruait dans le couloir, après le coup de sonnette de son maître.

Elle me sauta au cou dès que j'eus ouvert ma porte. Elle sentait bon la neige et le froid, me renversa presque et se rua à la cuisine. Honoré, à peine plus réservé, me prit dans ses bras pour m'embrasser.

Je lui servis une bière, je me fis un thé. Sur le canapé, côte à côte, nous avons parlé, une heure, deux heures, je ne sais pas, je n'ai pas regardé ma montre.

Cocotte s'était endormie, à mes pieds ce qui étonna Honoré qui m'en fit la remarque :

– C'est curieux, elle ne s'est jamais couchée si près de Léonore…

Je fus très fière de sa remarque.

Une lueur étrange, irisée, gaie, nimbait la campagne sous la neige. La lune n'était plus là, pour quelques jours, en congé, mais les étoiles veillaient. Plus tard, nous avons laissé Cocotte derrière la porte de la chambre à coucher : curieuse et partisane de la participation, elle avait une fâcheuse tendance à fourrer son nez absolument partout, sauf au vent quand on partait à la chasse aux canards… Je ne rentrerai pas de nouveau dans les détails de nos ébats, je vous en ai présenté un échantillon assez ressemblant la semaine dernière. Je vous dirai simplement que nous partageâmes une longue douche ensemble, qui nous permit d'aiguiser nos sens. Les miens étaient en éveil, comme toujours. Quant à ceux d'Honoré, après quelques jours de jeûne depuis sa dernière visite, il avait une bite d'airain.

Sur le grand lit, sous les étoiles, nous nous sommes livrés l'un à l'autre sans aucune retenue, dans les positions les plus acrobatiques qui soient. Au moment suprême Cocotte, la truffe pointée vers la Polaire, hurla avec nous, sans retenue, à l'unisson… Tous les trois nous fîmes autant de bruit qu'une meute de loups dans la clairière, sous la lune, après la curée.

Lilou St-Blaise

Délices de femme et autres turpitudes

C'est l'histoire d'une femme timide et réservée, qui, bousculée par la vie, au lieu de ramasser les morceaux épars de son existence explosée, se lance dans la quête éperdue du plaisir, des fantasmes et de l'Homme.
L'héroïne de ce récit, Juliette, dans sa nouvelle vie, commence par violer un homme. Ce soir-là, il fait froid, très froid, mais elle le pèle comme une orange, et, à genoux devant lui, lui offre sa bouche sans la moindre gêne. Elle qui n'osait même pas accorder cette caresse à son mari.
Ensuite, elle fait de folles choses : elle se fait épiler, s'offre à trois hommes en voiture, flotte dans un rêve ludique et sensuel, sans souci du lendemain. Et puis, un jour, c'est au cœur d'une orgie sexuelle qu'elle se bloque : elle a enfin trouvé ce qu'elle cherchait sans le savoir. Un homme qui n'a pas peur d'elle et de ses délires.

N° 119-9 €

Cercle Poche

Claude Sadut

Les jeux de l'orgueil

L'enfer de Thérèse, nous est largement, terriblement ouvert, si accessible même qu'il semble qu'un instant de vertige, une seconde de soumission pourraient nous y précipiter. Ce livre en effet nous concerne. Quelles que soient ses immenses qualités littéraires, il n'est pourtant pas, il ne paraît à aucun moment « de la littérature ». Il commence comme un jeu. Un jeu curieux, raffiné, un peu trouble. Mais derrière le défi singulier que Thérèse relève avec amusement, derrière le passe-temps quelque peu saugrenu de deux êtres en mal de nouveauté, peu à peu se dessine l'ébauche d'une insoutenable tragédie : Thérèse découvre avec une secrète horreur et nous découvrons aussi quels plaisirs équivoques peuvent enfoncer un être dans une lente et totale abdication.

N° 118-6 €

Cercle Poche

S.G.Clo'zen

Béacul

Pour une fois, l'on peut dire que ce livre ne doit pas être mis entre toutes les mains ; et non pas pour son indécence, mais pour sa gravité. Car il est des sujets délicats qu'ils ne supportent pas la moindre faute, ni même maladresse. La « soumission érotique » est de ceux-là, et il faut beaucoup d'intelligence, et beaucoup de pudeur, surtout dans la description des excès, pour le traiter.

La métamorphose de Béatrice en Béacul, non pas sur l'ordre, mais à la demande de son amant, rappelle en plus d'un point – et ceci ne doit pas choquer – les initiations religieuses. Car il y a une allégresse dans le sacrifice de l'héroïne (et jamais aucun avilissement) qui fait l'un des plus beaux parmi les romans d'amour.

N° 117-6 €

Cercle
Poche

B.Galiane

La sexualité des prénoms

Combien de fois, étant enfant, nous nous sommes appliqués en tirant la langue, à écrire notre prénom, objet de notre attache familiale la plus directe.
L'ordonnance des lettres, leur diversité, et leurs liaisons entre elles donnent matière à les codifier.
La gamme des sons peut également se codifier par les inflexions des voix dissemblables d'un prénom à un autre.
Quant au surnom, s'il est adopté par la personne et mille et mille fois répété, il prendra les mêmes caractéristiques sexuelles que le prénom, mais là aussi les surnoms ou les pseudonymes ne pourraient être traités qu'au cas par cas.
J'ose espérer que chacun et chacune, lecteur et lectrice, trouveront dans ce recueil sur la sexualité des prénoms, matière à mieux se connaître intimement et disposer ainsi de ses possibilités dans l'éventualité d'un amour à deux

N° 116-9 €

Cercle
Poche

Constance Beaumont

Singapore Sling

À propos…
Que font-ils ensemble, la petite Constance et le grand inconstant, la littéraire et le businessman ?
À quoi jouent-ils, à Singapour, après une nuit d'avion ?… à s'inventer, comme des enfants, ou à se recréer comme des adultes ? Je serai, tu seras… Le Père Noël et la petite fille ? Alice au pays des Merveilles ? Jouent-ils à changer la vie ? À se faire peur ? Et le tigre, là-dedans ? Qu'est-ce qu'il fait, le tigre, dans l'histoire ?
Ou bien sont-ils grisés par la douceur dangereuse des « Singapore Sling » de l'Hôtel Raffles ?
Ils ont pourtant dépassé depuis longtemps l'âge de raison… Mais devant l'immense Fontaine de la Richesse, au centre de Singapour, c'est l'âge de déraison qui commence, et le ventre de Constance devient pour Christian une petite fontaine de jouissance…

N'hésitez pas, faites comme eux… Embarquez-vous aussi pour Cythère. Rêvez d'amour et de beauté. Croquez la vie, dégustez… Chinois, Malais, Hindou, Italien, Arabe, peu importe.
Constance quitte ses dépouilles d'Européenne et se glisse nue dans l'or et la soie.
Elle renaît. Tout va recommencer.

N° 115-9 €

Cercle Poche

Albert de Routisie

Irène

Un des plus quatre ou cinq beaux textes poétiques produits par le surréalisme sort de la clandestinité, après avoir été publié sans lieu ni date, ni nom d'auteur, et sous un titre un peu différent. L'aventure de ce livre n'est pas sans intérêt pour la petite histoire littéraire.

"Camus, nous dit-on, le tenait pour le plus beau de tous les textes touchant à l'érotisme. Ce n'est pas exactement ainsi que je m'exprimerais, et je crois qu'il convient plutôt, comme dans le cas des *Chants de Maldoror*, de parler d'une certaine beauté scandaleuse, qui entre dans les catégories de l'esprit révolutionnaire.

La prose d'*Irène* est d'une telle splendeur que, si j'ai souvenir d'un petit nombre de choses, dans la littérature française, qui peuvent être mises sur le même pied, je n'en connais guère qui lui soient supérieures.
Tout le début d'*Irène*, tout ce grand et long récitatif qui est un unique cri d'horreur et de désespoir et qui se termine pourtant par une invocation à l'amour, quel exemple de style ! Et quel écrivain que l'auteur d'*Irène* !"

André Pieyre de Mandiargues

N° 114-6,5 €

Cercle Poche

Blanche Clervoy

Des échappées belles

Une jeune femme plantureuse découvrant soudain l'exceptionnel pouvoir attractif de ses formes, une mère de famille harassée savourant les délices d'un massage très particulier, un homme en proie à de folles élucubrations fantasmatiques, une jeune fille affranchie hésitant entre deux frères aussi énigmatiques que désirables, un artiste peintre esclave de sa muse, tels sont quelques-uns des personnages de ce recueil de nouvelles érotiques à la sensualité lumineuse.

Au fil des histoires tour à tour drôles, poétiques ou émouvantes, les protagonistes puisent dans la joie de l'échange charnel la force de vie qui leur permet de rebondir, une rencontre souvent fortuite, parfois fictive, venant irradier leur existence.

N° 113-6 €

Cercle
Poche

Achevé d'imprimer sur les presses
de Maury-Imprimeur en mars 2008

Le Cercle Poche – 14, rue Léonce Reynaud 75116 PARIS
Tél : 01.40.70.95.57

Dépôt légal : mars 2008
Imprimé en France